发表照片

发表在2012年《中国武警》第四期

发表在2012年《中国武警》第四期

发表在2012年《中国武警》第四期

发表在2012年《基层政治工作研究》第六期

发表在2012年5月3日人民网

工作照片

业务探讨

射击训练

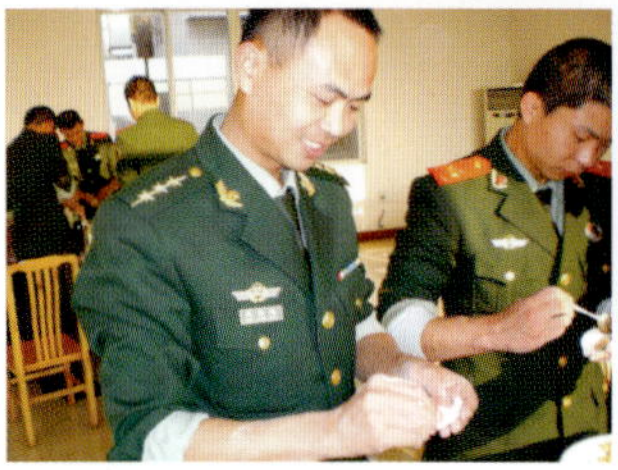

官兵同乐

工作交流

徒步拉练

生活照片

女儿沉思

快乐妻子

星岩留念

幸福家庭

三代同堂

感念，是心灵在唱歌

——朱昌飚作品选

朱昌飚　著

苏州大学出版社
Soochow University Press

图书在版编目（CIP）数据

感念，是心灵在唱歌：朱昌飚作品选/朱昌飚著
.--苏州：苏州大学出版社，2013.5
ISBN 978-7-5672-0489-8

Ⅰ.①感… Ⅱ.①朱… Ⅲ.①中国文学—当代文学—作品综合集 Ⅳ.①I217.2

中国版本图书馆CIP数据核字(2013)第095676号

书　　名：感念，是心灵在唱歌——朱昌飚作品选

著　　者：朱昌飚
策　　划：刘海
责任编辑：刘海
装帧设计：刘俊

出版发行：苏州大学出版社（Soochow University Press）
出 版 人：张建初
社　　址：苏州市十梓街1号　邮编：215006
印　　刷：苏州工业园区美柯乐制版印务有限责任公司(电话 0512-67606001)
网　　址：www.sudapress.com
E-mail：Liuwang@suda.edu.cn　QQ：64826224
邮购热线：0512-67480030
销售热线：0512-65225020

开　　本：630mm×960mm　1/16　印张：13.5　插页：1　字数：218千
版　　次：2013年5月第1版
印　　次：2013年5月第1次印刷
书　　号：ISBN 978-7-5672-0489-8
定　　价：29.00元

新闻战线一小兵（代序）

——记8722部队报道员、荣昌籍战士朱昌飚

大凡认识他的人，都说他有几分灵气，不然一个初中生绝不可能在记者如云、新闻干事如林的大环境里担当起8722部队的新闻报道工作；也有人说他善于忍耐，在寂寞和挫折中仍不失自己的那一方天地。不管怎么说，驻地5家报刊、电台确确实实报道了他勇淌新闻海洋、实践军旅人生价值的事迹。

自信使他迈出了第一步

他是在该部年度新闻报道工作几乎为零的情况下担当起报道员重任的。那是当兵第二年，火热的军营和野战武警官兵那特有的粗犷豪放的性格给了他写作的灵感和激情，他决定拿起笔来为部队摇旗呐喊。刚好连队发生了一名战士见义勇为、勇斗歹徒的事情，他赶紧写成新闻稿件到政治处送审，主任看他写得还不错，遂了解他的情况，当得知他是一名初中生后，摇了摇头，又点了点头。

他深知，像他这样1993年入伍、资历甚浅的新兵要想在新闻战线上得到别人的承认，没有作品什么都是白搭，因此，无论是顺境中的笑靥还是逆境中的沮丧，他全都不当一回事。他说是故乡勤劳朴实的人们养育了他自信而倔强的性格。在发出的35篇稿件都石沉大海后，他竟一点没有气馁。“别人能干的事我也能干，一个人要是连自己都不相信，成功永远是和他失之交臂的。”也就是在别人怀疑的目光中，他一连3篇新闻稿在《人民前线》刊登了出来。这份从来不曾让大家热心的报纸也一下子成了该部官兵的抢手货。主任拍着他的肩膀说：“你行！”

好学为他插上成才的翅膀

新闻报道是一门实践性和知识性都较强的工作。他明白，光靠自信和热情是不行的，还要有一定的专业水平、正确的指导思想和宽广的知识面。当时部队里新闻干事没到位，也没有专职的负责领导，一切都得靠自己摸索。

为此,他除参加了新闻函授外,还捧起了叫许多人都头疼的《资本论》和《马克思主义哲学》。白天忙于采访和了解情况，他就利用夜晚和节假日等点滴时间学习。部队条件差，住的地方没有电扇，夏天蚊虫多，他就头搭一块湿毛巾，脚下放一盆凉水，坚持写作。正是靠着这样一种勤奋好学的精神，半年下来，他写下了厚厚三大本读书笔记，拿下了别人两年才能拿到的中专毕业证书。那一年，在还有 4 个月的时间里，他用稿 17 篇，摘掉了该部新闻报道“贫困户”的帽子。

他找到了为兵而歌的位置

就像所有的事情都不会一帆风顺一样，他也不可避免地遇到一连串的挫折：

就在他准备大干一场时，部队开始清退超占兵员，他又回到了信息面窄、训练时间紧、审稿盖章难的连队。在他被调任当报道员的半年多时间里，失去了连队培养入党和当班长的机会，许多战士为他遗憾。

“当兵不是为了索取，而是应该为部队留下点什么”，他正确地对待名利得失，把业余时间全都用在了写稿上。白天训练忙，他就利用夜晚睡觉时间理思路、打腹稿，午休时间用来写稿、改稿、送审。一年下来，他竟在报刊、电台用稿45篇。下连蹲点的师政委竖起大拇指说:“这个兵了不起。”

如今，已是服役第四年的他在《解放军报》《人民前线》《无锡日报》、江南之声电台等中央、省、市级报刊以及电台用稿 100 多篇，他的作品 4 次荣获全国征文优秀奖，他本人连续两年被无锡日报社评为年度优秀通讯员，被师评为年度报道一等奖。

他就是朱昌飚，一个从荣昌县石河乡八角井村入伍的青年，一个实践军旅人生价值的战士。

（原载1997年10月1日《荣昌报》二版头条 作者：部政宣）

自 序

从军二十载，日月两昆仑。不曾忘记，训练场上，用汗水张扬的青春；不曾忘记，海关执勤，用纪律铸就的忠诚；不曾忘记，抗洪抢险，用热血唱响的为民歌；不曾忘记，处突维稳，用生命谱写的卫国曲。

戎马岁月，军旅如文。当我完成从初中到本科学业的跨越，从野蛮冲撞的山村小子到一名少校警官的华丽转身，我感念，组织的培育；我感念，亲人的嘱咐；我感念，战友的帮衬。因为感念净化心灵，笔触就是我的歌声。我歌唱这里的每一座山、每一朵云；歌唱这里的每一条溪流、每一颗星星；歌唱这里的每一株小草、每一位士兵……

或许我的旋律并不动听，但它流淌自我的心灵；或许我的歌词并不美妙，但它充满着原生态的质朴；或许我的歌声并不嘹亮，但它时刻撞击着我的心扉，激励着我前进，前进，前进，永不停息！

2013年3月7日 于江苏无锡

目录

通讯

报告文学

理论研讨

随笔

讲稿

散文

诗词

消息

战友亲如兄弟

本报讯 5日中午，驻锡83128部队七连新战士李健仁突然收到家中发来的电报："家房屋财产全部烧光接电速归"。

李健仁是今年从浙江东阳农村入伍的战士，家境不是很好，他又是家中唯一的儿子。面对这突如其来的不幸，他咬紧了嘴唇，没让眼泪流出来，悄悄地来到队部。

夜晚8点，指导员马永生利用连队动员战士迎接年终军事考核的时间，把小李家遭不幸的消息告诉了大家。官兵们听了都站了起来，老战士李庆伦第一个走上前，把身上仅有的10元4角钱捐了出来。班长肖祖红为治病欠债500多元，可是当他从哨位回来得知此事后，毫不犹豫地掏出了买药的6元钱……

虽然，每个官兵捐的钱不算多，却代表着战友们真挚的感情。望着战友们那一双双友谊的手，李健仁哭了。他哽咽着说："战友、战友，亲如兄弟，我体会到了连队大家庭的温暖……"即将脱下戎装的12个老兵，也捐款170余元。全连30余名官兵共捐款728.80元。

次日，李健仁含着泪，揣着战友们那一颗颗滚烫的心，踏上了回家的路。

（原载1995年11月11日《江南晚报》第二版）

留下一本书 赠送一份情

驻锡某部300名老战士为新兵留书千余册

本报讯 近日，83128部队八连老战士提出为即将到来的新兵"留下一本书，赠送一份情"的倡议，得到该部队300名老战士的积极响应，共留书千余册。

今年这个部队自开展"多读有益书，走好人生路"以来，战士们月读一本书，季买一本书，不仅增长了知识，还解开了思想上许多疙瘩。八连老战士在即将脱下戎装离开军营之际，想到如果把这些书留下来给新战士，对他们会有很大帮助，于是便发出了“留下一本书，赠送一份情”的倡议。老兵们还在书页上纷纷写下读书的收获，老战士肖祖红在留下的《绿色年华》丛书上写道：“我曾因为爱情受挫而消沉，是这本书给我启示和勇气。新战友，在你面临困难时，就请打开她。”老战士杨华章在《钢铁是怎样炼成的》书页上说：“我因为当兵后悔过，我因为军事训练差而哭泣过，然而，在我看了这本书后，我明白了人应该怎样才能成才。新战友，请你好好珍惜当兵的时光。”他们还把自己的姓名、家庭住址写在书本上，便于以后同新战士书信交流。

（原载1995年11月13日《无锡日报》第五版）

为第二故乡献上一份爱

某部官兵为驻地整治梅车河

本报讯 12月6日，驻锡83128部队450余名官兵来到郊区胡埭镇参加梅车河治理，为第二故乡的水利建设作贡献。

梅车河位于胡埭镇东北面的归山村，长年受山洪冲击，泥石沉淀，河道阻塞，脏水四溢。该部领导听到胡埭镇政府决定治理梅车河的消息后积极请战，决心为第二故乡捧上一份情，献上一份爱。战士们冒着零下摄氏度的低温，把淤泥一点一点地运上河岸。河里有石头，铁锹挖不动，大家就用手搬；淤泥太稀，锹甩不上，就用袋子装。在劳动现场，归山村的老大爷、老大妈们把一杯杯热茶递到战士们手中，村民们还主动为部队洗菜做饭拾柴禾，充分体现了军民鱼水情。在军民的共同努力下，原计划3天的工作量，只用了1天就突击完成。部队官兵共挖取土石方5500立方米，一条长2000米、宽5到20米、深5米的雨季可排水、旱季可蓄水的河道展现在眼前。

（原载1995年12月13日《无锡日报》第五版）

某部新兵营举办家信展

本报讯 春节期间，驻锡83128部队新兵营举办“殷殷父母情，报得三春晖”家信展览，激发了新战士安心军营、爱军习武的热情。

家信展充满了父母对儿子的殷殷之情。他们或要求儿子努力学习，遵守纪律；或要求儿子改掉“小少爷”的坏习惯，做个自力更生的强者。新兵三连战士陆杭波的父亲在信中说：“当兵是应尽的义务，是神圣而光荣的职责，你一定要好好珍惜，不要忘了‘岳母刺字’的故事，不要辜负父母的期望。”新战士刘伟的父亲刘和平用诗表达了对儿子的希望：“嘱咐儿一句话 / 要听党的话 / 党叫干啥就干啥 / 而且干好它 / 你既然去当兵 / 当以国为家 / 爹娘你不必牵挂 / 刻苦训练 / 立功受奖 / 就是对父母最好的报答！”

（原载1996年2月19日《无锡日报》第二版）

老战士树立榜样 离队前比作贡献

本报讯 警营路行九十九，剩下一里怎么走？驻锡武警 8722 部队七连老战士以实际行动作出了响亮回答。

该部在今年开展的“四个专题教育”活动中，七连着重从军人职业道德教育入手，深化了官兵为谁服役、为谁站岗、为谁扛枪、为谁奉献的认识。在最近退伍工作展开之际，连队根据上级要求，又展开了“热爱武警部队，争做合格卫士”的专题教育活动，使老兵再度“淬火”。班长欧阳新龙在退伍前夕，工作干劲不减，将自己 4 年来积累的经验教训毫不保留地传给仍在部队服役的战士。老战士王赞华一如既往地积极协助连队干部做好后进战士的思想工作，他说：“要常想为连队做什么，少想连队给我什么。”七连十几名老兵在离队前提出了“退伍前比贡献”的口号，受到部队首长的称赞。

（原载1996年11月3日《无锡日报》二版头条）

官兵悉心爱护 古樟木生机勃勃

本报讯 武警 8722 部队四连官兵克服重重困难，数十年来悉心爱护营区内的 15

棵古樟木，在部队和驻地被传为佳话。

在四连营房周围有15棵名贵古樟木，树龄已无人知晓。如今树干直径已达70至100厘米，树冠直径约10米，属江苏省受保护古木。由于这15棵古樟木枝繁叶茂，几乎覆盖了营区，给连队带来了许多麻烦。每到叶落季节，每天清理地上的落叶就要拉一大卡车。营房长期照不到阳光，下过雨之后，雨水从瓦缝渗进屋顶的木板、房梁。即使白天，营房也阴暗潮湿。然而，四连官兵没有因此而损伤古木，连队还通过学习宣传，使每个战士和驻地居民都认识到爱护古木的意义和价值。每年，连队都要采取为古木修枝、防白蚂蚁、培土、冬天缠草绳保暖等保护措施。在四连官兵的精心爱护下，目前，15棵古樟木依然生机勃勃、雄姿英发。

（原载1997年3月23日《江南晚报》第二版）

一片“兵”心在玉壶

本报讯 日前的一天下午，在郊区杨湾车站，四名战士挥手与公共汽车上的一位年轻大嫂依依惜别，望着徐徐开动的汽车，一名战士流着泪喊道：“嫂子，你可一定还来呀。”

被战士们喊作嫂子的叫周英，是江阴市石化机械厂保健站的一位护士。5月25日傍晚，她来到驻锡83128部队二连一排看望担任排长的丈夫顾金明时，见姚国良、龚继宁、欧少熊、张正喜四名战士躺在床上少言寡语，一询问，才知他们是患了流行性感冒，已经在床上躺了两天了，打针吃药均不见好转。她急忙上前替四名战士切脉、测体温，端茶送水，轻声细语地安慰他们。晚上9点，姚国良发高烧达41℃，当时连队官兵外出夜训还没有回来。刚刚睡下的周英又急忙扶着他步行1公里多路到团卫生队输液。在病房里两个小时，周英寸步不离，陪他说话聊天，解除思亲的苦闷。回营后周英还上街买来西瓜给病友们吃；战士们吃不下饭，她又骑上自行车到4公里以外的胡埭镇买回鲫鱼、西红柿等新鲜食品，亲手烹调。吃着可口的饭菜，战士们感动得落下了眼泪。

在周英的精心护理下，不到两天，四名战士就生龙活虎地出现在了训练场上。

（原载1996年7月13日《无锡日报》第二版）

探亲归队救病妇 千里护送姐妹聚

本报讯 驻锡武警 8722 部队七连战士毛联明探亲途中抢救一位陌路大嫂，并帮助其与亲人团聚的感人事迹，在部队指战员中被传为佳话。

家住陕西省安康县的卢秀甜，今年 4 月下旬刚做过手术，便乘坐成都至上海的列车前往昆山市参加妹妹的婚礼。不料列车刚进入河南境内，卢秀甜伤口大量出血，晕倒在厕所内。同乘一节车厢由四川探亲归队的武警战士毛联明闻听呼救声，与另一女乘客一起把她从厕所抱了出来。由于卢流血不止，医生要求她立即下车治疗。但她担心孤身一人，身上带的钱又不多，不愿意下车。小毛见状，一面开导她，一面诚恳地说："大嫂，如果你相信我，就让我陪你下车治病。"列车在商丘靠站后，小毛背着卢秀甜住进了铁道医院，并掏出身上的1200元钱代交了住院费和医药费。第二天，卢秀甜病情有所好转，便执意要走。小毛怕她路上再出意外，一直把她送到其妹妹家中，并婉言谢绝了她们的盛情挽留和酬谢，按时返回了部队。

毛联明归队后，没有向任何人提起这件事。直到最近卢秀甜完全康复后登门相谢，小毛千里救助病人的事迹才为部队所知晓。

（原载1996年12月12日《无锡日报》第二版）

正是春光好时节

走进武警 8722 部队营区，只见芳草菁菁、绿树成荫、鸟雀纷飞，阵阵花香沁人心脾。阳光下，办公大楼门前那块"园林式单位"的金匾熠熠生辉。

一个坐落在山沟里的旧式营院是怎样成为园林式、花园式单位的呢？部队官兵向我讲述了政委李成勋护木的两件事。

在四连营区内，有 15 棵古樟树，树干直径在 70 至 100 厘米、树冠约 10 米，枝繁叶茂，几乎覆盖了连队营区。每到叶落时节，清理地上的落叶每天都得装满一卡车。由于樟树长期遮挡，营房得不到阳光照射变得阴暗潮湿，屋顶的木板和房梁受潮发霉、腐朽，天长日久也影响到战士的身体健康。四连官兵建议砍掉这十五棵古樟木，李政委得知后，坚决反对。他一面向连队官兵反复宣读保护古树的意义和价值，一面指示营房部门拨款改善四连战士的居住条件。李政委的耐心教育和关心，改变了四连官兵的观念，增强了“爱绿”意识，他们年年主动为这15棵古樟树修枝、培土、防病，冬天缠上草绳保暖，使得这15棵古樟树至今依然生机勃勃、雄姿英发。

去年10月，七连要建一座过冬蔬菜大棚，未经申请，在营区内擅自砍了3棵水杉树。李政委知道后，非常生气，责令该营连主管在部队军人大会和党委扩大会上作深刻检讨。会上，李政委的一番话发人深省：“前人为我们种下一片绿荫，我们有责任、有义务去保护，把绿化搞得更好，而七连的做法，不仅仅是砍3棵树的问题，这是在践踏前人的血汗，是破坏绿化，是在犯罪。”会后，李政委又亲自督促，责成七连在砍树的地方补种树苗。

由于领导重视，营区的绿化工作一年比一年好。如今，该部的绿化率已达百分之五十。今年三月，正是春光好时节，部队又发动官兵出工两万余个劳动日，对部队环境绿化进行整治，由求数量向求质量、由单层次向多层次发展。让我们祝愿8722部队绿化工作取得更好成绩。

（原载1997年《营房问题研究》第四期）

某部一营注重培养官兵勤俭节约风尚

塑造文明武警形象

本报讯 4月下旬，通讯员跟随武警某部机关管理工作检查组不打招呼检查一营营区，不见一个烟头、一个酒瓶；随手打开官兵的床头柜和班用柜，《邓小平文选》《古今诗词精选》等一本本健康有益的书籍放得整整齐齐；在收发室登记簿上找不到一营战士的汇款单。

一营在开展“不吸烟、不喝酒、不看低格调书刊、不向家里要钱”等一系列活动一年来，正本清源、疏堵结合，着重培养官兵艰苦创业、勤俭节约的精神，塑造文明武警形象，促进了管理教育工作的全面发展。

在开展“四不”活动中，一营针对社会上流行的“吸烟、喝酒是男子汉风度”等歪理进行辩驳，组织进行“什么是军人美”的讨论，使大家从思想上提高了对开展“四不”活动的认识，自觉抵制社会上不良习气的侵蚀，形成了人人不吸烟、人人不敬烟、人人不买烟的良好风气。不吸烟、不喝酒、不吃零食，津贴费月月有节余，现在一营战士都有自己的小存款。面对不健康书刊的侵蚀，一营采取教育疏导、管理培养并举的方法，把战士引向成熟和成才的道路。一是结合精神文明建设和法纪教育，讲清不健康书刊对青年战士的危害，提高官兵鉴别和鉴赏能力；二是积极开展读书育才活动，各连开办周末育才班，使大家学有书本、有场所，并鼓励战士参加函授自学考试，积极打造健康向上的文化氛围。如今，在业余或节假日走进一营营区，小教室、宿舍、阅览室里，都能看到官兵学习《汽车修理》《法律知识问答》《现代企业管理》等书籍的情景。目前，全营已有 12 名战士通过自学取得了高等或中等专业证书。

（原载1997年5月27日《解放军报》第二版）

旋律激昂迎“八一”

驻军某部排练大型歌舞史诗《军魂颂》

本报讯“从南昌城来我们，从长征路来我们，从战场上来我们，从硝烟滚滚炮火里来我们……”伴随着高亢激昂的歌声，一队队官兵在军旗的引导下，在“硝烟”中时而奋进、时而俯卧……这是 7 月 12 日，驻锡武警 8722 部队在迎接建军 70 周年之际，由 500 人参加排练的大型歌舞史诗《军魂颂》的一个火热场景。

7 月初，该部队决定把高唱革命歌曲作为继承和发扬我军优良传统、激励官兵爱军习武的主要方法。为此，部队专门组织人员把我军战斗历程和新时期建设当中代表一个时代、一个转折点、一种精神、一种传统的 38 首歌曲按序收集起来，并配以诗歌编组成大型歌舞史诗，组织官兵教唱和排练。歌舞史诗《军魂颂》共分《星星之火》《砥柱中流》《旭日东升》《和平之光》《鱼水情深》五个篇章。连日来，部队官兵如当年革命战斗一样，始终以饱满的热情投入到排练当中去。

（原载1997年7月16日《无锡日报》二版头条）

让失辍学女童重返校园

武警某部官兵踊跃为“春蕾基金”捐款

本报讯 在喜迎建军 70 周年之际，驻锡武警 8722 部队积极响应武警总部的号召，踊跃为“武警春蕾基金”捐款。

“春蕾计划”是全国妇联所属中国儿童少年基金会为辅助国家发展基础教育，动员社会帮助地区失辍学儿童重返校园实施的一项资助计划。日前，武警总部决定建立一个“武警春蕾基金”，每年用该项基金的利息在全国各地开办一批“武警春蕾女童班”，让失辍学女童重返校园。7 月 7 日，通讯员在该部队各个捐款点看到，战士们满怀希望地将每月节省下来的津贴费投进捐款箱。在七连，爱兵连长标兵龙雄第一个将 10 元钱投入箱内，他说：“儿童的成长直接关系到未来的国防建设，关心她们就是爱国爱国防。”曾因缴不起学费而辍学的八连哈尼族战士瞿周四在平时节约津贴费资助一名少年儿童上学的情况下，今天又把节省下来买书的 5 元钱捐了出来。在半天的时间里，部队官兵共捐款近 3000 元。

（原载1997年9月7日《无锡日报》第一版）

妈妈给我写信来

妈妈给儿子写信，似乎不值得大惊小怪的。而当我收到母亲的来信时，却着实惊讶和高兴了好一阵子。因为在我当兵前，母亲是不识字的。

在大巴山深处我的家乡，不仅像我母亲那样年纪的女人不识字，就是跟我年龄相仿的女青年也没有几个迈进过学校。落后的经济和思想束缚着父老乡亲。

记得我当兵临走那天，母亲拉着我的手说：“妈不会写信，不能叮嘱你了，你要自己照顾好自己。”当时，我心里一阵酸楚。而今，我当兵快四年了，没回过一次家，虽说也收到过母亲的信，但那却是她托人写来的，高兴之余我还是感觉到一层隔膜。

今天我却实实在在捧着母亲的亲笔信。从信里了解到，我当兵的第二年，县里好几家公司与村里结成了“扶贫帮困”对子，帮助开发资源，办起了 12 家矿厂。村里富裕了，乡亲们住进了楼房，柏油路也修进了村里，再也不是过去“房无三间好，路无三里平”的模样了。今年初，村里也抓起了精神文明建设，修起了文化活动中心，开办了夜校，56 岁的母亲也进了文化补习班。

母亲在信中说，现在村里很重视教育，出资 50 万元盖起了一座现代化的教学大楼，规定只要是适龄儿童，无论男女，一律上学。不仅如此，村里男女老少也都变得好学起来，每家都订有报纸，每户至少有 50 本以上的书籍。在大伙眼里，有知识、有文化、有才能的人最光荣。

母亲在来信中还说，她不仅要在文化补习班上完小学，将来还要自学中学、大学呢。

妈妈，远在千里之外服役的儿子祝您成功!

（原载1997年10月23日《人民武警报》第四版）

驻锡武警8722部队二连拥政爱民办实事

本刊讯 驻锡武警 8722 部队二连官兵牢固树立为人民服务的思想，把驻地当故乡，视群众如亲人。移防驻地 21 年来，没有发生一起警民纠纷，年年受到上级的表彰。“八一”前夕，部队发出学习二连在拥政爱民活动中注重办实事优良作风的号召。

二连每月都把拥政爱民教育纳入计划之中。为了使拥政爱民活动制度化和常规化，该连每周设“助民日”。每到这一天，官兵深入到乡村，进行《国际法》《计划生育法》等法律法规的宣传，为村民义诊，为驻地孤寡老人送药送粮等。每年，该连都要派出官兵为驻地学校、厂矿训练学生和民兵；参加城市改造和公益建设；援助地方抗洪抗旱；连队有 12 名官兵常年担任马山碧波小学等 3 所学校的校外辅导员。今年春节，该连“雷锋班”在无锡火车站值勤期间，主动开设便民服务站，为过往的旅客办实事 4800 余件，被武警总部评为“学雷锋先进集体”。

（原载1997年《无锡宣传》第16期）

驻锡武警某部为下岗家属送温暖

本刊讯 驻锡武警 8722 部队采取多种形式为干部的下岗家属排忧解难。目前，干部及其下岗家属思想稳定，积极为部队建设出力。

近两年来，该部先后有 13 名干部家属下岗。面对新时期出现的这一问题，部队党委高度重视，积极主动上门，对干部家属的下岗人数、所在地区、下岗原因、目前情况进行摸底，有针对性地进行服务。一是进行党中央有关政策的宣讲，提高干部下岗家属的思想认识。八连连长的妻子是一家农药厂的检验科长，工厂精减人员时当了工人，后又因工厂拍卖时交不起股金而下岗。通过对政策的学习和理解，她稳定了思想,并在部队的帮助下积极进行第二次择业。二是与地方政府和企事业单位联系，创造再就业条件，并将符合随军条件的家属安排在部队工厂工作，使 5 名家属有了生活出路。三是搞好再就业培训，今年，部队已为 3 名干部下岗家属联系了培训场所，使他们掌握一技之长后重新走上工作岗位。对家庭特别困难的，部队还给予一定的经济补助。这些做法增强了干部下岗家属自强、自立的信心，促进了干部家庭的和睦和部队的建设。

（原载1997年《无锡宣传》第20期）

老战士们风格高 主动让功又让奖

本报讯 驻锡武警 8722 部队老战士居功不争功，把在军旅生涯中最后一次立功受奖和评选优秀士兵的机会主动让给第一、二年度兵和继续留队服役的战士，激励他们在本职岗位上作出更大的贡献。

艰苦的创业环境和温暖的战友情谊培养了老战士“见困难就上、见荣誉就让”的高尚情操。今年年终总结时，部队老战士就发出了“把奖励让给新战友，为部队再夺新荣誉”的倡议。老战士徐超从没受过奖励，在今年的工作中，他积极发挥自己文艺方面的特长，编排节目、组织活动，活跃了连队文化生活。连队决定把唯一的一个嘉奖给他，他却主动让给了工作勤恳、训练刻苦的第一年兵张小宝。他说:“作为即将离队的一名战士，我非常想拥有一份荣誉作为永久性纪念，但我觉得把它留给新同志，激励他们为连队建设发奋出力是最大的快慰。”在部队老战士的带动下，部队出现了干部让功给战士、党员让奖给群众、骨干把优秀士兵名额让给新兵的感人场面。在 22 日的表彰大会上，6 名胸佩三等军功章的一、二年度战士激动地说:“老班长们的实际行动是部队优良传统的最好体现，我们一定继承和发扬，绝不辜负他们对我们的期望。”

（原载1997年11月24日《江南晚报》第二版）

自制贺卡送亲朋 勤勤俭俭过春节

本报讯 春节将至，驻锡武警 8722 部队新兵营活动室忙碌着一群群身影。这是该部新战士们正在利用双休日，自己动手为亲朋好友制作新春贺卡。

过春节，为亲朋好友送上一份祝福，是大多数新战士的心愿。对此，部队就“送贺卡的意义是什么？”对新战士进行教育和引导，鼓励他们发扬部队的优良传统，自己动手制作贺卡，这样既节约费用，又表达了自己诚挚的感情，还可陶冶情操，锻炼提高自己。为了方便新战士制作，部队统一购回了各种彩纸、颜料和画笔。对不太会制作的新战士，由干部、老兵或有这方面专长的新战士帮助构思、选材、指导绘图。从未捏过画笔的新战士王海兵看着自己精心制作的一张不太精美但充满军旅情怀的卡片兴奋地说:“我也会制作贺卡了！”

在此基础上，部队又因势利导，在新战士中发出了不请客、不送礼、不吃零食、买本好书过春节的倡议，得到新战士们的积极响应。

（原载1998年1月22日《江南晚报》第一版）

8722部队把慰问年货全部发给基层

本报讯 近日，地方政府和共建单位为 8722 部队首长机关送来一大批鸡鱼肉蛋，经政治处登记之后，这些年货机关一点没留，全部送到了新兵连。这是该部队党委以身作则、心系基层的又一个举动。

该部队长期驻扎江南开放城市，驻地经济发展较快，警政警民关系融洽。逢年过节,地方政府和共建单位都要到部队热情慰问子弟兵并送一些慰问品。部队党委“一班人”在认真学习军委江主席关于提倡艰苦朴素、关心群众的重要指示后认为，提倡艰苦奋斗,领导首先要为基层官兵做出好样子。于是他们决定对慰问品进行登记造册，禁止机关部门和各级干部以任何名义截留和私分，把慰问品全部发到基层官兵手中。元月 16 日，通讯员在该部政治处看到，地方共建单位送来的慰问品分发清单上的签收人全部是基层的连长或指导员。

（原载1998年1月27日《人民武警报》头版头条）

8722部队确保新兵按纲施训

本报讯 2 月 11 日，8722 部队团长乔家德三次到训练场明查暗访新战士训练情况，看到四个新兵连都是按照部队统一下发的计划进行训练，再没有相互攀比的“跳级”现象，脸上终于露出了满意的笑容。

前段时间，乔团长下连检查训练情况时，发现新兵连一些班长、排长在抓训练上急功近利，擅自改变训练计划，组建“特色班”，致使新战士训练的一些课目出现“夹生饭”。对此，司令部有关部门及时采取了措施。他们集中新兵连“三长”进行按纲施训再学习，强化按纲施训的观念，要求按计划、步骤、程序施训，禁止新兵连为搞“特色班”，随意调配人员；对组成“一招鲜”的新兵班人员按原来所在班分配；按照新兵打牢基础的原则，对训练不实的课目进行重新“回炉”，确实夯实基础。同时，每天派出现场值班参谋，实行全日监控，督促训练内容和时间的落实。机关各部门领导还一起反躬自省，取消了四项在新兵连开展的不符合规定和实际的评比竞赛，让新兵连切实把握训练的主动权，不围绕比武、考核赶进度，使新战士一心一意地把心思用在打牢基础课目的训练上。大家普遍反映，现在训练场上的“热闹”场面虽然少了，但新战士的基础训练实了。

（原载1998年2月28日《人民武警报》第一版）

军士朱亚常自掏腰包做好事，钱虽只有百余元，但驻锡武警某部决定为其报销——

不让“雷锋”吃亏

本报讯 驻锡武警某部党委近日做出决定，对修理所专业军士朱亚在学雷锋中自己掏钱做好事的 136 元发票予以全部报销。这是该部队鼓励官兵学雷锋、做好事的一个举措。

朱亚入伍 9 年来，利用家电维修等技术，义务为官兵和驻地群众服务 2350 余次。去年春节期间，朱亚随部队“学雷锋小组”在无锡市为民服务，一位姓张的大娘把一块手表交给他后，匆匆留下地址和“带回去修吧，我相信你们”的话就上班去了。

朱亚买来零件修好表，按地址送去，却怎么也找不着。以后朱亚又到周围寻找，自己花钱在报纸、电台登启事仍没有结果，只好把手表保存好并一直寻找。今年 2 月间，他又随部队到无锡市为民服务时，带上了那只手表。终于在民政局一位同志的帮助下，找到了那位大娘，把手表交到她手中。为此，他花去了 120 多元经费。

由于朱亚经常帮人们修理家用电器，只有一两元的小零件材料费不便于收别人的，都是自己花钱垫下来，日积月累，竟花了七八百元的材料费。绝不能让“雷锋”吃亏。该部党委了解到朱亚九年来为学雷锋、做好事自己贴钱，现在还有 136 元钱的发票时，作出了为其报销的决定。此举一出，在部队官兵当中引起良好反响。

通过这件事，部队党委引发了“‘雷锋’为民做好事，我为‘雷锋’做什么”的思考，要求各单位和领导联系实际，在物质上为“雷锋”排忧解难，在政治思想和荣誉进步上关心体贴，先后为两个“雷锋班”和 6 名学雷锋先进个人解决了部分器材和活动经费。同时还结合学雷锋日的到来，大张旗鼓地宣扬和表彰了一批学雷锋先进个人和集体，切实让官兵感受到学雷锋受人敬、做雷锋不吃亏。

（原载1998年2月19日《无锡日报》三版头条）

我为雷锋做什么?

驻锡武警某部党委了解到该部修理所专业军士朱亚 9 年来学雷锋常自掏腰包做好事，现在尚有 136 元发票的情况，近日作出为其报销的决定，在部队官兵中引起较大反响。通过这件事，部队党委引发的“‘雷锋’为民做好事，我为‘雷锋’做什么”的议题，颇有现实意义。

雷锋精神的表现形式是为人民多做好事，其社会意义在于，被服务者置身“人人为我”的氛围，感受到祖国大家庭的温馨。但是作为被服务者，很少有人想到：我能为“雷锋”做什么?

驻锡武警某部党委想到了这个问题，且做得很好。好就好在，不仅在精神上大张旗鼓地表彰一批学雷锋的先进个人和集体，让人感到学雷锋受人尊敬；还在物质上为学雷锋活动创造条件，先后为两个“雷锋班”和 6 名学雷锋先进个人解决了部分器材和经费。

从实际出发是党的光荣传统。学雷锋活动不断发展，“雷锋”们的物质支付能力毕竟有限。某部党委在物质上支持“雷锋”，既显示了他们实事求是的精神，又推动了学雷锋活动的更好开展。

（原载1998年3月2日《江南晚报》头版头条）

“三八”妇女节，8722部队组织28名军嫂游太湖，到了出发时间却只到了4名临时来队家属，原来——

军嫂正在忙“充电”

春天正是旅游的季节。3 月 8 日早上，8722 部队组织 28 名军嫂参加“三八”无锡太湖风光游，到了出发时间只来了 4 名临时来队家属，活动只得取消。其他家属是没有接到通知，还是她们不愿意去游玩呢？

我们首先来到三营副营长刘宏如的家，正碰上他的妻子金学银揣着几本书要出门。“不去游玩，这是去哪儿？”我们问。她腼腆地说：“到电脑学习室去补课，现在企业都在深化改革，择业竞争激烈，不学一点知识，掌握一些技能，就跟不上形势。”随后，我们跟着小金来到部队的电脑学习室，只见 12 名军嫂正端坐在电脑前，一边听教师讲课，一边记着笔记，有的正在操作键盘。军嫂杨艳对我们说：“部队为俺创造了很好的学习条件，趁今天放假，俺应该抓紧时间多学一点，不能老靠优惠政策吃饭，俺也要自强自立，出去玩以后有的是机会。”

走出学习室，迎面碰上部队副政委丁俊祥。他告诉我们：“现在军嫂紧迫感真强，今天还有 5 人到地方参加美容、缝纫等培训去了，还有的参加企业管理、财会讲座，几乎没有一个闲着的。”

走出电脑学习室，迎面扑来一股暖暖的春风。军嫂，好忙……

（原载1998年3月28日《人民武警报》第二版）

巧借天时 苦练精兵

武警8722部队加强官兵心理素质训练

本报讯 漆黑的夜下着小雨，武警8722部队机炮一连正在进行野外找点训练，有个战士来到一处坟地却不敢进去，致使训练任务没有完成。

该部队领导对这件事十分重视，他们在调查中还发现一些类似的现象：有的训练尖子在比武中却连连失手；同样宽的独木桥放在一米的高度能健步如飞，升到5米高有些战士就不敢过。官兵的心理素质差影响了技术战术的正常发挥。要完成以“处突”为中心的各项任务，不仅要练技术战术，还应加强心理素质训练。形成共识后，一份加强官兵心理素质训练的计划出台了：在教育计划中增加了自然科学和军事心理学知识课，训练计划中增加了浪木、滚轮、云梯等有助于心理训练的设施，还把每月一次的小拉练改为昼夜间交替进行并设置了“处突”中的复杂环境，以锻炼官兵的心理承受能力和应变能力。

（原载1998年3月24日《解放军报》第二版）

游玩不慎丢钱物 警官耐心寻失主

本报讯 3月31日，家住苏州的董婷赶到驻锡武警8722部队，专程送来一面“拾金不昧，品德高尚”的锦旗。

3月29日下午，武警8722部队后勤协理员唐旬同家人在无锡太湖仙岛码头乘船时，发现岸边一棵树下有一只女式挎包，他捡起来，连问几声：“谁的包丢了？”因没人回答，唐旬同家人等了20分钟后，见有一班渡轮正要起航，心想丢包的人会不会在渡轮上呢？于是快速登上渡轮，等船靠岸时抢先下船，逐一询问下船的旅客，仍没有找到失主。归队后，他向部队汇报了此事，并当众打开包清点物品，里面装有1165元现金、两本驾驶证以及化妆品和钥匙等物。唐旬从驾驶证上得知失主叫董婷，家住苏州市民智巷2号，并在一本通讯录上发现一位叫许红蕾的人的电话号码。唐旬立即与许取得联系，请她转告董婷。

（原载1998年4月2日《江南晚报》第二版）

8722部队新老兵编组分训效果好

本报讯 3月底,8722部队本着“新兵打牢基础、老兵一专多能”的目标,在训练中,对新老兵区分层次，各有侧重，着手解决训练中新兵吃不消、老兵“吃不饱”的问题。

新兵分到连队后，该部队参谋长马新华下连检查训练时，老兵反映：像百米冲刺这些基础性训练都能达到优秀，同新兵一起从头练不过瘾；新兵则说：“同老战士一起训练吃不消，使出浑身解数也跟不上趟，积极性受挫。”

随后，该部队决定以连为单位实行新老兵分别编组训练，分清层次。一年兵着重进行5公里越野、器械、擒敌基本功等基础性课目的训练，提高他们的身体素质以及技巧性和灵活性，同时逐步增加攀登、擒敌等课目，在打牢基础上求得发展。老兵训练中则注重一专多能，全面发展，增加训练的难度和强度，消除他们达到优秀即达目的的认识偏差，力求精益求精。在此基础上，注重运用换位训练等方法，如步枪手同狙击手或机枪手进行换位射击、战士与副班长或班长进行换位代职等，使他们全面发展。训练中，他们还注重以老带新，使新战士在技巧性和技术性课目训练中少走弯路，老兵也在教学中得到锻炼和提高。分组施训大大提高了训练效益。目前，新战士在训练场上个个精神抖擞，你追我赶；老兵在战法、战术、组织指挥上积极探索，互帮互学。近日，上级有关部门对该部队部分新兵进行所训6个课目考核，这部分新兵全部达到良好以上成绩。

（原载1998年5月2日《人民武警报》第一版）

三万元的使用抉择

“昌飚，我用家中的3万元钱办起了一个饲料加工站……”读罢父亲的来信，我不禁为他的选择叫好。

在我们那个小山村，有一个不成文的村俗：有钱要用来盖房子。这些年，乡亲们通过辛勤劳动挣了一些钱，都主要用在了盖房子上，你盖好的，我盖高的，形成了攀比之风。

今年初，我家在如何使用多年积累起来的3万元钱上产生了分歧。母亲希望建一栋两层楼的房子，因为我家房子在全村算是较差的，并且我哥哥还需要房子成婚。哥哥则提议要把钱存进银行，说放着保险。父亲则给大家算了一笔经济账：我们县是全国三大养猪县之一，村里每年单养猪至少就要用掉1200吨饲料，这些饲料全要到10多公里外的县城去购买。如果在村里办个饲料加工站，不仅可以解决乡亲的运输困难，而且经营一年下来少说也可创利两万元。父亲的见解，得到全家的一致赞同，认为这样3万元就活了，放弃盖房选择再创业，才是真正风光。

在乡政府和村委会的支持下，家里的加工站很快建成了。机器一动，情况比预想的还要好，不仅村里的乡亲来买，邻村也纷纷来打听行情。父亲和已决定推迟婚期的哥哥商定，趁现在机遇好，要再扩大规模，把盈利的资金全部盘活，盖房子的事过两年再说。

父亲最后在信中说："在我们家的带动下，村里不少人把原准备盖房子的钱用在继续发展生产上，最近又有一个预制件厂和两座砖窑建成投产了。"

（原载1998年5月9日《人民武警报》第四版）

父亲：本村被淹救别村
儿子：不顾自家保大家

本报讯 8722部队三连连长肖锡军和父亲肖建召，父子俩虽然相距千里，但面对洪水的肆虐，却都以甘于奉献的实际行动，谱写了一曲父子俩保大堤的赞歌。

父亲肖建召，家住湖南望志湘江岸边。今年6月下旬，靠近村里的一段河坝决堤，家中6间房屋被淹，丰收在望的一季稻谷也全部被水吞没，二季稻无法插种。面对家中的重重困难，他不但没有把在部队的儿子叫回来，反而不顾68岁的高龄，带领村里人去保邻村的另一条河坝。他发动村民说："虽然我们村被淹了，但不能让别村的同胞再同我们一样饱受洪水的痛苦。"一个月来，他挑土固坝、巡查、值班样样领先，同村民一道用血汗保住了大坝的安全。

儿子肖锡军是8722部队三连连长。7月1日，他受命带领全连官兵开赴安徽丹阳湖抗洪。该连所担负的野风港一带湖坝的安危关系到当涂县30万人民的生命财产安全。一个多月来，他把对家乡的挂念深深埋在心里，带领战士冒着37℃高温，克服饮水、用水和血吸虫病重点感染区等困难，日夜加固大堤。7月28日，大坝一处出现险情，此时正生病输液的肖锡军得到报告后，一把拔掉针头，同连队战士一道连续加班加点24个小时，搬运石块67吨、土包2000袋，使这一险情被及时排除。为便于观察大坝险情，他带领连队战士开辟了一条3米宽、1200米长的观察带，及时查出并处置多处险情。他正是以这种高度的责任感和使命感，保住了大坝。

（原载1998年8月22日《人民武警报》第二版）

筑起冲不垮的防洪大坝

本报讯 8722部队一营200名官兵自7月1日担负守护安徽当涂县丹阳湖野风港防洪大坝的任务后，一个月来，以“人在坝在，坝倒人不倒”的使命感筑起一道冲不垮的防洪大坝，使这座50年来曾3次大决堤，给当地30多万人民带来灾难的大坝，今年经受住了超过历史水位长达11天的考验。

今年6月下旬，由于长江持续洪峰、皖南排洪和连降暴雨，丹阳湖坝再次告急。7月1日，该部一营官兵受命开赴湖坝，担负最为危险的野风港坝段3600米长的看护任务。官兵们明白，大坝一旦决堤，轻则毁坏1.3亿亩粮田、5000亩鱼塘，11万人受灾，重则危及当地30余万人的生命财产安全。一种“人民卫士为人民”的强烈使命感在促进着他们。一连战士徐俊膝盖受毒气侵入，红肿得有小碗粗，他瞒着病情，咬牙坚持运送石块加固大坝。连长发现后，叫他回去休息，他说什么也不肯。连长派人把他架回宿舍，他又偷偷跑回大坝，他说：“我就是死也要死在大坝上，绝不能让洪水越过大坝一步。”三连四班长邓熊志在巡查当中一丝不苟，一人就发现漏水洞46处，使这些危害大坝安全的险情得以及时排除。7月30日，湖水上涨，野风港大坝一结合部出现险情，在此值班的党员班长刘建国一面及时向上级报告，一面扛土袋加固大坝，200斤重的土袋他一小时就扛了50袋，使险情得到了及时处置。

一营官兵在大坝二平台开辟了2.5米宽、3600米长的观察带，组成了3人小组24小时不间断地进行巡查，对重险段、漏水处标示红旗和警示牌进行监控，先后对152处低洼险段处和186处漏水洞进行了有效处理。为防止因湖水退得过快而导致内坝塌方造成决堤，官兵采取铺压草垫、块石等方法对内坝进行保护，并调运石块460吨，准备土包4800袋以备急用。

（原载1998年8月22日《人民武警报》第三版）

8722部队正规组训不求“齐步走”

本报讯 随着单兵训练的逐步深入，在8722部队训练场上，不见了以往彩旗飘扬、人头攒动、共训一个课目的恢宏场面，取而代之的是不同单位、不同训练课目的齐头并进。即使是同一个连队，也是以班排为主，有的在进行队列训练，有的在练警棍盾牌术，有的在跑四百米障碍……这是该部按照“分班分训、补弱固本、整体提高”的思路全面抓好新大纲落实的一个招法。

该部根据新训大纲注重实效的特点，在开训前借鉴以往新老兵分训经验的基础上，首先对部队官兵进行摸底考核。要求编制人员少的单位打破建制编班，确保人员到位、内容落实。在训练过程中，采取训一个课目考一个课目，合格一个课目再轮换一个课目的方法，打破了过去部队统一制定内容、规划进度的传统做法，促使了训练课目的全面落实，避免了有的单位在训练中搞“一招鲜”，达到了不偏训、不漏训、整体提高的效果。

（原载2002年4月23日《人民武警报》第二版）

不以定措施代替抓落实

武警8722部队党委
禁止机关脱离《纲要》制定无实际意义的规章细则

本报讯 上级下达一项任务，下面便“生”出一些“规定”和“措施”了事。这种以“制定措施”代替“工作落实”的现象，如今在武警8722部队基本被杜绝了。这是该部队党委严禁机关乱定措施、乱提口号，老老实实按《纲要》抓落实带来的显著变化。

年初以来，该部队围绕抓基层这个重点开展各项工作，一些机关部门为了强化落实力度，相继下发了一堆新规定和新措施。但部队领导在调查时发现，文件发到基层后，机关对落实的质量和效果如何却很少问津，而且有些措施存在明显的重复，有的还互相矛盾。他们回到机关一问，回答却是“落实情况很好”。

这种靠下发文件、定措施代替工作落实的做法引起了党委的重视。党委“一班人”

分析认为，主要原因有两条：一是少数机关干部存在懒惰思想，不愿下基层实地调查，进行面对面指导；二是名利思想作怪，喜欢提新口号想新点子，认为只有这样才算“高度重视”，误以为措施制定了、文件下发了，就算是工作落实了。

该部队党委以此事为契机，对机关这种作风飘浮症进行了专项整治。他们在广泛征求基层官兵意见的基础上，将机关今年下发的6个重复且无实际意义的规章、须知立刻废除，并明确规定：凡是条令、条例和《纲要》规定已很明确的，机关禁止再制定不切合实际的规章细则，确需发文的由部队党委集体研究，联合下发，各部门严格按职责抓落实，有效地克服了机关的飘浮作风。

（原载2002年5月31日《解放军报》第三版头条）

一曲《驼铃》声 万千思绪中

千余武警老战士洒泪别军旗

本报讯 鲜艳的“八一”军旗迎风飘扬，庄严的警徽在冬日的阳光下熠熠生辉，在雄伟激荡的军歌旋律里，驻锡武警8720部队千余名老战士眼含热泪，于11月24日下午向军旗行了最后一个军礼。

一枚枚肩负祖国重托的肩章从老战士的肩上卸下，一颗颗显示忠诚卫士的领花珍藏在了他们心中。当《驼铃》的歌声在队伍中响起的时候，这群35%参加过国家重大执勤行动、42%获得过各种荣誉的老战士们再也控制不住自己的感情，眼泪顺着脸颊尽情地流了下来。

一声声战友饱含真情，一句句祝福更显珍重。向军旗告别仪式刚一结束，老战士们还未擦干脸上的眼泪，官兵就向前争相拉着他们在军旗下合影、在笔记本上签名留念。望着战友们一张张熟悉的笑脸，老战士王军激动地说：“战友情是黄金。”他说自己在家的时候由于是三代单传，骄横惯了，什么事都不会做，还时常惹得父母怄气。来到部队后，在战友们的帮助下，自己改掉了抽烟、酗酒、谩骂、打架、乱花钱等坏习惯。今年七月份父亲生病，自己还寄回家勤俭节约下来的750元钱，父母高兴得见人就说这是孝心钱，一直没舍得花。“我回家之后一定像战友们一样，做一个关爱别人也关爱自己的人。”“部队可真是一个大熔炉。”老战士余凯见到战友就讲，他在家时是做小生意的，生意一直不太好，他一气之下跑到部队。在部队的磨炼下，他终于懂得了自己失败的原因主要是缺乏恒心和拼搏的勇气。

（原载2002年11月26日《江南晚报》第二版）

新观念 新方法 新风貌

武警8722部队用新思路解决新问题

本报讯 以前靠框框去套，老战士思想活跃想法多；现在用十六大精神来引导，老战士倍感信心足。连日来，反思近两年在老战士退伍工作中采取的两种方法所带来的两种结果，武警 8722 部队机关干部认识到：要用新思路解决新问题。

每年老战士退伍时，该部对做好稳定工作都非常重视。针对老战士退伍期间外出联系工作多、找老乡聚会多、到驻地游玩多等现象，机关绞尽脑汁制定过一系列诸如限制老战士外出时间、增强请假报批程序、规定外出地点和路线、派出工作不定时检查老战士在位情况等措施。结果，按下葫芦浮起瓢，老战士外出的虽然少了，却出现了扎堆侃大山、工作时精力不集中等现象。

根据十六大报告中提出的工作要有新举措的精神，他们经过深入调研，提出了机关具体指导，老战士、新战士与干部或留队骨干搭配相互帮助的做法，效果明显。

党委会上，政委徐祖培的一番话发人深省："衡量一项工作是不是创造，关键看它是不是更好地践行了'三个代表'重要思想，是不是更好地为基层服务。"党委成员一致认为，创新不是追求新、奇、特，而是以"三个代表"重要思想为指导开创新思路、谋求新发展，不能借口创新把烦心劳神的事丢给基层，甚至做出有违规定的事。

在党委的指导下，机关针对老战士退伍前在走留和出路等问题上存在着模糊认识的情况，在思想上加强教育引导，生活上进行帮助，全力解决他们的实际困难。同时，机关还与连队紧密配合，针对每名老战士的特长和德才表现写好推荐信，寄往战士家乡相关部门。现在，老战士们纷纷表示，走留听从组织安排，不提不合理要求。

（原载2002年12月2日《解放军报》第二版）

冬训场上忙补短 不带遗憾到来年

8722部队采取分类编组开展强化训练

本报讯 8722部队从11月中旬开始以营为单位，采取分类编组展开冬季复训、补训工作，不断提高部队的整体训练水平。

该部党委认为，坚定不移地走中国特色的精兵之路，必须立足部队实际，千方百计谋“打赢”，为维护国家安全和全面建设小康社会提供良好环境。为此，他们一边组织年终总结和补退工作，一边谋划新年度训练工作，坚持做到不把今年训练考核不合格的科目带到来年。他们组织作训部门重新梳理所训科目，抽调精干教练员，采取分类组编、以老带新、以强带弱、达标过关的方法，对3个单位的体能、技能科目进行强化补训，提高了部队的整体训练水平。他们还对影响战斗力攀升的其他偏训、漏训科目实施复训，力求软科目不软、硬科目更硬。他们以营为单位，打破建制，重新编班分组，采取考核比武、综合测评、党支部推荐等形式，从优秀干部骨干中确定施训组训人选，并实行竞争上岗、末位淘汰制度，力求使灵活多样的教学法进入补训场，通过机制的完善加速战斗力生成。

（原载2002年12月24日《人民武警报》第一版）

落实“一封信”精神 循序渐进科学施训

8722部队淘汰新兵训练“土方”

本报讯 近日，8722部队将一些在新兵组训中不符合科学练兵原则的“经验”淘汰出训练场。同时，派出新兵训练督导组深入基层，帮助新训干部骨干规范训练思路，手把手地教方法、传经验。

元旦刚过，该部队部队长乔家德就带领机关的同志对所有新训干部骨干的教案进行全面检查，一个班一个班地上场，一个课目一个课目地过，一招一式地看。他们发现，类似于“寒冷天气不提倡戴手套”、“业余时间压脚尖”等土方法仍有市场。党委会上，大家分析后，达成共识：训练中对新战士严格要求是应该的，合适的土办法也是需要的，但应严而有度。寒冬不戴手套搞队列训练容易冻伤手，队列训练做好了，冻伤的双手练习射击还能打出好成绩吗？饭前压脚尖，战士哪能有好食欲？严格训练、严格要求是以条令条例和新兵承受能力为前提的，不能违反客观规律。科学练兵，循序渐进抓训练，才能取得全面过硬的训练成绩。最终，党委形成共识，对5名实施科学练兵的干部骨干通报表扬，将一些违背条令、不科学的“土方法”清理出训练场。

（原载2003年1月21日《人民武警报》二版头条）

不畏强暴身中三刀 武警战士勇擒歹徒

本报讯 4月18日，驻锡武警8720部队做出决定，给不畏强暴、勇擒歹徒的汽车连士官杨济斌荣记三等功一次，并号召全体官兵学习他临危不惧、见义勇为的精神。

2月12日，在家休假的小杨带着妻子和女儿到长安镇亲戚家拜年，晚饭后驾驶摩托车返回。途中，发现前面有吵闹声，因天色已晚看不清，小杨赶紧上前制止。两名男青年见有人阻拦，便说：“少管闲事。”小杨又上前劝说时，其中一人上前打了杨济斌一拳，说：“滚开，否则用刀砍死你。”说着便从另一人身上抽出一把刀向小杨砍来。黑暗中，小杨只见一件黑乎乎的东西向自己打来，本能地伸手一挡，右小臂被狠狠地砍了一刀。小杨还未来得及下车，那人又朝着他头部砍来，由于顾及车后座妻女的安全，小杨不便躲闪，左脸被砍了一刀，顿时血流满面。小杨情知遇上了歹徒，忍住剧痛大喝一声：“抓住他们！”趁歹徒一愣的间隙，小杨趁势下车一把抓住歹徒的手。歹徒不肯就范，挥拳向他头部打来。就在小杨避让的同时，持刀歹徒挣脱后又一刀砍在小杨的头部，小杨感到钻心的疼痛，但他并没有退缩，在歹徒还未来得及收回刀之际，扑上前将其双臂牢牢抱住。歹徒欲再行凶，却动弹不得。在大家的帮助下，一起将歹徒擒获，交给了及时赶来的“110”警察。

小杨在送往医院时被发现左耳被严重砍伤，腮腺被砍断，左脸一道10余厘米长的伤口，一共缝了70多针，在部队官兵的关心下，现已基本康复出院。

小杨身中三刀仍与歹徒顽强搏斗的事迹在部队传开后，大家纷纷表示，要向他学习，争做党和人民的忠诚卫士。

（原载2003年4月19日《江南晚报》三版头条）

激战高西闸

堤坝保住了！寿县保住了！寿县十几万人民群众的生命财产安全保住了！7月17日下午6点30分，经过武警8722部队224名官兵5个小时的激战，寿县瓦埠湖九里联圩高西闸一处特大管涌终于在官兵的豪迈气概中悄无声息。

17日下午1点15分，在瓦埠湖高西闸堤坝外2.5米处被淹没的水稻田里，突然发生管涌，涌出的水花面积足有一张八仙桌大。由于这一地段的堤坝相对比较低洼，1991年洪水就曾在此漫堤，淹没了除寿县城外的整个寿县区域。部队接到特急命令后，在部队长乔家德、政委丁晓兵、参谋长方仁人的带领下，224名突击队员直奔管涌处。

天下着暴雨，豆大的雨点打在身上生疼。“会游泳的跟我来！”随着乔部队长的一声喊，立即有七八名官兵跟随着脱掉衣服，穿着短裤背心跳进了湖水中，他们轮流潜入水中，摸索管涌入水口的准确位置。与此同时，在参谋长方仁人的带领下，又有五六个人跳进了80多厘米深的水稻田里，探测出水口的准确位置。同一时间，丁政委迅速组织部队搬运沙包，以便围堵。

5分钟后，入水口找到了。由于入水口太低，不便于堤内进行处置，大家决定采取从堤外围绕，抬升水面，利用使内外水位达到平衡的原理进行处置。这时，在方参谋长的带领下，出水口的位置也已探明，出水口呈椭圆形，宽约50多厘米，并呈扩大的趋势，向上涌出的水柱高约45厘米。

情况危急，在一旁的水利专家分析后警告，如果在12小时内不能堵住，溃堤是肯定的。在水利专家的指导下，部队立即从外围展开了围堵。

堤坝因为暴雨泡出的稀泥有没小腿深，泥土和沙石都无法运行，只能在离管涌50米之外的较高地势的水稻田里取土。官兵排成两队，采取接力的方法，把从泥水中装填的泥土一袋袋往上垒。

水位在不停往上涨，围堵的堤坝也在不断上升。1米、2米、3米，一直垒到4.3米高与堤坝平起。6点30分，管涌终于在官兵的英雄气概面前低下了头。

（原载2003年7月21日《安徽日报》头版）

“政策纪律模范连”违纪之后

被授予“政策纪律模范连”称号的 8722 部队八连，在抗洪抢险中违反群众纪律，不但没有受到批评，反而得到了驻地群众的表扬，这是咋回事呢？

7 月 13 日上午 10 时 30 分，安徽寿县迎河镇河东村段的淮河大堤出现 4 处管涌。8722 部队八连接到命令后，立即奔赴一线。赶到现场后，发现险情十分严重，炊事班的 6 名战士也加入到了一线。3 个小时过去了，仍有两处管涌还未堵住。此时，官兵因为连续在水中作业，又饥又累又渴，进展速度开始放慢，而险情还在扩大。

就在连队堵管涌的旁边，有一块无人看管的西瓜地。此时，有人建议用西瓜填填肚子再战斗。立刻有官兵表示反对，他们说，我们连队曾被授予“政策纪律模范连”光荣称号，我们可不能因为饿了、累了、渴了，就把光荣传统给丢了。而另一部分官兵则认为，现在大家又疲又乏，如果不补充体力，完不成任务，一旦溃堤，危及的将是驻地十几万人民群众的生命财产安全。面对大家的不同意见，在此负责的政治处主任杨成富对大家说：“先吃瓜，后付钱，现在第一任务就是要保住大堤！”于是带头进入西瓜地，抱起西瓜塞到官兵手中，并对大家说：“同志们，这西瓜是人民的，我们吃了人民的西瓜更要保住人民的大堤。”

西瓜下肚，力气倍增，官兵喊着“为人民利益而来，为人民利益而战”的口号，经过两个小时的激战，终于堵住了管涌，保住了堤坝。

没经主人同意就吃了人家的西瓜，群众怎么想？八连官兵怀着忐忑的心情回到驻地，没想到迎接他们的却是群众热烈的掌声。官兵要付西瓜钱，全村人都热情地推说西瓜不是自己的，谁也不肯收。

不仅钱没送出去，晚上还有人悄悄塞给哨兵一封署名“瓜地主人”的表扬信，称赞官兵是一支真心为民的好部队。读着群众的表扬信，官兵们心潮澎湃，决心不惜一切战胜洪魔，不负人民厚望。

（原载2003年7月25日《人民武警报》第三版）

对症下药开处方 在岗培训长才干

8722部队士官组训能力强

本报讯 前不久，旨在提高班长组训能力的在岗培训在8722部队拉开序幕。这是该部提高部队训练质量的又一举措。

不久前，该部部队长乔家德深入训练场调研，发现三连班长戴亚亮在组织警棍盾牌训练时，扯着嗓子喊了半天，战士发力点不对的问题还是没纠正。乔家德又到其他连队调查，发现类似只知道做得不对、不知道毛病出在哪里，思想工作做了一大堆、却讲不到点子上的现象还不少。这些常见问题在预提骨干集训中都涉及过，有些还是重点培训内容，可为什么一到训练场上他们就无计可施？座谈会上，班长们也倒苦水：战士接受能力不同，理解能力各异，但骨干集训却是一样的教案，一样的情况，一样的对策，就是犯错误也是自己预先设置好的。这种集训方式，怎能适应实战要求！查病查根源，对症开处方。他们把在岗培训作为提高班长组训能力的重要手段，课目开训前组织班长认真搞好调查摸底，针对组训中可能暴露出来的问题，采取共同酝酿、集体会诊、人人上阵演练的方法，使班长提前进入角色。课目开训后，连队干部及时收集反馈信息，机关训练指导小组及时跟进督导，针对组训中存在的问题，组织班长骨干认真进行探讨，逐一分析原因，提出解决办法。半个月后乔家德再到三连，发现戴亚亮所在班的战士警棍盾牌打得精神多了。

（原载2003年7月26日《人民武警报》第二版）

“独臂政委”抱病护大提

——来自安徽寿县瓦埠湖抗洪一线的故事

本报讯 近日，在安徽寿县淮河抗洪一线，有一位独臂军人特别引人注目，他就是现任驻锡武警8722部队政委丁晓兵。20年前，为保卫祖国领土完整，热血沸腾的年轻侦察兵丁晓兵义无反顾地参加边疆作战，在一次战斗中将右臂永远留在了南疆，获得“边陲优秀儿女金质奖章”，荣立一等战功。今夏，为保卫人民的家园，这位独臂英雄再赴“沙场”。

进入汛期以来，淮河流域普降暴雨，发生了自1991年以来最为严重的洪涝灾害。7月10日，丁政委接到武警总部命令后，带领850名官兵从无锡驰骋千里，赶至安徽寿县参加抗洪抢险。11日，部队到达灾区后，立即投入战斗。在6天的时间里，他带领部队堵管涌12处，加固堤坝4500余米，扛沙包56000余只，搬运土石43000余方，排除险情123处，为保卫驻地人民群众筑起了一道道生命之堤，为受灾群众提供了一个个温馨的住所。

在抢险救灾中，丁晓兵处处身先士卒，冲在一线，叫响“向我看齐”的口号，用实际行动展示着一名共产党员的风采。7月12日上午11时，瓦埠湖水位以每小时2厘米的速度上涨，在九龙乡一段120米长的堤坝，湖水还有32厘米就将漫堤，得到抗洪总指挥部的命令后，他不顾自己身患胆囊炎和严重感冒，拔掉正在输液的针头，带领120名官兵马上投入战斗。当时，气温高达38℃，他因为一天未进食，身体比较虚弱，在现场组织指挥时，几次险些昏倒，军医也数次催他下堤，他只说了一句“洪水不饶人哪”，一直同官兵坚持到最后。

16日上午10时，瓦埠湖东津渡大桥附近堤坝发生严重管涌，随时都有塌陷的危险，再次对驻地十几万群众构成威胁。丁政委又一次带领部队冲在前头，奋战一线。为了及早排除险情，鼓舞士气，他同官兵一道扛沙包。由于他只有一只左手，上百斤重的沙包扛不上肩，他就蹲下身子，用左手拎住沙包口，用背顶住沙包的中下部，下蹲着身子，利用左脚的蹬力及人向上和向前的惯性站起来。在四个小时的奋战中，他始终同官兵战斗在一起，直到险情排除。在旁的地方党政机关人员和群众连声称赞：英雄就是英雄，在什么时候都能扛得起、顶得上。一位老大妈含泪端着一碗茶水递到他的嘴边说：“来喝一口吧，洪水不讲情义，俺安徽老百姓可是有情有义的，就是这坝真的塌了，你还是一个为了俺百姓的英雄啊。”

（原载2003年7月29日《无锡日报》第二版）

抗洪冲锋争先 论功评奖谦让

凯旋战士道心声：为人民利益而战已是最高奖赏

本报讯 日前，从安徽抗洪凯旋的驻锡武警8722部队党委原本计划用3天时间对参加抗洪抢险的850名官兵论功评奖，没想到半天时间就搞定。昨天，该部政治处主任杨成富感慨地说："一切为了人民的利益，不图回报，已成为广大官兵的自觉行动。"

该部自7月10日千里驰骋到安徽寿县 参加抗洪以来，在半个月的时间里，共出动兵力16500人次，加固堤坝14500余米，扛沙包、土包167500包，搬运土石188750方，排除险情126处，始终没让洪水越过堤坝一步，有力地保证了当地127万人民群众的生命财产安全，胜利完成了党和人民交给的任务。在与洪魔的作战中，涌现出了大量轻伤作战一线、重伤不下火线、家中被淹坚持一线的可歌可泣的事迹。

为表彰先进、鼓舞士气，上级分给该部6个立功受奖的名额。突出事迹人员多，立功受奖名额少，党委"一班人"感到很为难，担心因此使部队士气受挫。政治处为此拟定了一套动员、教育、评选、上报和再教育的方案，力求消除"仗好打，功难评"所带来的负面影响。然而，令他们意想不到的是，基层官兵听说此事后，并没有各报各的好，而是主动写倡议书，要求在部队全面衡量，不要单位和个人照顾。

"我们是为人民的利益而来，也是为了人民的利益而战，这是我们子弟兵的职责，也是对我们最高的奖赏，立功受奖并非是我们抗洪抢险所追求的。"七连班长赵银余一语道出了大家的心声。在夜战安丰塘、堵特大管涌的战斗当中，他三次晕倒在大堤上，三次醒来后立即拔掉输液的针头冲锋在一线。战斗结束时，他双腿不能动弹，是部队长和教导员把他抬下了大堤。当部队要求把立功的名额给他时，他说："我只是凭个人的勇气，在与洪水斗争当中，更需要大家的智慧。"他主动把名额让给了直属队。

抗洪冲锋争着上，评功不摆自家好。部队评功评奖评出了士气，更评出了崇高的思想境界。部队以此为契机，在前段时间开展的"三个代表"教育基础上，广泛开展"当兵干什么？做事图什么？立功为什么？"的教育，把"三个代表"教育推向了深入和高潮。

（原载2003年8月14日《无锡日报》第二版）

清清自来水进了山旮旯
甘甜润心田官兵解了难

本报讯 现在，完成了一天训练的驻锡武警8722部队三连官兵脱下汗渍渍的衣服，来到洗漱间，可以痛痛快快地洗上一个澡了。该部官兵日前彻底结束了用水难、用不上合格水的历史。

这个部队驻守在远离城区的一个山旮旯里，饮水难一直是该部的一块心病。部队驻守之初，在每个营区打了一口枯水井，官兵洗漱和饮用水都在这里取。遇到旱季，仅有的一点水就让驻地老百姓饮用。为解决这个难题，1994 年，驻地无锡市政府投资百万元为该部队打了一口 200 米深的水井，官兵终于喝上了水。然而，过了八年，在每年一次对水源进行的例检中，专家发现部队饮用的水中矿物质严重超标，在随后对官兵每年进行的体检中，军医也报告了一个惊人的数字：官兵结石病患率是常规人群的 4.2 倍。

该部队党委研究决定，花再大的力气，也要一次性解决官兵的用水难问题。驻地无锡市政府也非常关心这件事，经研究论证，再次拿出 50 万元，并安排无锡市自来水公司协助部队一同办好这件关系官兵生活的大事。经过近半年的紧张施工，终于从市区引了一条自来水管道沿山脚进入营区。

（原载2004年6月7日《江南晚报》第二版）

万只白鹭相聚警营

本报讯 嘹亮的起床号刚在营区响起，上万只白鹭伴随着初升的红日，在松林间欢快地跳起舞蹈。翩翩的舞姿映着朝霞，清脆的叫声与官兵早操的号声、整齐的步伐声汇成一首天然的交响曲。这是日前一天清晨，通讯员在无锡市武警 8722 部队见到的美丽景致。

该部队门前不足千米就是波光粼粼的太湖，千帆侧影，鱼跃虾戏。营区则靠着美丽的凤凰山，种满了松树、香樟、杉树等乔木和灌木，绿树成荫，环境幽静。自去年初，几十只白鹭发现这一宝地后，就在这里引枝筑巢，生儿育女。

白鹭的到来，给官兵增添了无限的快乐。为了给它们排忧解难，战士们利用休息日扎鸟窝、喂鸟食，忙得不亦乐乎。可是白鹭并不领情。有的以为是来争夺小宝宝，对战士进行围攻；有的干脆弃家而去。好心为啥没好报？一请教鸟类专家，原来它们喜欢过自己的生活。于是部队专门进行了一次如何爱护白鹭的教育，使官兵对白鹭的生活习性、生活方式等相关常识有了了解，形成了不扰白鹭、不惊白鹭、不干涉白鹭的意识。

自己要爱白鹭，也要教育周围百姓爱护白鹭。在当地，有的老人喜欢用鱼网捕鸟，得知警营山上飞来了白鹭，就把渔网支到了山脚下。官兵发现后，赶紧上前制止。刚开始，有的人不听从，说白鹭是自然生的，天上飞的，又不是你们养的，凭什么不能捕？官兵耐心向他们宣传野生动物保护法的有关常识，宣传爱鸟护鸟给驻地自然和谐发展带来的好处，晓之以法，动之以情，老人们主动撤离了渔网。部队官兵又在山脚下插上标语警示牌，并特地将日常巡逻线延长，防止有人偷偷上山猎杀白鹭。

也许是官兵的真诚感动了白鹭，飞走的白鹭回来了，还带来不少邻居。白鹭从几十只增加到几百只、几千只，直到现在的上万只。在营区旁居住久了，白鹭也有了灵性。早晨，它们随着部队的起床号出巢，随着熄灯号停止一天的生活；官兵训练时，它们就在上空盘旋助阵；官兵唱歌时，它们也鸣叫着一唱一和，煞是有趣。但也有一些淘气的白鹭时常让官兵哭笑不得，一不留神，就在官兵的衣服上、身上留下一点排泄物。

（原载2004年8月12日《江南晚报》三版头条）

400多名老战士惜别军旗

本报讯 又是一年枫叶红，军营再奏《驼铃》曲。昨日下午2时，驻锡武警8722部队400多名老战士庄严地举起右手，向着军旗行了最后一个军礼。

雄壮的《中国人民解放军进行曲》随风渐远，老战士列着整齐的队伍丝毫未动。他们望着军旗，眼含热泪，久久不愿将手放下，也不愿离开。告别仪式后，老战士们开始摘领花和肩章，那双去年在安徽寿县面对滔滔洪水筑起坚固大坝、保卫了几十万人民生命财产安全的有力的手，此时却扭不动装钉领花的小小螺丝钉。他们舍不得脱下这身军装，更舍不得离开这座火热的军营。“这里是梦升起的地方。”老战士王怀江如是说，“虽然我考军校落了榜，当不了将军，但是在战友们的帮助下，我学会了在挫折中奋进，在奋进中找准人生的坐标。”与王怀江一样，其他的老战士有的把照相机的镜头一次又一次对准熟悉的营房、亲爱的战友；有的则拿起扫把、铁锹和脸盆为连队再打扫一次卫生、整理一次菜地、为战友洗一次衣服……

今天，这些老战士将离开军营，离开美好的第二故乡和人民，踏上返乡的征程。

（原载2004年11月25日《江南晚报》第一版）

8722部队“六查六看”增强机关服务意识

本报讯 日前，8722部队结合工作小结，对改进机关作风建设情况进行“回头看”，发现机关服务意识、职责意识明显增强。

该部队党委在调研中发现，部分机关干部对职责范围内的事互相推诿，帮基层解难题讲“亲疏远近”，基层反映机关“门难进、脸难看、事难办”。分析问题产生的根源，是机关部分同志颠倒了“为谁服务、为谁工作”的关系。为此，他们在机关开展了“六查六看”活动，即：查学习，看理论基础是否扎实；查工作，看是否尽职尽责；查业务，看是否胜任本职；查纪律，看是否按章办事；查服务，看是否真心实意帮带基层；查作风，看是否严谨细致。他们通过民主生活会、党小组会、个人述职等多种形式开展批评与自我批评，着力解决个别机关干部吃苦精神不强、业务素质不高、服务意识淡薄等问题。同时注重在整改过程中揭露矛盾，解决问题，以整顿促进风气的转变，以风气的转变提高机关的工作效率。8月底，该部二连燃气灶出现故障，打电话向军需部门反映后，半个小时内机关同志就带着技术人员解决了难题。

（原载2007年9月13日《人民武警报》第三版）

文明用语成时尚 陋俗恶习没市场

8720部队规范官兵言行举止净化内部环境

本报讯 相互称呼得体，行为举止大方。新兵入营以来，8720部队通过抓官兵言行举止作风养成促进部队内部秩序正规有序，进一步深厚了警营内部温馨和谐的氛围。

新兵入伍后，该部队在调查中发现，有半数以上的新战士有过丰富的社会经历，在与战友、骨干、干部的交往中不同程度存在着各种旧俗陋习。他们感到，这些看起来虽然是日常生活中的言行小事，但是若不及时加以纠正，会对部队的战友关系、内部环境、正规化建设产生负面的影响。对此，他们从剖析社会上流行的陋习危害性着手，结合官兵思想实际，专门下发了军人文明举止的教育提纲，并通过在新战士中开展“什么样的称呼最亲切？”“什么样的礼节最文明？”等大讨论，使大家对部队内部秩序和军人文明行为规范的重要性有了深刻的认识和掌握。在此基础上，部队将60多条不文明用词张榜上墙，引以为戒；将70余条文明带兵用语打印成册发到每一位新兵手中，督促人人对照执行，进行相互监督。对于新训骨干在带兵中的不文明用语行为，部队党委不仅制定了相关的约束机制，而且明文规定，对语言粗暴严重者，将取消带兵资格。此举极大地激发了新兵养成良好习惯和干部骨干文明带兵的热情，部队内部关系得到进一步密切。

（原载2008年2月28日《人民武警报》第三版）

练实每一招 打好组合拳

8722部队党委引导基层全面建整体上

本报讯 2月下旬，8722部队党委机关对所属基层单位按纲建队规划进行综合评估，一些想靠突出“一招鲜”、“一炮红”而出彩的单位受到批评，而一些细化常规工作、老老实实按照《纲要》全面打基础的单位受到通报表扬。

今年初，部队党委“一班人”在梳理所属基层单位按纲抓建规划时发现，有的连队文化活动有特色，今年想借此锦上添花；有的连队训练是强项，拿过不少奖牌，在今年规划中又突出这些特点。针对这些单位想靠单项取胜快速见效的错误想法，部队党委让曾有类似教训的单位谈体会，加深大家对片面追求出名挂号危害的认识。同时采取分步分层次培训的办法，提高基层主官用《纲要》平衡全局的能力，着力提高单位主官抓大事、把方向，营、连、排干部发现问题、分析问题的综合素质。机关还针对各单位的弱项进行现场指导和帮助，并与之结成帮扶对子，定期进行跟踪问效，确保常规工作有重点、有步骤、有结合地贯彻落实。

（原载2008年3月8日《人民武警报》第一版）

8722部队干部下连代职实行双向选择

本报讯 近日，8722部队通信股长宋学峰，凭借在代理通信连连长期间摸索出的一套“耳听、眼看、心算”三位同步法，一举夺得无线排专业比武冠军。代职干部如鱼得水，所带连队锦上添花，这是该部实行代职双向选择带来的新气象。

过去，该部在指派机关干部下连代职时，很少听取基层和机关干部意见，点到谁谁就去。部分代职干部下连后，由于受专业和业务能力限制，想帮帮不上，想建建不好，想解决难题解决不了。代职干部“水土不服”，基层官兵也有意见，影响了基层建设的质量。为突破这一“瓶颈”，该部党委充分尊重基层和机关干部意见，一方面向基层通报机关干部业务能力情况，把代职人选的推荐权交给基层；一方面把基层建设情况告知代职干部，让他们在基层推荐的基础上对口选择代职单位。此外，他们在年初制订干部休假计划时就把这项工作纳入统筹规划，避免基层主官休假、代职干部不在位的情况，并在机关干部岗位调整或有其他任务时，根据基层党支部意见适时调整代职干部人选。年初以来，经双向选择下连代职的13名干部个个尽心尽责，所带连队的建设不但没有滑坡，还在解决七个疑难问题上有了新突破。

（原载2008年7月22日《人民武警报》第三版）

全程纳谏 全程公示 全程监督

8722部队扩大民主覆盖面规范权力运行

本报讯 8722部队把学习贯彻武警部队党委一届九次会全精神运用于工作实践，着力扩大民主覆盖面，让权力在阳光下运行，在涉及官兵切身利益的敏感问题上，始终坚持广开言路，畅通民主渠道，以决策的民主化保证决策的科学化。

“用人最能反映作风，也最能影响作风。”该部党委紧紧围绕选人用人这个关键，坚决落实“四公开”要求，坚持事先公开岗位、名额、条件、程序；事中公开基层推荐意见、群众意见建议和综合考核成绩；事后公开对象个人简历、履职尽责情况以及组织研究结果，保证全员公开、全程透明。在研究决定重大问题时，他们注重全程纳谏，坚持充分征询基层官兵的意见，保证党委决策充分体现基层官兵的意愿；充分征询党委成员的意见，最大限度凝聚“一班人”的集体智慧；充分征询业务部门的意见，使决策更具针对性，符合部队建设的需要；充分征询地方专家和咨询机构的意见，避免因专业知识欠缺而造成决策失误。他们充分利用直通信箱、网上邮箱等渠道和“周末小论坛”、“我为党委献一计”、“金点子评选”等载体，确保基层官兵的意见和建议进入党委决策。前两年，营区改造方案在网上公示后，有不少官兵建议营区道路规划不能过分讲究直线加方块，应当利于部队快速机动。党委采纳这一建议，重新制订方案，做到保障车直通基层伙房，运兵车直达班排，特种车快速到位、指挥车畅通无阻，部队出动时间比原来缩短了三分之一。

该部党委注重全程接受官兵监督，以公开透明保证公平合理。转改士官、考学提干、立功受奖、选改技术兵等，一直是基层官兵关注的敏感问题。为防止暗箱操作，党委主动让基层官兵参与监督全过程，把指标一次性分配到基层，由基层自主推荐，纪委全程参与，做到没有经过基层党组织推荐不研究、没有经过政治机关审定不研究、没有经过公开考核的不研究。去年，全部队调整干部44名，选取士官66名，发展党员22名，全部由基层营连自主推荐。民主建设带来清风正气，带来内部和谐。该部队先后被评为武警部队“基层建设标兵”单位，党委被评为先进党委、两次被评为党风廉政建设先进单位。

（原载2011年2月2日《人民武警报》头版头条）

微博承诺真给力

8722部队利用网络平台助推创先争优小记

本报讯“下哨后能吃上热饭菜，保温车发挥了大作用，党委的关怀真给力。”近日，网友“一夫当关”在8722部队局域网上“党委微博”的跟帖，赢得网友的一片叫好。

几天前，网友“一夫当关”在党委的“爱兵承诺”微博上跟帖：“连队的饭盒保温效果不好，每天下哨吃冷饭冷菜影响身体健康。”帖子一出，该部政委徐红政立即回帖：“‘一夫当关’，你反映的问题，我们会立即解决。”随后，采购保温饭车的议题摆上了党委会。不久后，下哨的哨兵们吃上了保温车内热气腾腾的饭菜。

在创先争优活动中，该部少数支部把“定承诺”当成“谋政绩”，以为承诺调子唱得越高，领导和官兵就越满意。但许多承诺由于脱离了实际而无法兑现，反而削弱了党员“把承诺当使命去践行”的意识。该部队借鉴地方政府开通微博公示政务的做法，把各级支部的承诺以微博的形式挂到网上，让官兵跟帖评议，既能增强承诺的公开透明度，又能倾听官兵的真实想法。于是，“党委微博”首先在局域网亮相，将“爱兵承诺”、“廉政承诺”、“按纲建队承诺”等公示于众，欢迎官兵们跟帖点评。开通第一天，“党委微博”就引起了200名网友的关注。紧接着，“政治处微博”、“支部微博”等如雨后春笋般相继开通，与之前某些唱高调的承诺不同，通过微博公示的承诺更贴近单位建设的实际，更注重解决官兵关注的问题。

为了强化承诺的落实力，该部将官兵的跟帖作为衡量党委、支部建设能力的一项标准，并要求党委、支部在跟帖中找出问题、强化落实。据了解，微博开通以来，93%的承诺得到了有效落实，其中三分之二的承诺更是赢得了100%的满意度。而像“一夫当关”这种通过微博跟帖解决问题的方式，进一步增强了党委、支部的公信力和凝聚力。“官兵的跟帖就是对党委、支部进行的一次网上民主测评。”徐红政介绍说，下一步该部还打算开通党员个人微博，提高党员创先争优意识，形成“党员支部同晒承诺，网上比决心、网下比落实”的良好氛围。

（原载2011年2月19日《人民武警报》第二版）

持续使长劲 形成战斗力

8722部队强化政治工作在任务中的作战功能

本报讯 8722部队积极发挥政治工作在任务中的作战功能，不断强化官兵的理想信念、战斗精神和战斗作风，形成平时和战时有机统一的宣传教育、思想动员、文化心理服务等一整套工作制度和具体措施。两年来，在执行处突维稳、世博安保、监管执勤等重大任务中，次次圆满完成任务，荣立集体二等功1次。

该部队针对维稳处突任务艰巨和官兵可能出现的思想变化，摸索出了“维稳处突教育四点法”：把教育的立足点放在招之能来、来之能战、战之能胜上；把教育的着眼点放在听党指挥、服务人民、英勇善战上；把教育的根本点放在革命军人核心价值观上；把教育的切入点放在政治特别坚定、军事特别过硬、反应特别迅速、作风特别顽强上，不断锤炼官兵过硬的思想作风。与此同时下实“四步棋”：针对维稳处突任务的多样性、执行任务的突然性以及完成任务的复杂性，组织力量完善各种预案，形成了政治工作指导模块，编撰完成了《维稳处突中的政治工作》《“三战”课题研究汇编》《现场处置政治工作 200 问》和《任务中官兵心理疏导 50 法》；在每个基层单位组建“三战”小分队，建好人才队伍，采取集中培训政策法规、心理疏导、民族语言、临机处置、网络运用，加强经验教训总结、敌社情研究、任务演练等方式，结合日常战备训练和岗位练兵，使他们在实践中摔打磨炼，增长才干；充分利用信息化建设成果，加强“三战”信息软件、模拟系统的开发运用，完善基础数据库，形成了机关指挥车、多功能野战文化车与基层分队信息化野战宣传器材的联网对接，实现了宣传实时化、可视化；针对突发事件涉及面广、处置手段多样、工作头绪多的特点，成立政治工作指挥机构，与地方政府密切配合，与友邻单位协调沟通，与军事工作步调一致，确保各个任务方向、各个行动单元都能聚集好力量。

3 月 2 日，通讯员在该部组织的战备拉动演练中看到，多功能野战文化车的远程压制、小分队的抵进宣传、可视化政策法规的适时宣讲、电子信息的心理干预，激发了官兵的战斗热情，有效保证了部队按时到达集结区域。

（原载2011年3月9日《人民武警报》第三版头条）

8722部队机关深入训练场

本报讯 “五班长，你刚才在组织擒敌基本功训练中，纠正摆拳力度不够的方法用了很多，但效果不够明显，主要是没有有效利用腰部的发力。”春节刚过，在 8722 部队训练场上，参加随队训练的作训股参谋高山阳利用训练间隙，指导通信连班长如何发现和纠正训练问题。

该部党委感到，组织机关干部到基层随队跟班训练，不仅能够摸准基层训练的实情，增强机关干部对基层的指导性，提高基层单位训练质量，而且也有利于提高机关干部的体能和技能，培养他们发现问题、解决问题的能力。该部队首长机关实行每周一天的跟班训练制度。从早上起床出操开始，至晚上熄灯结束，组织司政后干部全部下到连队进行全日跟班训练。对连队的训练组织、计划安排、教学准备、训练实施，登记统计以及人员、内容、时间、效果的“四落实”情况进行全面的跟踪，并适时进行指导。为了保证指导的科学性，在人员的分配上，机关后勤干部对口指导后勤单位业务训练，政工干部主抓训练中的思想政治工作，军事干部主要指导训练的组织与实施。发现影响和制约单位训练的重点、难点问题，在第一时间、第一现场研究解决，当场不能解决的，上报相关部门研究解决。

（原载2011年3月10日《人民武警报》第二版）

盯着战斗力生成抓训练

本报讯 枪响靶落，拳脚生风，在日前8722部队组织的7个课目考核验收中，5个达到总评优秀，2个达到全优。这是该部盯着战斗力生成抓训练带来的实际效果。

入伍训练阶段是新老兵分训，老兵训什么？怎么训？该部队严格根据老兵刚刚完成一年训练的实际，把今年训练的起点定在去年训练的终点上，精心筹划，科学组织，有序推进。他们从本单位实际出发，根据不同兵种、不同层次、不同对象、不同阶段、不同训练内容来科学设置、确定组训形式，制定训练规划、目标和措施，防止盲目蛮干。老兵训练以营为单位组成老兵连，训练的内容以按枪种，按专业复训、补训为主。为突出训练重点，采取“官兵分训”的组训形式，着力提高警官的训练水平。针对专业兵种专业多、人数少而分散，教员、训练场地、器材等条件受限，影响训练效果和质量，采取“小兵种，大集中”的组训方式来解决。为增强训练效果，部队在每个课目开训前和每个阶段训练展开前，挑选部分基础训练好的分队先训一步，集中首长机关和分队官兵的智慧，进行试验性训练，点上取得经验，面上加以推广。对于训练中的班长组训、应用射击等重点、难点课题，该部组织5个攻关组，在练兵过程中，坚持积极引导官兵开动脑筋，运用科技知识和手段提高训练效益。

（原载2011年3月30日《人民武警报》第四版）

载货拖车突起火 过路武警勇扑救

本报讯 昨获悉，9日上午，243省道丁蜀路段，一辆满载货物的平板拖车突然着火。

途经此地的驻锡武警 8722 部队 10 名官兵见状，立即停车参与扑救，终将大火扑灭。

9 日上午约 9 点 40 分，驻锡武警 8722 部队运输油料股助理张正光带着 9 名驾驶员进行冬季练兵。途经省道 243 丁蜀路段加油站时，行驶在前面的一辆平板拖车尾部突然着火，火借着风势迅速向全车蔓延。张正光立即靠边停车，组织 4 名战士向加油站借用灭火器材，自己则带领其余人员抢救车上物资。

起火的车上，燃烧的车篷布、纸箱和泡沫板腾起熊熊火焰，升起滚滚浓烟。张正光不顾烟熏火燎，带头爬上车顶，指挥战士用借来的 6 个灭火器灭火，并抢运车上的物资。由于没有有效的防护设施，在车顶上组织抢救的张正光在运完最后一箱货物后，双腿发软，晕倒在地。随同的战士立即将他送往无锡市第四人民医院，经过 4 小时的精心治疗，张正光已基本康复。

由于扑救及时，平板拖车上六成物资被完好抢运了下来，车体也得到了较好的保护。

（原载2012年1月11日《江南晚报》第二版）

武警8722部队抓安全训练保训练安全

本刊讯 最近，在上级关于军事训练和训练伤病号的情况通报中，武警 8722 部队训练成绩走在前列，并且没有出现一起训练伤事故。科学的训练和扎实有效的预防措施是部队避免训练伤的重要保证。

该部队党委在训练形势分析会中一致认为，只要战士在事故发生的瞬间知道如何有效保护自己，95%的训练伤是可以避免的。要有效预防训练伤，必须积极地进行安全训练，让官兵掌握安全常识和紧急处理方法。为此，他们组成以军医、心理医生、运动学专家和训练专家为主的工作组，根据训练内容，一一排查训练中可能出现的险情，并从心理、生理和运动学三个方面进行分析研究，整理出空中坠落处置法、身体痉挛排险法、摔擒要害防护法等 10 类 146 种应急处理方法。他们还在组织试训分队训练的基础上，进一步总结完善，在官兵中展开训练，使大家掌握紧急避险和应急处置方法。同时，该部狠抓训练前活动身体、场地器材检查，训练中安全隐患提醒、防护措施的落实，训练后组织放松运动和安全讲评三个环节，制订了预防教育不落实不训练、干部骨干不在现场不训练、动作要领不清楚不训练、场地器材不检查不训练、保护措施不到位不训练、身体活动不充分不训练、伤病未痊愈不训练和思想扣子不解开不训练的八个“不训”。自今年开训以来，该部虽先后发生了28次险情，却次次化险为夷。

（原载2012年《基层政治工作研究》第5期）

法律培育经常化 为兵服务“及时雨”

武警8722部队连续23年无案件无重大责任事故

“到今年我已经服役12年了，退役后，我还该交多少年的养老保险才能享受养老金？”“按照新颁布的《中华人民共和国军人保险法》第二十三条规定，你服役的这12年视同职工基本养老保险缴费年限，退役后，你只需要再连续缴费3年，就可以享受养老金了。”5月7日上午，在武警8722部队法律骨干培训班上，部队律师吴磊与学员采取一问一答的方式，从官兵最为关心、最为常见的法律知识入手，着力提高骨干的能力素质和业务水平。

该部在开展法律服务中，始终把建队伍、释疑问、解难题、防激情犯罪作为重点环节，搭建起服务的平台，架起了与官兵沟通的桥梁，形成了“三网一队”的工作机制。建好服务网。他们开通法律服务热线，实行24小时值班；实行多级联合，与上级法律服务部门、地方法院、律师事务所协同处理涉法问题。用好宣传网。部队在局域网上设置法律小讲台，官兵可以在线查询各项法律法规；营队开办法律宣传小广播，每天播出法律小常识；连队有法律宣传角，对阶段性工作中遇到的法律常识进行提示。巩固防范网。严格落实连每月法律教育日、营每季心理疏导，官兵外出有提醒、官兵休假“一堂课”，在思想上防松和心理上防激情犯罪；运用法制图片展、模拟法庭、参观监狱场所等方式强化官兵的法律认知；在排设立法律信息员、班行为监督员，使官兵的过失言行有报知、行为有管控。建立骨干队伍。采取外出送学培训、自己办班培养、鼓励自考等方式，使45名干部取得法律本科文凭，142名战士取得法律大专文凭；按照专业对口、业务规范的原则，建立了机关法律办公室，营有法律小组、连有法律咨询员和排有法律辅导员的骨干队伍。

法律宣讲经常化，为兵服务“及时雨”，进一步强化了官兵养成依照法规制度办事的思想观念。近年来，部队西到新疆维稳、东进上海世博安保、南下广东执勤，无一起警民纠纷和事故案件，积极稳妥处理了5起官兵家庭涉法事件，连续23年被总部评为“无案件无重大责任事故”单位。

（原载2012年5月7日《部队之窗》）

按纲抓建经常化 培育书记实践中

5月15日下午，在武警8722部队指导员之家，政工干部齐聚一堂。政委汪诗东结合当前发展党员工作，从抓好培养、教育、考察、吸收和转正五个关键环节进行了理论辅导。尔后，组织股长关于填写《入党志愿书》和《入党积极分子考察表》做了实际演示。像这样注重理论辅导与实际操作相结合的培训方式，该部今年已是第十八次进行。

该部队针对基层政工主官任职经历轻、大学生干部是主流，大项任务多、工作转换频率快，全部人员难集中、大块时间难保障的事实，决定根据部队阶段性建设重点、担负的任务，把党支部书记暨《纲要》培训从以往集中居住、集中培训化整为零，改为分期培训、按需培训。为此，该部采取每季一主题、每月一专题、每周一问题、重大任务一课题的方式，按照案例提示、集中分析、组织实践、总结归纳的组织程序制定全年培训计划。按纲抓建经常化，培育书记实践中，使培训融入经常、融入工作，有效提高了阶段性工作指导的针对性、重大工作的预告性、实际工作中的操作性和部队建设的需求性。特勤连指导员吴指山坦言说：“从学生到军人，从一般干部到党支部书记，不仅是身份的转变，更是责任的担当。年初，我刚上任时，两眼一抹黑，现在已基本掌握了工作方法。”像吴指导员一样，政工队伍的素质能力不仅在经常性的培训中得到了提升，关键是有了按纲抓建的素养，直接受益的是部队建设。几年来，部队南征北战，在圆满完成海关执勤、新疆维稳、世博安保等大项任务中，始终做到了组织不散，抓建不松。今年，已有近300名兄弟单位的各级主官专程到该部取经。

（原载2012年5月15日《部队之窗》）

武警8722部队士官队伍

牢记兵的职责 担起官的责任

武警8722部队士官队伍牢记兵的职责，担起官的责任。他们充分发挥兵龄长、年龄大、工作经验多、生活阅历丰富的优势，成为战士生活中的大哥哥、走好军旅路的引路人、解决问题的主心骨、履职尽责的“星一族”。5月中旬，10名由官兵投票选出的“十佳士官”披红挂彩走上了领奖台。

该部士官以能编入思想素质好，自身要求高，作风纪律严的思想骨干体系、纳入理论小教员队伍，赋予开展思想工作的责任为荣耀。他们在做好思想疏导、化解各种矛盾中积极担当起信息员、调解员等职责，用关心换来战士的真心、用爱心换来战士的诚心、用暖心换来战士的尽心。4月下旬，汽车连受领配合业务股改建加油站的施工任务后，由于每天工作时间长、体力消耗大，一些战士产生了厌倦情绪。5月1日，在冲洗马路时，很多同志都坐在旁边不愿意动手，嘴上发着牢骚说：“天天车辆保障、出公差，放假也得不到休息，连队干部也不为我们考虑考虑。”上士金绪文听见后，走到他们身边，微笑着对他们说：“话不能这么讲，上级交任务是对我们的信任，我们积极也得干，发牢骚也得干，你看连长、指导员不也在干吗？”说完之后他脱掉鞋袜，抱起水枪开始冲地，并笑着对他们说：“很凉快，不信你来试试？”最后大家在欢声笑语中完成了任务。

能登讲堂、会上操场是该部士官孜孜以求的梦想。他们纷纷发挥自身操作技能精、自身素质硬的优势，充分利用局域网这个平台，结合部队的急难任务集中搞探讨，分头抓实践，开展难题攻关和探索研究科学的组训方法，今年创新小训法、小招数11条，条条管用，全面提高了士官骨干的组训能力，有效带动了部队整体训练水平的提升。在教学课目中主动请缨，在任务中主动请战。4月份，部队开展的12个训练和正规化管理教学课目中，有7个课目由士官竞争夺得，个个受到上级好评，在士官队伍中响起了“跟我来、看我的”的口号。

士官敢于担当，部队敢于放手。部队党委感到，士官作为兵头将尾，既是管理者又是被管理者，这一特殊地位奠定了士官在基层管理中的主导地位。因此，部队一方面在开办士官培训班，培养士官队伍想管、愿管、敢管、善管上下功夫，另一方面敢于让士官独立开展工作，给士官交任务、压担子、扛大梁。该部在新营房的使用上，一度墙上有手印、厕所有异味，这个任务交给士官队伍后，他们采取量化评比加分制，既解决了问题，又和谐了内部关系。这一创新做法被多家单位学习借鉴。

（原载2012年5月31日《部队之窗》）

8723部队把心理干预融入军事训练

本报讯 8723部队重视心理干预对军事训练的重要影响，充分发挥心理干预的激励作用，提高了训练成绩。

该部队党委感到，心理工作战时能促进凝聚力，平时能提高战斗力，必须走开心理干预与军事训练有机结合的路子。为此，他们建立了由党委机关统一领导，以教育干事、作训参谋和卫生干部为骨干，政治工作系统、作训系统和卫生系统相结合的心理教育疏导和卫生服务工作机制;并通过选送进修、办班培训、个人自学等方式，形成了团有心理医疗机构、营有心理医生、连有心理咨询师、班有心理骨干的网络。为充分发挥心理干预对训练的激励作用，每次制订训练计划前，他们都召开联席会议，对训练中可能遇到的问题、对战士产生的影响、如何进行心理干预等进行分析研究，拿出可行性方案，组织一次心理骨干培训，使骨干掌握好心理干预的时机和方法，以发挥出最佳效能。

为使心理干预融入到军事训练中，他们通过不断的探索，研究总结出放松技能训练、表象技能训练和注意技能训练的心理干预系统，并运用呼吸调节法、自我语言暗示、骨干行为暗示等方法实施正确的引导，教育官兵在训练中克服心理障碍，保持良好心态，这一做法取得了积极的效果。近日，该部组织实弹实爆训练，由于实施了积极的心理干预，近500名新战士交出了合格率100%的答卷。

（原载2012年8月18日《人民武警报》第二版）

人按职责干 事按制度办 物按规定管

今年来，武警8722部队严格对照《机关（基层）正规化管理规定》，坚持按照人按职责干、事按制度办、物按规定管，抓机关带基层、抓治理补短板、抓经常打基础，进一步提高了正规化建设水平。

加班须申报

1 月 13 日，政治处申请晚上九点后召开政工会，对当前的政治工作进行讲评，结果被团值班首长驳回。理由是：这个会议非紧急性会议，不得违反一日作息制度。

该部围绕建立“四个秩序”抓正规，坚持全面规范不漏项目、全员纳入不少一人、全程管控不挂空挡。党委感到，抓正规化建设不能以干一项工作而破坏另一项制度，加班加点抓工作虽然体现了雷厉风行的作风，但是也潜藏着随意破坏规章制度的不良苗头，特别是一些干部养成晚上加班、白天补休的习惯，影响了部队正常的工作机制。因此，他们制定了加班须申报的制度。不管是机关还是基层，如果晚上熄灯后需要加班，都必须向值班首长申报，经批准后方可加班。该部同时规定，对正课时间能做的工作不准加班，可加可不加的班一律不准加班，非加不可的班必须有一名部门领导或基层主官在位。同时，相关部门要准备好车辆、食品等保障物资，安排好第二天的补休和工作接替。

物资有“户口”

1 月 12 日，营房股管理员黄琪强对营区新安装的一批洗漱间玻璃门逐个建立“户口”，详细记录门的品牌、安装日期、安装厂家、日常维护注意事项等详细信息。

该部党委始终认为，管理必须以细求实、以实促效。为此，他们坚持管理细在人上、细在制度落实上、细在日常养成上，以精细求正规、以正规促质量。在该部，每一个螺丝、每一根灯管都有自己的“户口”，里面详细记录着它的“出生日期”、维护日志和责任人。

在正规化建设中，作风实则管理好。为此，他们坚持由“管理人”向“培育人”转变，树立起素质管理的新思维。通过开办干部夜校、士官轮训班、专业小培训等方法，提高各级训、管、教能力，启迪官兵思想觉悟，使自我管理的素养融入到营区每个角落和每个官兵心田，并转变为抓正规化建设的自觉行动。

工作一盘棋

在今年的先进军事文化建设中，该部在政治环境建设上由政治部门拿出了一个综合方案。在党委讨论会上，司、政、后的专业人才成了座上宾。他们纷纷从军事战备、营区环境、定位管理、精神导向等多方面畅所欲言，综合论证，使立荣誉石、修荣誉路、建荣誉室、挂英模像、设置宣传灯箱、班排里张贴管理格言等都起到了利于战备、方便管理、亮化营区、精神激励的作用，避免了反复建、重复改的问题。

该部队在正规化建设中认为，抓正规、促建设就是要有一盘棋思想，不能各唱各的调，各吹各的号。为此，他们坚持实打实地统，研究制定了每季工作党委会协调、每月工作办公会协调、每周工作交班会协调、每日工作值班首长协调，文电、通知由值班室统一下达的“四协调一归口”机制，规范了抓正规化建设的秩序。坚持实打实地抓，实行常委包营、股连挂钩机制，建立值班首长、机关股长、勤务值班员、连队干部和流动纠察“五位一体”的联合检查机制，每天有检查、每周有讲评、每月有分析、每季有考评，丰富了抓正规化建设的管理手段。坚持实打实地奖，设立安全管理奖励基金，利用季度讲评、专项讲评等时机，将建设绩效在每月汇总，与单位和个人评先评优结合，引导各级抓在平时、干在平时、争在平时，提高了经常性管理工作的质量。

（原载2013年1月18日《部队之窗》）

班长帮我找回诚信

“妈，我需要300元钱买学习资料。”1月20日，武警8722部队机炮连战士范延伟拨通家里的电话后，小心翼翼地说出了自己的想法。“好，妈这就给你寄去。”听到母亲充满温情而又肯定的答复，小范的眼泪禁不住唰的一下就流了出来。小范对我们说：“你知道对于一个曾经不被人信任的人来说，重新获得信任是一种什么样的感觉吗？有幸福，有快乐，也有一丝惭愧。感谢班长，帮我找回了诚信。”

自打小范懂事起，因为跑运输的爸爸能赚回大把的钞票，自己又是家中唯一的儿子，他从小娇生惯养，书不好好念，初中毕业就待业在家。为了将来有个吃饭的本事，父母安排他去学汽车修理，他却整日呼朋引伴上饭馆、进网吧、逛公园。钱不够花，就想法子欺骗父母要交这样费、参加那样培训，父母逐渐对他失去了信任。前年12月，父母把他送到部队，希望这个大熔炉能将他锻炼成一块好钢。然而，小范旧习不改，经常借口请假上厕所却跑到小店买零食吃，说是去维护卫生却跑去打电话，不到一个月，就成了连队有名的说谎大王。去年4月，同村的战友小王生病住院，小范心生一计，打电话给父母说小王生病需要补充营养。父母马上寄来500元钱。收到钱后，小范借口到医院去看望小王，却到市区把钱挥霍一空，连个糖果也没给小王买。父母知道后，再也不相信小范的话，每次他打电话回家，父母都要让班长接电话核实小范说的是不是真的。为帮助小范改掉这个坏毛病，班长梁宜福没少费心思，经常找他谈心，还每月给小范家写好几封信。刚开始，小范也没怎么在意：不就是说说谎吗，还能坏什么大事？可是有一次，却让小范改变了这一看法。

去年 8 月初的第一个星期天，小范和班长在出公差时发现营区后面的山上着火了，班长带着工具先上去，让他跑回营区报告。可任凭小范怎么说，大家就是不相信，还纷纷指责他拿大家穷开心，小范急得眼泪都差点掉下来。幸好排长外出回来，听说此事，立即带着大家赶去及时扑灭了火源，避免了一场大火毁林的灾难。然而，班长一个人为尽快扑灭山火却受了伤。这件事对小范的触动很大：如果自己平时言行一致，战友们就不会不信任自己；如果不是排长及时赶回，那该烧毁多少树木？如果大家没去，班长一个人该有多危险；如果是在执行战斗任务，又会造成什么后果？小范越想心里越是一阵阵发毛。这时，他才感觉到班长说的“人无信不立”的可贵，“狼来了”是多么的可怕。小范痛下决心，一定要改正这个坏毛病。可是决心易下改正难，过不了几天，小范又旧病复发，大家还是不肯相信他。然而，班长不但没有因为这件事责怪小范，还一如既往地帮助他。知道小范经常找借口去打电话，梁班长就专门给他安排时间；小范常忍不住说谎，梁班长专门给他制作了一张卡片，上面写着：“你每说一句谎话，就失去一个战友；你每说一句真话，就多一名战友。希望你拥有越来越多的战友。”每当小范想说谎时，就拿出来看看，告诫自己不要失去战友，更不要失去这个集体。

梁班长还十分注重给小范营造氛围，教育全班战友不要歧视他，而是一起帮助他、相信他。一次，小范无意当中又说了一次谎，告诉父母自己五公里越野训练达到了优秀。其实，那天在训练过程中小范因为摔了一跤，成绩比优秀慢了两秒。父母不信，打电话问梁班长，班长把全班战士都叫过去，讲述小范在部队取得的进步，为他鼓劲加油。回来后，班长没忘记教育小范，他这样做虽然并不存在故意欺骗父母，但还是应实事求是，并要求小范主动向父母说明缘由。正是在梁班长的耐心教育下，正是通过一件件平常而细小的事情，战友和家人开始逐渐信任小范，他又回到了集体生活当中。

（原载2013年1月23日《警营要闻》）

478元办团庆

用时，两个半小时；花费，478元。3月18日，一场简朴而不失庄重，简约而充满内涵的庆祝建队70周年的大会在武警8722部队如期召开。

该团自抗日烽火中诞生之日起，抵抗外侮，担当民族使命；转战中原，肩负解放事业；抗美援朝，勇担保家卫国重任；迎外表演，彰显时代风采；抢险救灾，践行为民宗旨；处突维稳，保障人民安居乐业；为国把关，维护国家金融命脉。70年的光辉岁月，书写了彪炳史册的业绩，涌现出了胜利的跳板李云峰、虎口拔牙杨太忠、时代英雄丁晓兵等全国闻名的英模人物。

“庆祝是为了更好的继承，纪念是为了更快的发展。”在迎来建队70周年之际，该团党委研究决定：不闹腾，集中精力抓建设；不铺张，经费花在打赢上。

庆祝会场，十栏摄影展，记录了团队成长的重大历程；十二块黑板报，是官兵对荣誉团队的敬仰。大会上，一场报告，是对先辈的追思；一场宣誓，是对使命的承诺；一首军歌，是官兵的热血在沸腾；一串鞭炮，是新征程在感召；一阵锣鼓，是官兵铿锵前进的步伐。

庆祝大会完毕，花费30余万元新建成的多功能综合训练场上，官兵生龙活虎，杀声震天。新战士王小虎说：“这样的庆祝，实在；这样的训练，得劲。”

（原载2013年3月21日《部队新闻》头条）

武警8722部队学“两会”学出新境界

武警8722部队在学习“两会”精神中，以浅显易懂的语言、生动形象的事物、通俗具体的方式，使“两会”精神便于学习、利于理解、易于实践，深受官兵的喜爱和欢迎。

热点解析学出氛围

局域网上，政府工作报告、代表热议、专家解读、体会感想图文并茂；小广播里，重点内容、关键词汇声声入耳；宣传橱窗上，主要精神历历在目。“大部制”“人口政策”“农民财产权”“自由迁徙”……一个个改革关键词和与之链接的是出台相关政策的背景，对解决问题的思考，执行政策面临的形势以及对前景的展望，使官兵对是什么、为什么、怎么做一目了然，增强了官兵对政策的理解和执行的自觉性。

“两会新风吹，衣着朴素美，吃饭见光盘，出行遵交规……”训练间隙、课余时间，文艺小分队把两会精神编成快板词、排成小品、写成相声，使官兵在文娱活动中学习和领悟。

“这几年，我部南征北战，先后圆满成了新疆维稳、世博安保、海关执勤等急难险重任务，涌现出了许多可歌可泣的故事，下面，有请被武警部队评为‘执勤先进个人’的胡盛给我们讲讲他是怎么样在岗位上为国把关，对待一支香烟的故事。”3 月 8 日，在三营组织的如何“为全面深化改革开放贡献力量”为主题的故事会上，大家纷纷结合自己的经历，畅所欲言，在一个个故事中明白肩负的使命和责任。

小组辩论学出形势

“国防经费今年增加了 10.7%，许多西方国家又大肆抛出中国威胁论，难道我们国家真的对别人形成威胁了吗？”在小组辩论会上，副班长李言抛出了话题。

“事实正好相反，现在不是我们威胁别人，而是西方一些国家处处威胁着我们国家的安全，战略上对我国的‘C 型’包围，利用信息技术的控制权肆意对我国进行侦探和侵略，利用国际货币地位的话语权任意打压我国经济，这才是赤裸裸的威胁。”上等兵张刚立马站起来说道。

列兵徐辉接过话题：“我们军队刚有一点进步，就说我们是威胁，一列装新装备，就说我们想发动战争，看看这几十年，究竟是谁在挑起事端，践踏别国的主权，到处想着革别国的命。”

……

道理越辩越明，精神越论越清。在大家各抒己见后，班长王建新总结归纳说：“我军现在还处于发展阶段，今年我国新增国防费主要用于四方面：一是为适应推动国防和军队建设科学发展，加快转变战斗力生成模式的需要，适当增加高新武器装备及其配套设施的建设投入。二是推进部队后勤基础设施建设，改善官兵工作生活条件。三是适应国家经济社会发展情况，缓解物价上涨影响，适当调整部队维持性费用。四是推动反恐维稳、抢险救灾等非战争军事行动能力建设，提高部队应对多种安全威胁、完成多样化军事任务的能力。作为战士，我们要清醒地认识到，无论形势怎么变化，只有我们适应了军队发展的需要，才能不负党和人民的重托。”

新旧对比学出成就

一口行军锅、一台炊事挂车和一辆野战炊事车，三代伙头军的“野战阵地”，成为官兵学习“两会”精神的活教材。

没有火热的场景，没有袅袅的炊烟，3月中旬，部队野营驻训，7名炊事人员在一台炊事车上只用40分钟就做好了可供一个营兵力就餐的四菜一汤加米饭、面点两个主食。看着官兵吃着可口的饭菜，上等兵炊事员晃尚志掩饰不住自己心中的喜悦，伸手拍打着野战炊事车，连声说：“真给力！”

参谋长刘佃生感慨地说：“我当炊事员时，部队出去执行任务，我得背一口大黑锅，锅里还得放被包，其他的同志挑柴的挑柴，担菜的担菜，和部队一样的行军。到了保障点，我们炊事人员马不停蹄地剁菜担水、挖灶生火、埋锅做饭，如果天公不作美，刮风下雨受罪不说还可能误饭。那时的野外保障，受天时、地形的影响非常大。为了提高供给能力，防止意外情况官兵吃不上饭，每名战士都要背一个五斤重的米袋子，带上一定数量的干粮。”

“到我们时就好多了。”九连炊事班长韩晓之开心地说。九年前，他入伍成为一名炊事兵后，部队用上了炊事挂车，挂车上有自带的顶篷，遮阳挡雨，烧饭菜时告别了柴禾，用上了汽油。行军时，挂车肚子里还能装下三天的主副食品，告别了肩挑背磨的时代。“还是现在的炊事车牛啊”，韩班长羡慕地说，“可以听着音乐，边行军边烧饭。”

听着三代伙头军讲述着“野战阵地”的变迁，官兵纷纷表示：看得见的是部队装备的更替，展现的是科技保障能力，折射的是国家科学发展成就，坚定的是我们履职尽责的信心。

岗位实践学出责任

“能打仗，打胜仗，就要有敢于拼搏的精神和顽强的意志。”3月18日，在该部组织的野营拉练中，新战士张敬一背负20公斤物资，跟随部队翻山越岭，肩疼了、腰酸了、脚磨起泡了，有苦不叫苦，有累不说累，一直咬牙坚持到终点。他说：“学精神就是为了有精神，有了精神就有了责任，有了责任作支撑，就没有战胜不了的困难。”

部队党委感到，在岗位实践学，既是对精神最为直观的学习，也是用精神指导实践的直接体现。因此，他们把“两会”精神引入岗位，使科学发展与按纲抓建联姻，人才培养与岗位成才搭桥，信息技术与创新战法对接，强军梦与岗位有责对等……一条条措施使两会精神走进岗位，一招招做法在岗位践行“两会”精神。

“我的岗位是强军岗”是官兵学习两会的心声；“我的岗位无差错”是官兵对岗位的承诺；“我的岗位党放心”是官兵对使命的践行。

（原载2013年3月25日《警营要闻》）

通讯

军营世界 丰富精彩

离开五彩缤纷的外部世界，进入直线加方块的军营，新战士的文化活动开展得怎么样呢？带着这个问题，最近，笔者来到驻锡武警8722部队，记下了所见所闻。

军歌激昂壮军威

“风雨连天大别山，铁流千里直闯万重关，日拼夜杀夺生路，血染一路红杜鹃……”循着激昂的旋律，笔者来到了新兵一连小教室。一名干部正在教唱这首名为《一代新人更向前》的歌曲。新战士们个个情绪高昂、聚精会神地学唱着。

一位名叫薛王伟的新战士告知：“入伍才20天，连队就教唱了12首革命歌曲，我们既从中受到了教育，也增加了青春活力。”该部副政委孙永标介绍，在“新训”中，无论是在行进路上，还是在饭前集合，到处都荡漾着新战士嘹亮的歌声，洋溢着他们对军营的热爱，展示着他们初入军营的风采。

军营也有“保龄球”

午饭后的篮球场上，笔者看到的是另一番景象：新兵四连的新战士们正在激烈地进行着“保龄球”比赛。在10米远处，“品”字形地放着10枚手榴弹，垒球是一只足球。新兵白丽真不慌不忙地上场，选择好地形，调整好姿势，“啪啦啦”，好家伙，出手不凡，打倒了8个，立即换来一阵热烈的掌声。另一名新兵也不甘示弱，上场挑战，打倒了7个，他不服气地说：“咱们下次再比。”

虽然寒风阵阵，新战士们却玩得兴高采烈，接连发出一阵阵喝彩声。新兵小张说：“虽然这儿条件有限，不如保龄球馆，但我觉得比在保龄球馆玩得还痛快，还开心。”“哗——”，场上又爆发出一阵热烈的掌声，原来，有名新兵一举打倒了10个目标，战友们在为他喝彩。

南腔北调大汇唱

走进新兵三连俱乐部，映入眼帘的是一名新兵正健步走上台来：“我叫杨飞，家住河南郸城。下面，我给大家唱一段家乡戏：《谁说女子不如儿男》。”随着小杨那悠扬的唱腔，一场南腔北调大汇唱拉开了帷幕。

这次大汇唱是连队精心策划的。当得知来自全国四面八方的新战士中有不少“文艺细胞”后，连队决定组织一次大汇唱音乐会。这一提议使新战士兴奋不已，大家踊跃报名参加，纷纷登台献艺，各自端出了“家乡风味”。今天演出的有河南的豫剧、安徽的黄梅戏、四川的川剧、河北的梆子……

“指导员，来一个！来一个，指导员！”在大家一片邀请声中，指导员赵天经满脸笑容登上台，在来了一段山东快书后，即兴唱起了《战友之歌》。台上台下，齐声应合，把大汇唱推向了高潮。

（原载1997年2月10日《江南晚报》第二版头条）

学雷锋 播新风

驻锡武警某部“雷锋班”为民服务纪事

春运期间，曾两次荣立集体二等功的驻锡武警 8722 部队二连“雷锋班”，随连队在火车站执勤的同时，采取定点和流动的服务方式，全方位为旅客服务，传播精神文明，给过往的旅客送去缕缕春风。

2 月 14 日下午，从上海开往成都的列车在无锡站一号站台刚要启动，突然从站台反面的车窗跳下一位 30 多岁的妇女，卧在二号站台边的铁轨上。就在这时，广播传来了二号站台列车开始进站的通知，正在执勤的“雷锋班”战士刘向军不顾自身安危，一个箭步冲下站台，将她抱出铁轨。后来得知，这位妇女是一位精神病患者。“雷锋班”战士把她抬到一间休息室，请军医给她诊断病情、喂药，照顾她洗漱、吃饭。待到她情绪较为稳定后，战士们把她转交给了火车站客运部门。

听说笔者是来采访的，在火车站候车室前值班的几位老大娘连声夸赞：“这些战士真不错！”并指着检包处的一位上等兵介绍说：“农历除夕下午 3 时许，一位 60 多岁的老大妈急匆匆地要赶回上海吃年夜饭，提着两只大包，行动非常困难。这位战士帮她提包从广场送到候车室，并护送上了车。”当我们向这位叫章伟雄的上等兵问起时，他笑笑说：“这种小事，我们班的其他同志也经常遇到。”

一次，正在二楼候车室值勤的王祥军发现两位老年人与一位女青年拉拉扯扯，觉得蹊跷，便上前询问。得知女青年是他们的儿媳，因与丈夫吵架，怄气要回安徽娘家，怎么也劝不回，两位老人失望地回家了。看见两位老人伤心的样子，小王觉得应该调解这件事，便上前与女青年交谈。交谈中，了解到女青年与丈夫一起在安徽教书，这次回无锡与公婆团聚，因一点小事与丈夫发生矛盾，赌气要回娘家。小王对她进行劝解，并用自己在一次执行任务中少了三根手指，仍对生活充满自信的事实，鼓励她要善待生活中的挫折与困难。女教师感动了，还说："我作为一位教师还不如你的思想好，今天你对我的教育使我终生难忘。"晚上 12 点，小王护送这位教师回到离火车站 3 公里的婆家，其公婆和丈夫正在家里心急如焚，见她回家，高兴万分，拉着小王的手，感动得不知说什么好。

在火车站一楼候车室，我们来到"雷锋班"的定点服务处，只见部队"为民服务队"的横幅赫然醒目。在横幅下方一个牌子上书写着服务内容：免费供应开水、免费搬运行李、免费提供少量药品、免费就诊……在服务台前，6 名战士和 1 名军医正忙碌着为旅客服务。指导员王怀川向我们介绍，从 1 月 25 日开始，他们每天都要服务 16 小时，共发出药品约 3100 人次；义务就诊 470 多人次；用掉鞋油 33 盒；提供《无锡日报》500 多份；日供应开水 800 多人次；搬运行李每天都不少于 50 件。

（原载1997年3月3日《无锡日报》二版头条）

"光明使者"

武警 8722 部队后勤班长陈支银以其精湛的电工技术、竭诚的服务态度，五年来，立足岗位做奉献，被官兵誉为"光明使者"。

一天夜晚，在三营球场，彩灯闪烁，充满了欢声笑语，一场警民联欢晚会正在热烈地进行。突然，"啪"的一声，彩灯一下子全熄灭了。正在大家焦急的时候，陈支银骑着车疾驰赶来，掏出随身带的工具，查线路、测电压、接线头，不到五分钟，彩灯亮了。主持人激动地拉着他的手说："你不但修好了彩灯，同时也表演了一个非常精彩的节目。"

陈支银自担任部队电工以来，刻苦学习，拜师学艺，掌握了一手过硬的电工技术。为了便、捷、快的修好线路出现的故障，陈支银跑遍了整个部队，把所有的线路绘制成一张电路图。哪里装有几盏电灯，哪里装有几个插头，哪里线路比较老化，他都熟记于心。在他的宿舍里，挂着一个“方便簿”，上面记载着每个单位需要服务的内容。他介绍说：“这是跟徐虎学的，如果我不在，哪个单位要帮助，只需记在本子上，一来省去人家来回找我，二来我知道后，可以依照轻重缓急尽快去解决。”后勤有关部门的同志数了一下，从去年 6 月至今，方便簿上面已记有 45 次之多。

陈支银立足岗位做奉献的实际行动，深深地打动和感染了部队官兵。曾是一名后进战士的小王动情地说：“陈班长不仅接亮了电灯，也接亮了我的心。”

小王是抱着学技术回家致富的目的来当兵的，却没想到被分到炊事班当了一名伙头军。他心里不情愿，根本没把心思用在工作上。烧的饭菜不糊就硬、不淡就咸，官兵意见很大，他却根本不当回事。有段时间，伙房里有一只电灯出现了故障，需要的时候它就不亮，而到了夜半三更，它却自动亮了。那天晚上八点多钟，天下着大雨，得知消息的小陈骑着自行车急忙赶来。小王不经意地说：“干吗这么急，明天来修也不迟啊。”小陈笑笑说：“电灯不亮，我怕你们不好烧饭，饭烧不好，大家工作就没劲，影响连队建设。”小王听后心里一颤，红着脸到一旁思量去了。不一会，线路故障排除了，小王的心也亮了。第二天，连队官兵吃着可口的饭菜，都笑了。

（原载1997年《营房问题研究》第6期）

春风春雨化春情

5 月初，在驻锡武警某部组织的“爱兵先进事迹巡回报告”中，驻锡武警 8722 部队七连“爱兵模范连长”龙雄的先进事迹在广大官兵中引起了强烈反响。龙雄动情地说：“只要你把战士放在心里，哪怕只是一次会心的微笑，战士都会报之以真情。”

诚为战士正人生

今年 3 月，连队进行骨干调配，毛联明重新走上班长岗位，他拉着连长龙雄的手激动地说：“连长，要不是你的苦心开导，我真不知道现在变成了什么样子。”

毛联明入伍第一年，就因军政素质好当上了班长，之后却逐步放松了对自己的要求。不久，因侵占新战士利益被免去班长职务。一向好胜心强的毛联明认为前途无望了，准备消极打发日子。这时，有人又传出要以每月扣除毛联明的津贴费的做法来赔偿新战士的损失。毛联明听后，更加心灰意冷。龙雄得知后，立即反对。他说：“战士一时犯错误，我们应该以诚相待、帮助他，而不是歧视、丢在一边不管。”当月，龙雄从工资中拿出100元钱先替毛联明赔偿了新战士的损失。毛联明感动了，他拍着胸脯对龙雄说：“连长，你这样信任我，我再做出对不起这身警服的事，就不是人！”在龙雄的言传身教下，毛联明逐步走出狭小的个人天地。去年5月份，毛联明在回四川探亲归队途中，与他同乘一节火车车厢前往昆山市参加妹妹婚礼的安康县年轻妇女卢秀甜因手术不久，伤口破裂，流血不止，列车上的医生要求她立即下车治疗，否则会有生命危险，但她担心孤身一人，身上带的钱又不多，顾虑重重，不愿下车。毛联明见状，一面开导她，一面说：“大嫂，如果你相信我，就让我陪你下车治病。”凭着对军人的信任，她同意下车。列车在商丘靠站后，毛联明背着她住进了铁道医院，并掏出身上家人给他参加函授学习的1200元钱代交了住院费和医药费，日夜照顾护理。两天后，卢秀甜病情稍有好转，执意要出院，毛联明怕她路上再出危险，一路护送到她妹妹家中。

苦为战士建“新家”

王波是从深圳入伍的战士。他在家时花钱大手大脚，老惹父母怄气，入伍后习性不改。大家劝他，他满不在乎地说：“花自己的钱抽烟、吃零食又不犯错误，关你们什么事。”新兵训练三个月，他就花完了从家里带来的3000元钱，还欠了老乡不少债。当他再次伸手向家里要钱时，父母为还寄不寄钱给他发生争吵，谈了一年的女朋友希望他在部队锻炼好的愿望破灭了，也和他吹了灯。王波精神受到很大的刺激，情绪一落千丈。龙雄休假归队得知后，连夜给王波父母各写了一封信，希望他们为孩子着想，慎重考虑，配合连队共同教育好孩子才是主要的。第二天，龙雄把王波叫到办公室，单刀直入指出他所犯的错误，告诉他：“现在只有你自己才能挽救你的家庭，你首先要振作起来，取得家人的谅解。”龙雄不断与王波父母通信，交换思想，同时，从督促王波吃好三餐、控制零食、戒烟入手进行教育和引导。一年后，王波写信告诉父母，在连长和战友们的帮助下，自己不但生活上变得勤俭节约，用每月省下来的津贴费还清了债，还把节余的钱用来参加了文秘函授学习，精力也集中在了训练场上，成了连队的训练标兵，当上了副班长。当朋友给王波父母带去他文秘函授学习的中专毕业证书后，父母因为他的转变而言归于好了。消息传出，“飞”了的女朋友也主动写信回到了他的身边。

甘为战士做人梯

一班战士黄闯来自湖北，一米六的瘦小个子给他训练带来了困难。跑400米障碍，那堵高墙让他心里发怵，日复一日的不及格，黄闯对训练没了劲，班长也没了招，想把他推出班去。龙雄没有失去耐心。他把黄闯带到障碍场，反复讲要领、做示范，可黄闯跑到高墙下还是小腿哆嗦。情急之下，龙雄想出一招：他双手扶墙蹲下身子，"来，踩住我肩膀过！"黄闯不敢。"你就把我当成木桩，快！"黄闯硬着头皮，第一次，左脚踩空，身子重重砸在龙雄的头上、肩上。"注意动作要领，再来！"第二次，黄闯又失败了。"不要害怕，再来！"黄闯咬咬牙，助跑、踏肩、扒墙，终于利索地翻过了高墙，可龙雄却一下子摔倒在地上。黄闯急忙跑过来抱起连长："连长，你给我的不仅仅是肩膀啊……"三年里，龙雄还先后帮助24名战士自学成才，获得高级、中级专业证书。

（原载1997年7月20日《无锡日报》第二版头条）

为民服务 无怨无悔

本报讯 驻锡武警8722部队战士蒋煊通过自学，掌握了一手过硬的家电维修技术，在两年时间里为部队官兵和当地群众修理电器近千件，先后被部队评为"自学成才标兵"和"优秀士兵"。

去年11月，团炮连的一台电视机出现故障，官兵无法收看电视节目。蒋煊得知后，利用晚饭后休息时间带着工具赶去。由于走得匆忙，忘了带电烙铁，又返身赶回连队去取。取回电烙铁后突然停电了。他刚回连队，电又来了。于时，蒋煊再次赶到机炮连，为他们修好了电视机。回来的路上，下起了小雨，由于路滑，他不小心把脚扭了。机炮连官兵得知后非常感动，联名给他写了一封感谢信。

蒋煊对战友满腔热情，对驻地群众同样尽心尽力。驻地张大娘有一台黑白电视机坏了半年多，因厂家早已停止生产这种型号电视机，找不到零件，修不好的电视机只得丢弃一边。去年12月，她找到蒋煊。一连两天，蒋煊跑遍了无锡，也没有找到需要的零件。张大娘劝慰他说："你已经尽力了，虽然电视机没有修好，我同样感激你。"然而，蒋煊没有就此放弃。他利用回家探亲的机会，跑遍了大半个上海城，终于在一家个体维修店找到了那种零件。为此，他光车费就花了80多元。电视机修好后，张大娘表示一定要好好感谢他，他婉言谢绝了。

两年来，蒋煊为帮助别人修理电器，付出的零件费和车费就有400多元，相当于他一年的津贴费。有人不解地问他这样做图什么。他说："什么也不图，只要是为人民服务，我无怨无悔。"

（原载1997年7月22日《江南晚报》第二版）

单身军官的周末生活

军营里，有一批年轻的未婚干部。同已婚的军官相比，他们没有过多的经济和家庭负担，被称为是快乐的单身族。他们是怎么过周末的呢？日前，笔者对驻锡部队5个单位的部分未婚军官进行了采访，发现他们的周末文化生活也很多姿多彩。

与兵同乐

单身军官大多是工作在第一线的连排干部。到了周末，连队开展丰富多彩的文体活动，有搞读书演讲的，有搞影视书评的，也有进行篮球、拔河、卡拉OK等各种比赛的。而参与组织这些活动的大多是连队的单身干部。

小李是驻锡武警8722部队的一个新任排长，刚从南昌陆军学院毕业。他一脸稚气，说话总带着微笑，轻声慢语的，让人难以想象他是用何种方法让他的兵折服的。小李兴趣广泛，吹拉弹唱、琴棋书画无所不会。上周末笔者去部队采访，正赶上他在组织一场篮球赛，看着他给战士们讲规则、做示范的忙乎劲，俨然是一位甲级裁判。他告诉我们：跟战士们玩在一起就比较容易与他们交流，作为带兵人，应该做到这一点。

徜徉书海

单身军官都具有一定的专业知识，具有一定的特长，都希望拥有更多的时间去读书充实自己。平时工作比较忙，难得有时间读书，如今每周有两天的时间用来读书真是如鱼得水。

在驻锡83431部队营区，宣传股的同志陪笔者随意走进几间虚掩着门的单身干部宿舍，笔者看到他们或是在读书，或是在练书法，或是在练习电脑。

该部助理工程师小李对笔者说，每个周末他都用来复习功课，准备报考研究生。8722 部队保卫股的小薛告诉笔者，他在军校读书时没有太多时间去博览群书，现在一周有两天休息时间，他常去逛书店、泡图书馆，尽情地遨游在自己喜欢的哲学、社会学、心理学的海洋里。83403 部队的小程报考了企业管理函授，业余时间几乎全部用上了，他说："铁打的营盘流水的兵，每个军官将来都会面临转业，为了增强就业的竞争力，他正在学习经济管理、企业经营方面的知识。"

爱在周末

单身军官们有的正在恋爱，有的刚结识女朋友，有的连女朋友都没有，他们渴望爱情，希望找到一位称心知心的伴侣。军营中有铁的纪律，平时他们不可能有时间同女朋友谈情说爱。有女朋友的单身军官，在周末的两天里，无不想利用这两天里的好时机，或是跟女朋友见面，或是打电话交谈，或是写一封情书诉衷肠。对他们而言，真可谓工作一周爱在周末。

驻锡 83421 部队的参谋小邵说，他今年 28 岁，已恋爱一年有余，女朋友是驻地中学的一名教师。每个周末，他们都有一次必不可少的约会，若有事不能相约必须提前通知对方。该部某连副连长小葛的女朋友在老家山东，他告诉笔者，每个周末他都要给女朋友打个电话或是写封信，以表思念之情。但并不是所有单身军官的恋爱都是甜蜜的。83439 部队的一位指导员前不久刚失恋，他告诉笔者，平时工作比较忙，一到周末就投入到战士们的娱乐活动中，和战士们在一起什么都忘了。8721 部队一位姓张的上尉已过而立之年，由于前几年忙着工作，耽误了终身大事，如今当有人用关心的口吻问及他的婚姻大事时，他总是淡然一笑说："爱情是可遇不可求的，不急！"但愿美丽的人儿和美丽的爱情都已在不远处等着他。

（原载1997年8月10日《江南晚报》之《江南之声》头版头条）

喜捧女大学生抛来的"绣球"

7 月 24 日，当李玉兰来到无锡 8722 部队副食品基地看望在这里当饲养员的男朋友胡泽春时，战友们惊叹不已。一个"猪倌"怎么会赢得女大学生的爱情？这个故事还要从头说起。

1993年12月，胡泽春入伍后就主动申请去养猪。他买来了《新华字典》和《养猪学》《兽医学》《饲料加工》等18本有关养猪的专业书籍。就这样，只有小学文化的胡泽春学起了养猪知识，决心掌握一套科学的养猪技术。胡泽春当饲养员3年，为部队盈利11.5万元。部队也实现了猪肉自给有余，中队伙食提高了一个灶别。

去年11月，面临退伍的胡泽春放弃了几家农场的高薪聘请，作出了继续留队为部队服务的选择。他的事迹在家乡报纸刊登后，引起了一位姑娘的注意，她叫李玉兰。

1994年，当品学兼优的李玉兰从成都师范大学毕业时，校方安排她留校任教。这对于一个从山区出来的姑娘来说，确实是一个不可多得的好机会。然而，她想到家乡教育落后，毅然选择了回乡任教。

那天，当她无意间浏览报纸时，发现了胡泽春的事迹。一打听，竟然是自己的小学同学。那一晚，她失眠了。

当李玉兰决定把绣球抛给胡泽春时，在那并不太开放的小山村引起了一场不小的震动。李玉兰的亲人们不理解：一个女孩子家能考上大学不容易，面对一大群条件优越的追求者不去考虑，偏要去主动追求一个“猪倌”。对此，李玉兰有自己的见解：爱情不是盲目地把感情寄托在这个厂长那个经理身上，而是要找一个实实在在的有事业心、有责任心、值得爱的人。胡泽春干的是别人不愿意干而有益于别人的工作，必然会真心地爱我一辈子，把感情放在他身上，心里踏实。

面对外界舆论的压力，李玉兰对自己的学生说：“一个人做事，首先要考虑这件事是对还是错。如果是对的，就要坚定地干下去，过多地考虑别人的议论，到头来也许一事无成，失去的就不仅仅是事业，还有自尊和人格。”

当胡泽春收到李玉兰表露爱意的信时，着实吃了一惊：自己只有小学文化，凭什么得到一个女大学生的爱呢？面对胡泽春的疑惑，李玉兰一边写信谈自己的人生观，一边鼓励他再接再厉，掌握更多的知识和技术为部队服务。在接受笔者采访时，李玉兰说：“我选择泽春，绝不是一时的感情冲动。虽然他只是一个义务兵，但他有理想，也有追求，有坚定的个人信念，必要时，我宁愿牺牲个人的利益全身心地支持他的工作。”当谈起这些，胡泽春动情地说：“玉兰不仅理解我、爱我，也教育了我，只要是党和人民需要我做的，我一定尽力去做，这样才能更好地实现我的人生价值。”

（原载1997年8月12日《人民武警报》第三版）

爱兵班长

“国良吾侄，听说你生病了，特寄两包草药，愿你早日康复……”看着一封封感情真挚的来信，躺在病床上的驻锡武警8723部队三连六班班长钟国良，泪水直在眼眶里打转。这一天，他共收到排里战士、家属寄来的慰问信11封。他何以得到这么多人的关心？

班里有名新战士叫王辉，从小就失去母亲，生活自理能力较差。为改变小王不讲卫生的坏习惯，每次洗澡钟国良总要带上他，帮他搓背；小王不会洗衣服，钟国良就手把手地教；小王文化程度低，钟国良就买来字典教他。半年下来，小王像换了个人似的。今年6月15日，小王给在远方打工的父亲写了第一封亲笔信。父亲看了儿子的信，专程赶到部队，抹着泪对钟国良说：“我这个做父亲的也没有你做得好。”

战士管卫国自信心不强，钟国良就有意识地安排他独立完成任务，让他独立思考，解决工作中遇到的困难。有一次，连队要求每个班里派一名战士参加团里组织的演讲比赛，钟国良就派小管去。可小管一听连连摆手，不敢参加，钟国良就一边鼓劲，一边施加“压力”，小管只好硬着头皮上了。10天的集训和演讲，使小管的胆量有了明显提高。今年“八一”节，连队组织联欢晚会，小管竟主动要求当节目主持人。

“白勇与排长顶起来了。”正在新兵连带兵的钟国良听到这个消息时，吃了一惊。他带着疑惑立即赶回连队，得知小白的父母这段时间关系恶化，在闹离婚。排长不知情，无意间说了一句伤害小白的话。钟国良了解情况后，连夜给小白的父母各写了一封信，反映了小白的情绪，请小白的父母为孩子多想一想。一连5封信，终于感动了小白的父母，他们在回信中表示：“我们今后一定好好过日子，不让孩子分心。”

辛勤的劳动必然换来丰厚的回报。钟国良任班长时，他带的班被部队评为“全能优胜班”；当代理排长时，他所带的排被部队评为“标兵排”；他本人也多次被评为“优秀带兵骨干”。最近，钟国良的爱兵事迹在部队巡回报告，官兵反响强烈。

（原载1997年8月22日《江南晚报》第二版）

军营有个“科学迷”

到过武警8722部队的人，印象最深的是泉水的甘甜和整洁的营区环境；从8722

部队走出去的人，都不会忘记有一位学科学、用科学的营房股长徐志标。

徐志标，1998年从后勤工程学院营房建筑系毕业，是一位其貌不扬的镇江汉子。然而，他凡事注重科学论证、讲究科学办事的作风，却给大家留下了难忘的印象。

“干事业光会埋头苦干不行，还得讲究科学的方法才能求得好效益，在市场经济条件下尤其这样。”这是徐志标经常挂在嘴边的一句话。为此，他一头钻进科学知识的海洋，订阅了大量的科学书籍，认真研读每一期《营房问题研究》，及时捕捉新技术、新工艺，并注重在学中用、用中学，逐步掌握了一套有关业务的科学知识。今年“八一”节前夕，部队在一营营区打了一口水井，以解决官兵饮水难的问题。水井打好后，在与老管道的接通上出现了难题。如果采用老式铸铁管水泥承接法供水，需要两到三天时间，而且得花材料费3000余元。当时正值酷暑，部队官兵断水已一个多星期，附近居民井水也被打空，情况紧急。“一定要让官兵过一个欢快的节日。”一种强烈的责任感在驱使着他。有没有其他办法？徐志标利用学到的带水作业知识，大胆提出 了“哈虎式”接水方案，结果只用了半小时就接上了水，还节约资金2000元。

工作中，徐志标深刻体会到光有科学的理论还不够，还要勤于实践，才能求得可行性论证。部队过去一直采用的是深井泵直接供水，遇到停电或水压不足等原因官兵就不能正常用水。为此，今年10月，部队决定修建一座蓄水池并铺设专用水管，预算最低造价也得要13万元。施工前，徐志标盯着澡堂后200米高的山顶上一座因水压不足而几年未用的废水池寻思开了：能不能变废为宝，为我所用呢？他把这一想法向副团长乔家德作了汇报。乔副团长非常重视，亲自同他一道登上山顶实地考察。考察中，徐志标发现原来的供水管道中分支多，结构不合理，致使压力分散。回来后，徐志标多次设计论证，调整管道线路，采用单管直通水池供水，终于解决了这一难题，不仅省掉了修建一个水池和买两个水泵的钱，还使原来设计的两步供水方案一步到位，节省了时间，总共才花了3.5万元。在铺管过程中，徐志标还一改过去的“丝口连接法”，采用了便于连接和今后维修的“法兰片连接法”，这项工程为部队节约资金9万多元。

科学无大小之分。徐志标尤其注重细微之处。部队每年需要更换水龙头200个左右，以前更换时，都是采取买新换旧，一个龙头就需要8元钱。徐志标任营房股长后，责令对损坏的水龙头进行回收修理，并试制出更换水龙头芯片后即可继续使用的方法，而买一个橡胶芯片只需要花5分钱，仅此一项，每年就为部队节约资金1600多元。

“作为一名为基层官兵保障服务的后勤干部，讲究科学办事的目的就是花最少的钱为官兵办更多的事。”徐志标一直把这句话作为自己学科学的准则。事实正是如此，在去年只有7万元营房维修费的情况下，经他反复计算和论证，不但完成了正常保障任务，还为部队添置了书柜、凳子，并整治了营区面貌，办了预算约二十多万元的事。“给他一分钱，他能办成两分甚至四分钱的事。”这是部队李政委，也是所有官兵对他的评价。

（原载1997年11月13日《江南晚报》第二版头条）

昔日赫赫“皮旅” 今朝文明尖兵

武警8722部队双拥共建立新功

本报讯 驻锡武警8722部队充分发挥自身政治工作扎实、思想作风过硬的优势，突出把精神文明建设贯穿到双拥工作中去，广泛开展以思想道德建设为主要内容的警民共建活动，推动了驻地的“两个文明”建设。

该部队是赫赫有名的“皮旅”部队的一部，长期的革命斗争和参加社会主义建设，培养了部队顾全大局的奉献精神、英勇顽强的战斗精神、崇尚务实的工作精神、高度凝聚的团结精神和勇于创新的开拓精神。如何发挥好这五种革命精神，为驻地“两个文明”建设服务？该部队党委把“驻无锡部队拥政爱民公约”传达到每一个官兵，坚持“动真情、办实事、见实效”的原则，为地方服务。

该部队今年出动官兵5600人次、车辆156台次参加驻地环境卫生整治、兴修水利，还先后12次派出工作组在市区设点和深入乡村宣传国家政策和法律法规，派优秀士兵324人次为驻地军训学生、工人和民兵进行爱国主义和国防教育。部队二营教导员丁晓兵是从祖国南疆下来的独臂英雄，曾荣立一等战功，还获得过“边陲优秀儿女金质奖章”，他为驻地各级党政机关上课24场次；同时常年担任20所大、中、小学的校外辅导员；郊区宣传部、民政局、组织部还联合将他的英模事迹编成爱国主义教材，下发给基层学习。

今年被武警总部评为“学雷锋先进集体”的二连七班，是享誉警营内外的“雷锋班”，他们用实际行动实践着雷锋精神。在他们的带动和影响下，驻地工厂、学校先后成立了12个学雷锋小组和青年志愿者服务队。

（原载1997年12月19日《无锡日报》第二版）

“硬排长”好身手

游锤贯顶、腹破石板、飞针穿玻璃……警民联欢会上，一位少尉的精彩表演赢得了在场观众的热烈掌声。他就是被称为“硬排长”的驻锡武警 8722 部队侦察排长陈群。

“硬排长”的硬，硬在军事训练上。400 米障碍过高墙，别人是双手扒墙翻着过，他是用脚踏墙纵身而过；五公里武装越野，他 16 分钟就跑完全程；手榴弹一出手就在 70 米之外……从当兵到提干，不管训练再难强度再大，他几乎没有感觉到累过，难怪他说自己天生就是当侦察兵的料。一次，他带领全排战士在训练 500 米武装泅渡中，一根漂浮的竹尖刺破了被包外的塑料层，水很快就把被子浸湿了，本身起浮力的被包变成了下坠的“铁秤砣”。此时，刚游出 20 米。许多战士都劝他返回。“执行任务有返回的吗？”他没有答应，硬是游到了目的地。他这样要求自己，也这样要求排里的战士，因而带出了一群响当当的侦察兵。他任排长两年，连续两年在师组织的侦察兵 8 个科目的比武中夺得 6 个第一、1 个第二、1 个第三和总分第一的好成绩。

“硬排长”的硬，还硬在思想作风上。去年 10 月，陈群外出办事。在公共汽车上见一名醉汉在车上耍横，他立即上前制止。“臭当兵的少管闲事！”那醉汉提起手中的酒瓶向陈群头上砸去。陈群见车上人多，怕伤着其他人，就不躲不闪，“哗啦”一声，酒瓶砸在他头上。酒瓶碎了，陈群毫发未损。车上乘客非常气愤，纷纷谴责那名醉汉，并要求对他进行“惩治”。陈群拍拍头上的玻璃碴说：“子弟兵的拳头只用来对付敌人。他喝醉了，我们可以原谅他。”那醉汉闻言，羞愧地下车走了。陈群名气逐渐大了，驻地许多老板和公司以优厚的条件来聘请他做保安，都被他谢绝了。他说：“我当兵，是为保护人民群众安全，而不是学几招用来赚钱的。”

（原载1998年4月9日《江南晚报》第一版）

独臂英雄创新绩

——记8722部队政治处主任丁晓兵

从荣获“全国边陲优秀儿女金质奖章”到被评为“全国拥政爱民先进个人”，从参战荣立一等功到基层带出一等功连队，从硝烟弥漫的老山前线到风景秀丽的太湖之滨，从任指导员到任政治处主任，14年的风雨历程，14年的拼搏奋斗，丁晓兵始终步履矫健，英雄之花常开常盛。

1984年，19岁的丁晓兵做着英雄梦入伍来到南疆前线某部侦察大队当上了侦察员。在完成一次侦察任务中，他为保护战友将一条右臂留在了祖国的西南边疆。由于他的事迹英勇感人，为此荣立一等功，被破格提干，并获“全国边陲优秀儿女金质奖章”。他的事迹很快传到了故乡——安徽省合肥市。安徽省委宣传部部长亲自带车接他回去做专场事迹报告。在整个合肥城里，人人都知道他英勇战斗的事迹，当时省残疾人福利基金会提出让他担任常务副理事长一职，享受国家副厅级干部待遇，并专门给他发来了聘书。这是一个多么具有诱惑力的位子啊！丁晓兵却不为所动，毅然走出鲜花与掌声，继续在军旅拼搏，实现献身国防的理想。当组织征求他个人意见时，他说：“我唯一的要求就是工作。”就这样，他被保送进了南京政治学院学习深造。两年的辛勤努力，他以优异的成绩完成了学业，并被评为“优秀学员”。学院领导非常欣赏他的才能和精神，又考虑到他身体的实际情况，准备让他留在学校担任教员或者进机关工作。他谢绝了学院领导的好意，竟然扛着背包来到了驻守在山窝窝里的某部十连，并暗下决心，一定要干出个样子来。功夫不负有心人，第一年连队荣立集体三等功，第二年连队荣立集体一等功，他与连长双双荣立三等功。在当教导员4年间，他又把一个基础薄弱的营队带成全师的先进营，先后被评为“抗洪抢险先进单位”、“施工先进单位”。

1997年底，一纸命令把他推上了团政治处主任的位置，手中的权力大了，平时接触的人范围广了，经受考验的机会也增多了。有位一起参战的同班战友，现在已是拥有几百万元财产的大老板，要他到公司担任要职，许诺马上给一套房子、一辆车子，但被丁晓兵回绝了。后来，老战友又提出与他合伙做生意，不要他投入一分钱，只利用他的关系和声望，保证年底收入20万，但丁晓兵还是拒绝了。那位老战友看到他家里除了满屋子的书外，找不到一件像样的家具，唯一值钱的一台彩电还是刚结婚的时候买的，便不解地说：“你现在当上了主任，职务有了，名誉有了，缺的不就是钱嘛！”丁晓兵却说：“在市场经济条件下，一个人离了钱不行，但要是太认钱，这个人也就不值钱了。个人和家庭的利益固然要考虑，但祖国的利益高于一切。如果是为了钱，给我几百万我也不会献出一条右臂，有损军人形象和荣誉的事我坚决不干。”丁晓兵凭着一身正气，在官兵心目中树立起了崇高的威信。

（武警总部《为党旗增辉》征文二等奖）

淬得好钢铸利剑

8722部队指导员易善峰做活训练场思想政治工作纪实

“训练场上的思想政治工作就像是钢厂为钢锭淬火一样，火候、对象、时节都要因时而异,因钢而法。”这是8722部队一连指导员易善峰在任指导员的两年多时间里，摸索总结出的心得体会。

长短互补

3月15日，一连组织400米障碍测试。战士于登敏以1分38秒的成绩抢了第一，他得意地对只跑了个及格的大学生战士方宁做了一个鬼脸。方宁也很不客气地瞪了他一眼。易善峰看在眼里，记在心头。训练讲评时，易善峰大声宣布：“下面请于登敏介绍训练体会。”

别看于登敏在训练场上威风八面，可不善言辞，涨红脸半天也没说出个所以然。易善峰笑着说：“作为新时期的士兵，不仅要会做，而且要会讲、会总结，这一点我们要向方宁学习，他上次400米障碍测试跑了2分20秒后，认真总结教训，有针对性地进行训练，这次成绩提高了15秒，不过，成绩虽然提高了，但在技能方面还要向于登敏学习，希望你俩取长补短，共同提高，切不可以己之长小瞧他人。”易善峰的话音刚落，全场响起了热烈的掌声。

易善峰语：以己之长比人之短，越比越骄；以己之短比人之长，越比越气馁。思想政治工作的作用就是要给骄者泼泼冷水，给气馁者打打底气，让他们各自看到自己的不足，找准努力方向。

由己推人

易善峰虽然是政工干部，军事素质却响当当。3月5日，他给新战士做单杠三练习示范时，突然从杠上滑了下来。担负保护的战士小李没料到指导员会失误，想抓没抓住。幸好易善峰有经验，摔得不重。但如果是新战士呢？想到这里，易善峰语重心长地作了一番演说：“今天造成这样的后果，一是我没有对器械进行检查就匆忙展开训练，杠太滑自己不知道；二是保护人员思想不集中，发生危险后不能及时采取有效措施。”易善峰环视大家一眼继续说：“也许大家会想，指导员你皮都没破一点，没有必要这么大惊小怪。但同志们想想，如果今天摔的人不是我而是新战士，不是在训练场而是在战场，我们的失误可能就是牺牲，也许还有整个战斗的失败。因此，希望大家吸取教训，增强战场意识，带着敌情进行训练。”

易善峰语：训练场上，既有成功之道，亦有失败之处。所谓马行千里终有失蹄说的就是这个道理。但无论成功还是失败，都是一笔宝贵的财富，都蕴含着启发人之处，只要认真总结，触类旁通，就能起到教育人的作用。

析事明理

3 月 31 日下午，一连组织体能训练。值班排长吴顺在五公里训练结束后，又下令进行腿部练习。这时易善峰果断招手叫停。他叫过吴顺，指着旁边的一堆河沙说：“你去捧一把，尽最大的力气把它攥紧。”一股股细沙从吴顺的指隙里流出，一大捧河沙只剩下手心里的一点点。

“你知道是什么原因吗？”易善峰问。吴顺摇摇头。易善峰说：“组织训练就和你手捧沙一样，你越想攥紧反而越攥不住它。训练打疲劳战，战士就会想办法偷懒，结果时间浪费了成绩却上不去。带兵人治训要给战士一个相对宽松的环境，注意调动他们的积极性和主动性，使大家感到训练是一件轻松愉快的事情。”一席话，说得吴顺连连点头。紧接着，吴顺宣布了以班为单位，针对弱项自主安排体能训练。战士刚才沉闷的情绪一下子被调动起来。

易善峰语：思想政治工作有时不易被接受，是因为空洞说教，方法呆板，官兵听之如云里雾里。思想政治工作方法要活，不在于你讲了多少大道理，讲得多好听，而在于你是否说到点子上，给人以启迪，让受教育者学会思考。

（原载2003年7月19日《人民武警报》二版头条）

“皮旅”决战古楚都

——武警驻锡某部赴寿县抗洪纪实

7 月 10 日，当安徽寿县 127 万人民群众受到洪水威胁时，“皮旅”的传人——武警驻锡某部 850 位官兵千里驰骋，打响了保卫古城、保卫人民的抗洪决战。

寿县位于安徽中部淮河中游南岸，曾是楚国国都，境内有瓦埠湖、肖严湖、梁家湖、寿四湖、红旗沟、中心沟等四湖两沟，承接着周边数千平方公里的地面径流。每逢汛期，淮河上游大量泄洪，下游洪水顶托，寿县内涝排不出，为顾全大局，一直成为泄洪区。

今年 6 月下旬，淮河流域和寿县境内连降特大暴雨，内外河水位相继超过警戒水位、保证水位。到 7 月 10 日，淮河正阳关水位达到 26.8 米，超历史最高水位。为确保淮河大堤安全，寿县向淮河泄洪的幸福涵、正阳涵和东淝闸相继关闭。一时间，八公山下，安丰塘畔，瓦埠湖沿岸一片泽国，全县形成“关门淹”态势。洪水造成 132 万亩农作物受灾，4 万多间房屋倒塌，27 万人被水围困，91 万人受灾。

解放战争时期，中原突围。“皮旅”临危受命，成功完成掩护主力部队撤出敌人重重包围后，又胜利冲破敌人 30 万大军围追堵截，创造了中外军事史上的奇迹。如今，随着寿县汛情的迅速发展，各防洪大堤频频告急，“皮旅”的传人——武警驻锡某部接到武警总部命令，紧急出动。

7 月 11 日 10 时 20 分，部队赶到寿县时，淮河比 1991 年造成堤坝溃堤的历史水位还要高出 4 米多，处境危急。尤其是南堤农场，堤坝连续水泡 20 多天，多处出现险情，随时有溃堤的危险。850 余位官兵经过千里驰骋，身体已十分疲劳。但险情就是命令，大家一放下背包，立即投入抗洪抢险。此时，四五级的大风挟着暴雨，劈头盖脸地打在官兵身上。他们毫不退缩，挥锹扛包，在风雨中与险情、疲劳、饥饿展开搏斗。到当晚 11 时 45 分，官兵在 350 米的大堤上共填土 23000 袋、搬运土石 25000 余方，险情基本得到排除。

哪里有危险，哪里就有橄榄绿的身影。7 月 13 日下午 3 时，寿县最后一道防洪屏障——瓦埠湖九里联圩徒涧岔有 200 米地段出现下沉，大水即将漫堤，直接威胁当地 20 万群众的生命财产安全。该部队接到紧急电话后，立即派出一支 34 人的共产党员突击队。他们根据当时取土远、人员少、时间紧、烂泥深的情况，用铁锹修出了一条平滑的稀泥道。在大家的努力下，官兵用了 3 个小时就筑起了一道长 200 米、宽 1.5 米、高 0.5 米的子堤。

7 月 17 日下午 1 点 15 分，瓦埠湖高西闸堤坝突然发生管涌。在堤坝外 2.5 米处被淹没的水稻田里，涌出来的水花面积足有一张八仙桌大。部队接到特急命令后，在部队长乔家德、政委丁晓兵、参谋长方仁人的带领下，224 名突击队员直奔管涌处。

当时，在当地政府组织下，坝下的数千村民正在往坝上转移。看着部队来了，老百姓高兴地说：“子弟兵到了，大家快回去给最可爱的人烧茶去。”

天下着暴雨，豆大的雨点打在身上生疼。“会游泳的跟我来！”随着乔部队长的一声喊，立即有七八位官兵跟随乔部队长脱掉衣服，穿着短裤背心跳进湖水中。他们轮流潜入水中，摸索管涌入水口的准确位置。同时，在参谋长方仁人的带领下，又有五六个人跳进了80多厘米深的水稻田里，探测出水口的准确位置。丁政委迅速组织部队开展搬运沙包围堵。

两个小时，管涌出来的水夹带着泥沙越来越混浊。不好，管涌的速度加快了！乔部队长一把扔掉手中的铁锹，扛起一袋泥土，带头喊着号子就往前冲。在他的鼓动下，因连续3天加固堤坝身体已较疲劳的部队士气大增，与洪水展开了殊死搏斗。

水位在不停地往上涨，围堵的堤坝也在不断上升。1米、2米、3米，一直垒到4.3米高与堤坝平齐，管涌终于在官兵不可战胜的英雄气概面前低下了头。官兵抬头一看，竟然垒了一个宽3米、半径达6米多的弧形护堤。

堤坝保住了！寿县保住了！老百姓眼含热泪将一碗碗茶水和绿豆汤端到泥猴一样的官兵的嘴边。

截至7月24日，该部共出动兵力16500人次，加固堤坝14500余米，扛沙包、土包167500包，搬运土石188750方，排除险情126处，搭建帐篷500顶，安置灾民480多人。其中激战东津渡、鏖战陡涧岔、雨战高西闸、夜战安丰塘、围战正南淮堤等重大战斗，永远铭刻在了老百姓的脑海里，该部被当地群众称为“不老的‘皮旅’”。

部队自从7月11日到达寿县后，就开展一手抗洪保平安、一手助民渡难关工作，为受灾群众排忧解难，把子弟兵的温暖送到群众的心上。

在河东村淮南堤坝，住着400余名受灾群众，部队每天派出三人医疗小组进行巡诊，对所住的地方进行消毒。70岁高龄的李香香，连惊吓带着凉发烧、说胡话。卫生队长何伟全为她诊治时，为防止发生意外，在一旁守候了22个小时，直到她病情稳定。

该部还通过自发捐款活动向受灾群众献爱心。团炮连战士陈玉龙家中也被洪水淹没，但他毫不犹豫地掏出身上仅有的10块钱放进了“爱心箱”。据不完全统计，部队为受灾群众捐款9700余元，送大米3600公斤，食用油250公斤，被子11床及其他生活物资70余件，巡诊325人次，救治病人16人，为稳定受灾群众情绪，帮助他们渡过难关起到了积极的作用。

官兵视乡亲如父母，乡亲视官兵如亲人。7月14日，一名中年男子骑着摩托车来到三营驻扎的迎河镇粮站，停下车后，对哨兵说了句：“我是一名退伍老兵，是来慰问你们的。”然后扔下20只鸭子，转身骑上车就跑。像这样以各种方式支持部队抗洪的事，几乎每天都要发生好几起。

抗洪抢险任务完成后，为了不打扰当地百姓，7月28日凌晨，部队正准备悄悄撤离，闻听到马达声的群众纷纷起床涌在部队集结出发地。一声声“亲人,何时再回来看看”催人泪下，一个个温热的鸡蛋塞进官兵的手中，一碗碗“平安酒”端在官兵的嘴边……官兵眼睛红了，声音哽咽了，无数次挥舞着双手向群众告别。

（原载2003年8月1日《无锡日报》第二版头条）

名言警句作我师

——二连团支部用名言警句激励官兵成长纪实

“三人行，必有我师焉。择其善者而从之，其不善者而改之。”“横眉冷对千夫指，俯首甘为孺子牛。”在8722部队二连营房门前挂满了此类充满智慧和哲理的名言警句，二连团支部借此启发官兵的思想，陶冶官兵的情操，点燃进取的激情，甚具特色。

战士小王是独生子，父亲开了两家大公司，资产上千万。生来就躺在蜜缸里，不知苦是啥滋味。从养尊处优的环境来到纪律严明的警营，好几次，他都想偷偷溜回家。团支部书记张金华看在眼里，记在心上。一天傍晚，他把小王带到书有“千淘万漉虽辛苦，吹尽狂沙始到金”的警句牌前，问他：“你知道这是什么意思吗？”小王摇了摇头。张金华说：“以前人们淘金是把含有金的泥土放入一口锅中，在水中来回地荡。泥土成为泥浆随水流出，金子则沉入锅底。金子要经过如此千百回方能淘得出，人的品质和才能也要如此才能锻炼出来。父母把你送到部队就是希望在紧张、艰苦的警营里培养你吃苦耐劳的品性和独立自主的能力，走好今后的人生道路。”张金华一席话，使小王思想上产生了强烈的震动。他想，靠父母是一时，靠自己是一世，自强自立才是永恒的出路。从此，他不仅努力工作，而且积极响应团支部倡导的在津贴费内消费活动，把家中寄来的两万元零花钱寄回了家。在退伍时，他通过自学，拿到了商业企业管理的大专文凭。

一句名言警句，包含着一个故事，蕴含着一层道理。用名言警句教育官兵，是这个连队团支部的一贯做法。为了便于大家理解，团支部将每一句名言警句的由来、所表述的思想编成小册子供大家阅读。为了使名言警句与官兵工作、生活、学习融为一体，放在训练场的多是豪情奔放式的，而在休闲场所的多为修身养性类，可谓相得益彰。

“莫等闲，白了少年头，空悲切。”从医科大学毕业的战士张志斌每当看到这句名言时，都免不了心潮澎湃。他刚入伍时工作干劲很足，但过了一阵子，他发现自己的同学一入伍就当了干部，自己却仍是个兵；有的同学参加地方工作，一个月收入好几千，而自己一个月也就几十元。他心里产生了不平衡感，工作也没了劲。了解到这一情况后，团支部副书记高代把团支部编写的一本《名言警句启示录》放在了他的手上。岳飞胸怀精忠报国志，16 岁从军抗金，历经艰难，不计个人得失，一心收复失地，写下了激励人心的《满江红》，成为历代有志之士的榜样。对照前人，小张找到了自己的差距。他想，如果心里只有待遇和享受，还谈什么事业和人生？于是，他一心一意地把心思用在工作上，5 月份被部队评为“优秀共青团员”。

（原载2003年8月30日《人民武警报》第三版）

卫士的忠诚

【阅读提示】

在许多情况下，人们的个人感情会和组织原则发生冲突，个人利益会和集体利益发生冲突，个人兴趣会和工作需要发生冲突。只有树立正确的人生观、道德观和价值观，才能摆正自己的位置，处理好这些关系。希望同学们向丁晓兵同志学习，永远守卫好自己的精神家园。

军人特色

丁晓兵是武警部队的一名干部。20 多年前，曾在一次战斗中失去了一只手臂。

在丁晓兵家的客厅里，挂着一副他亲手书写的对联：俯仰无愧天地，褒贬自有春秋。对联的意思是说：人活着，就应该胸怀坦荡，正直无私；说话办事，要能够对得起党，对得起国家，对得起人民。至于个人的功过是非，让历史去评说吧！

熟悉丁晓兵的人都说，这正是他的人格魅力所在之处。

2003 年临近春节，丁晓兵的弟弟下岗了，拉了一车花菜来部队推销，还死活缠着把 60 多岁的母亲拉来当说客。

望着满头白发的母亲，丁晓兵心里真有一种说不出来的酸楚。1984 年，自己在前线负伤后，得知消息的母亲从安徽一路风餐露宿到云南来寻找自己，结果病倒在途中，多亏好心人的帮助才脱离了危险。这些年来，虽说自己偶尔也寄点钱回家，却一直是弟弟在母亲面前替自己尽孝。凝望着母亲和弟弟渴望应允的目光，丁晓兵心里很不是滋味。说实话，如果由弟弟直接从菜农家中往部队送菜，不仅质优价廉，能给部队提供方便，同时也解决了弟弟的生计问题，母亲也能因此而过得好一些。但是，组织上有规定禁止这样做，如果自己开了这个口，以后还怎么去教育官兵？想到这里，丁晓兵婉拒说："如果你不想有人在背后戳你哥的脊梁骨，咱就不能干这事呐。"

弟弟不服气地说："买卖公平，我和别人竞争还不行吗？"

"如果你不是我弟弟，当然行。"

"是你弟弟难道就不吃饭了？你可以让我受饥，难道还要让爸妈挨饿吗？！"眼看着一车花菜就要烂掉，弟弟几乎要和哥哥翻脸。

其实，每年的提干、考学、转改士官，丁晓兵都会听到类似的提问——

"晓兵，领导班子中你最年轻，也最'放不开'，你这样搞，不感觉到孤立吗？"

"你可是个政委，办这点事还能难倒你？"

"你这个党委书记，说话办事咋就没有一点战斗时的个性？"

……

然而，团里的官兵都清楚自己的政委，都知道他有三不怕：不怕别人说没用，不怕别人说无情，不怕别人说没钱。心中装着这"三不怕"，他始终能够堂堂正正为官，秉公用权办事，挺起胸膛走路。

弟弟委屈地拉着母亲上车走远了，丁晓兵却忍不住失声痛哭。母亲求他办的唯一一件事，他却没有让母亲开心，60 多岁的老人，要是真有一点办法，还会来张口求自己的儿子吗？回想到自己负伤后回到家时，弟弟搂着他那只空袖管泪如泉涌，那是多么深厚的兄弟情啊！

但，情是情，理是理，作为一名共产党员、领导干部，怎能为一己私情放弃原则呢？

分别时，丁晓兵悄悄地把 5000 元钱塞给老母亲回家过年。

守好精神家园

丁晓兵常说，在原则和感情面前，共产党员也要讲感情，但感情不能代替原则。作为一名从前线下来的军人，他深知，要像当年守阵地一样守住感情关、金钱关和权力关，一旦被撕开一个口子，哪怕是一个很小的口子，也将付出沉重的代价。为此，他常常告诫自己要把握好三个环节：一是慎微细小处，越是小处越留心；二是慎独无人处，越是暗处越小心；三是慎守坦途处，越是顺时越清醒。要时时处处体现出一个共产党人的本色。

2003 年 9 月，一位房地产老板在无锡开发了一片小区，工程竣工后，想找当地一些知名人士为他的楼盘开市剪彩，丁晓兵名列其中。

得知无锡市规划局一位副局长是丁晓兵的老领导，这位老板找到他，说明了来意，并许诺：“只要丁晓兵出席剪彩仪式，在电视镜头里讲几句得体的话，就以成本价卖给他一套商品房，差价十多万元。”

“没问题，这事包在我身上，凭着多年的感情，晓兵这个面子是会给我的！”这位老领导当场拍胸脯。

当天，老领导就兴冲冲来到部队。听完老领导的一番话后，丁晓兵笑了笑：“说心里话，我现在还住在一套 64 平米的房子里，确实也想改善一下家里的住房条件。”紧接着，他又委婉地说：“老领导，您的心意我领了，你知道我现在的身份，不适宜参加这样的商业活动。”

“别死脑筋了！孩子大了，一家三口挤在这个小空间，多不方便。你不想要，也要为老婆孩子想想。何况，你不趁现在有点名气谋点利益，以后哪还有这样的机会？”老领导又好心地开导他。

“我作为一名军人，纪律不允许。作为一位领导干部，让党的形象丢分的事更不能干，请您理解我。”老领导了解丁晓兵的脾气，只得无奈地摇了摇头。

市场经济在为社会带来财富的同时，也带来太多的诱惑。有许多当年同丁晓兵一起冲锋陷阵的战友，没有倒在敌人的枪林弹雨中，结果却倒在了权、名、利的欲望里。为此，这位从前线下来的战斗英雄一再告诫自己：一定要守好自己的精神家园。

再造“完美”

丁晓兵经常来到烈士陵园，面对为了祖国大业、为了人民群众而长眠于此的革命前辈和战友，一遍又一遍地追问自己：对党是不是尽忠？对事业是不是尽责？对官兵是不是尽心？他说：“我们要像守阵地一样守好自己的精神家园，更要像夺阵地一样当好党的形象大使。”

2004 年初，总部非常关心丁晓兵的生活情况，特地拨下 20 万元为他安装智能假肢，官兵都为政委感到高兴。因为安装好智能假肢后，丁政委就不必在学习时以仅有的左手来赶蚊虫了，也不需再用一只手来洗漱了，更不用在抗洪时为一只手背上沙包而艰难挣扎了。装上智能假肢后，人也会变得更加“完美”。

然而，此时的丁晓兵正在犯愁：部队的十几位家属因为家属工厂的改制，还有几十万元的安置费没有着落。

“我们的军人为了国家和人民的利益，已经牺牲了青春，不能再让他们牺牲家庭了。如果能以我个人的缺憾换来十几位军人家庭的幸福，那就让我这个缺憾永远存在吧！”

丁晓兵毅然将这20万元拿出来补进了对下岗家属的安置费。

当这十几位家属拿着补发的安置费时，无不激动地说：“丁政委虽然没有用这笔钱来完善自己的‘形象’，却让我们看到了一个最完美的灵魂！”

【丁晓兵】

1965年生，安徽省合肥市人。1984年，在一次重大军事行动中光荣负伤，荣立一等战功，荣获共青团中央为他特设的第101枚全国边陲优秀儿女金质奖章。20多年来，他自觉践行共产党员先进性要求，以伤残之躯创造了不平凡的业绩，先后荣获全国自强模范、拥政爱民模范、中国武警十大忠诚卫士、中国青年五四奖章、全国优秀共产党员，2006年12月被国务院、中央军委授予“保持英雄本色的忠诚卫士”荣誉称号，获一级英雄模范勋章。

（原载2007年《当代中国著名人物美德故事》第一辑）

“实”字当头求发展

8722部队在抓部队建设中，坚持以科学发展观为指导，规划讲科学，花钱重效益，推动了全面建设不断上新台阶，先后被武警总部评为“基层建设标兵单位和党风廉政先进单位”。

科学规划为打赢

该部队营区最早规划于20世纪50年代，由于布局不均、道路狭窄，部队紧急机动能力受到制约。去年新营房改建时，有人提议在营房四周栽满花草，进一步美化环境。部队党委认为，营区已经是花园式营院了，没有必要再做锦上添花的工程，而应当抓住这次机会把主要精力用在增强部队机动能力、提升部队战斗力上。

按照这一观点改建新营房后，一条条双向两车道水泥干线贯穿于整个部队营区，部队紧急拉动能力得到了显著增强。今年1月20日，上级对该部队实施紧急拉动，部队集结所用时间不到原来的三分之二，受到了上级领导的高度称赞。

精打细算出效益

官兵洗澡难一直是该部队党委关注的老问题。去年新营房改建时，为每个连队是安装太阳能热水器还是多功能热水器，引起了大家的争议。党委会上，“一班人”分别算了两笔账：太阳能热水器价格便宜，夏季功效大，但冬天供热跟不上，加之南方阴雨天较多，总体效能发挥不尽如人意；多功能热水器价格贵得多，但集太阳能、风能、电能于一体，遇上阴雨天也能很好地工作，足以保证官兵一年四季洗上热水澡。最后，他们决定：宁可多花钱、花大钱，也要把事办实、办好、办出效益。

多功能热水器安装到各连队后，基层官兵反响很好。今年初，该部队驻地连降几场大雪，官兵照样洗上了暖暖和和的热水澡。

问计于兵见实效

过去，该部队鼓励战士“月读一本书，走好人生路”，但阅览室却经常“铁将军”把门，加之书籍种类单一、内容陈旧，战士学习热情并不高。对此，部队党委通过了一系列措施：基层阅览室统一实行开放式管理，简化书籍借阅相关手续；每季度更新、交流一批内容健康的书籍；结合不同时期任务特点，对相关刊物进行介绍和推荐，组织战士开展读书体会交流活动等。

（原载2008年3月5日《人民武警报》第二版）

走出“人员少，出事频率高”的怪圈

——8720部队做好小远散直单位安全管理工作启示录

单位小，有时容易出现大问题；人员少，有时出事的频率反而高。这是许多小远散直单位在安全问题上存在的“怪圈”。8720 部队在抓小远散直单位安全管理工作中，落实制度不放松，严格执纪不手软，监督机制不落空，有效地促进了内部安全稳定，连续 9 年实现“三无”。

人员少，落实制度不能松

事件回放：一次，部队政委张桂柏到所属单位的一个修理所检查时事政治教育落实情况。没想到，被临时叫来座谈的三名战士中，有两名战士对张政委提出的问题回答得支支吾吾，说不出个所以然来。他详细了解情况后得知，原来这两名战士时政教育当天正好出了公差，回来后，所长图省事，只是象征性让两名战士抄了学习笔记，没有组织专门的补课。条令中明确规定：对没有参加时政教育的战士要安排补课。“规定的制度为什么不落实？”面对首长的询问，那名所长只好红着脸承认错误：“修理所主要是个保障性的小单位，平时只想着一门心思把任务保障好就行了，对时事政治教育没重视起来。”“时事政治教育是一时一事的教育，可你图一时的省事，战士就少了一份觉悟，你丢掉了一事，就丢掉了一项制度，长此以往，就容易给单位安全建设带来极为严重的后果。”一席话说得所长羞愧地低下了头。

启示之一：综观近年来发生的每一次事故案件，当事人最终剖析的，大多是思想发生了扭曲和迷离，从而导致行为出现失控和偏差。作为思想灌输的主要手段，教育制度落实得妥与否，在官兵的成长进步中起着至关重要的作用。因此，要做到防微杜渐，首先应该从落实日常的教育制度抓起，通过警钟长鸣，切实强化每一名官兵的思想认识和防范意识，为他们筑牢安全“防火墙”。

人员少，严格执纪不手软

事件回放：2 月初，该部下属单位直属队的一名排长在使用笔记本电脑无线上网时，被所属单位政委孙伟明发现。就在所属单位准备给予这名排长以行政警告处分，并在全部队予以通报批评的处理时，说情的电话打到了部队长王春新办公室。在了解完情况后，王部队长不仅没有给对方丝毫的“面子”，而且主动把电话打到所属单位领导那里，表示这件事处理得好、处理得正确，上级领导给予全力支持。这件事一传开，部队从此再也没有到地方网吧或私自上互联网的现象。

启示之二：许多单位之所以把小远散直单位作为安全重点突出出来，其重要原因是管理者在执行条令条例中遇到了“人情关”、“领导关”、“利益关”等难以逾越的“软链”。这就要求管理者在管理中有较真碰硬的勇气，敢于在“严”字上动真格，在“公”字上作表率，一切按照部队条令条例和规章制度来说话办事。长此以往，串联在小远散直单位一些官兵身上的“软链”也就失去了效力，“灯下黑”、“关系兵”、“人情网”等通病也就没有了市场，部队各处安全“死角”也就会得到真正意义上的消除。

人员少，监督机制不落空

事件回放：去年春节，该部小车排两名驾驶员私自躲起来喝酒后，因故发生了口角。正当他俩相互不依不饶要动手时，刚好被同班战友兼安全管理监督员小刘发现。小刘一边劝架，一边立即打电话向机关值班室和管理科长进行了汇报。由于相关人员赶到并处理及时，从而避免了一起事故的发生。事后，尽管两名当事人受到了通报批评的处理，但想到酗酒后随时可能造成的后果，两人还是打心眼里感激小刘的及时报告和解围。该部队副政委丁晓兵告诉记者，针对小远散直单位的实际情况，近几年来，他们重点突出“三互”小组、“双四一”等有效载体的督促功能，为每个小远散直单位的班排都配备了安全信息员、管理监督员，并签订了责任状，做到一有情况组织就能马上发现，将隐患消灭在萌芽状态。与此同时，他们还积极发挥社会监督机制的作用，通过与地方公安、交警等有关部门签订“安全管理双协定”，进一步提高了预防事故案件的“免疫”能力。

启示之三：安全工作点多线长，千头万绪，有时，仅靠一两个管理者来主抓是远远不够的，把每一名官兵都充分调动起来，形成人人都是管理者、人人都是责任人的良好管理格局，安全管理工作做起来就会容易得多、省劲得多。落实监督机制也是这样，把方法用活了，就相当于在管理者面前安上了一面镜子，各种安全隐患和苗头稍有风吹草动，就能做到早发现、早预防、早消除。

（原载2008年3月7日《人民武警报》四版头条）

两条“曲线”说明了啥

8722部队改进体能训练方法提高训练质量的一段经历

春节前夕，记者到被武警总部评为“基层建设标兵团”和“军事训练一级团”的8722部队采访，在该部队三营训练场，采撷到了他们的一段曲折经历，耐人寻味。

不成比例的产出

三营五公里越野一直在中等水平徘徊，器械训练排行中下，作为机动分队，这着实让营连主官脸上挂不住。为了突破这个瓶颈，营、连成立了攻关组，着手制定了一系列训练计划：连每天不得少于两次五公里长跑，营每星期组织一次十公里长跑和各连参加的五公里武装越野对抗赛，每天一小时器械训练雷打不动。

3个月后，考核验收。五公里越野总评成绩提高了5秒钟，仍是良好，但器械训练有20%的官兵不合格。

为何种得多收得少

巨大的投入为什么没有丰厚的产出？训练形势分析会上，部队长孙学余带着机关工作组把这个问题摆到了桌上，与大家共同进行分析，寻根探底。

训练程序单一化，官兵兴趣激不起来。训前动员，不是弘扬积极因素鼓劲加油，而是讲规范、提要求，训练前就没有好心情；活动身体，也总是扭扭脖子和脚，简单枯燥；长跑基本上是围着操场转，十几圈绕下来，头晕脑涨，一天两次，战士心里烦；最后干部讲评，批评掉队的同志出工不出力。整个训练没有一点新意。

组训方法模式化，训练劲头激不起。五公里除了跑还是跑，跑不动就前拉后推或再罚一次；单双杠上不去就是吊。一成不变的僵硬模式，让参训者没有良好的心理状态，哪来的训练动力？

指导思想偏了位。急于出成绩是造成“拔苗助长”训练方法产生的根本原因。集中精力搞突击、一劳永逸图长久不符合办事的客观规律。

转变思维拓新路

单一化训练不可取，换几种方法怎么样？在党委的指导下，部队以三营抓五公里、器械训练为什么使大力无大功为契机，以抓训练质量先抓训练思维、训练方法，对体能课目训练进行改革。

——改干部班长组训为能者组训。干部班长是训练场上的老手，但未必是行家。尤其在组训方面，往往勇猛有余，科学性、知识性不够。这几年，随着高学历、专业人才的入伍，部队储备了各方面的人才。为此，他们打破了一律由干部班长组训的模式，使一大批懂科学、有知识的专长战士走上了教练员的岗位。新人新方法，不再是旧套路，“南拳北腿”各有千秋。

——改大家同训为分组分训。同训一个课目，看似人多声势大，然而，该补“维生素”的却补了“钙”。他们按照官兵缺什么补什么的原则，打破“同吃一锅菜”，采取“分食进补”。训同一课目也不统一进度而是量人施训，使练耐力、练协调性、练技巧各得其所。

——改单一训练为多元训练。该部队采取了多元化训练法，在吸取原有的经验成果上，将体能训练融合于登山、足球赛、篮球赛、按图行进等活动当中；把柔韧性、协调性通过韵律体操、劲舞等载体来达到训练目的。

不相“等位”的两条曲线图

两个月过去了，三营又站在了考核场上。一天后成绩出来了：器械训练人人合格，五公里武装越野所用时间比优秀成绩评定标准还少用了 1 分 2 秒。与上一次对比结果是：第一次共用了 135 个小时，投入兵力 12000 人次左右，五公里成绩提高了 5 秒，官兵普遍产生厌烦情绪。第二次共用了不到60个小时，投入兵力2100人次左右，训练成绩都得到了巩固和提高。

为什么多种少产出，而少投入却大丰收？这两条曲线图说明了什么？基层官兵最有发言权。八连连长唐郑感言："以前搞训练是水桶里养鱼——就这么大个圈子，哪来的活力？我们也想打破这封闭型程式，但又怕跑了鱼，负不起这个责任。现在好了，党委给了我们一个大池子，又注入了源头活水，有多大力就能搅多大浪花。"战士刘晓林说："以前训练是被动着练，如同蒙着眼的驴子拉磨，有转头没出头，只能是循规蹈矩。改变训练方法后，好比是八仙过海，各显神勇。"

（原载2011年2月3日《人民武警报》第四版头条）

炊事班的三件宝

8722部队八连炊事班有三件宝——一根扁担、一把菜刀、一把秤，这三件看似普通得不能再普通的物件，却演绎着这个炊事班精武报国、服务保障、公正执纪的传奇。35年来他们36次立功，其中，集体二等功三次，先后被三总部、武警总部评为"先进食堂"。

第一宝：带血的扁担

这是一根长不足1.5米、宽7厘米、两头稍翘的木质扁担，它时刻提醒着八连炊事班一茬又一茬的战士，牢记一个人名、一个故事、一条誓言。

1950年，八连奉命进驻四川遂宁剿匪。为了围剿在山上的土匪，连队驻在地形复杂、人烟稀少的半山腰。炊事班隔两三天就要派两个同志挑着箩筐下山到县城购粮购物。炊事班有名战士叫马三立，是四川人，每次都是由他带着一名同志下山。

7月的一天，马三立和另一名炊事班战士王中国在买菜返回的途中，遭遇七个土匪。其中一个大个子土匪发现只有他们两个人，便伸手从腰间摸出一把匕首，向王中国刺来。

马三立用身体撞开王中国，手中的扁担也"呼"的一声向土匪劈了过去。"咚"的一声闷响，扁担重重地砸在土匪的脑袋上，土匪一声不哼地倒了下去，而就在他往前倒下的时候，匕首也插进了马三立的胸口，血一下子飞溅出来，溅在了马三立手中的扁担上。

王中国押着土匪回到连队后，任凭大伙怎么呼喊，马三立却再也没有醒来。

马三立的死，对王中国触动很大。他时常自责，如果自己反应快一点，军事素质好一点，就会第一时间作出反应，马三立是不会牺牲的。

马三立走了，王中国接过了那一根扁担，承担起了每次下山购物的重任。王中国离开连队时留下了那一根扁担，留下了尽心尽力让官兵吃好和“武艺练不精，不是炊事兵”的嘱托。

时过境迁，如今向现代化迈进的八连，早已用上了野战炊事车，告别了肩挑背扛的年代，但一定要尽心尽力让官兵吃好和“武艺练不精，不是炊事兵”的嘱托却随着那根扁担一代一代地在炊事班留传了下来。炊事班从班长到战士，每天必须随队训练4小时，每晚睡觉前200个俯卧撑、200个仰卧起坐、200个蹲下起立必不可少。

训练锻造精兵，部队官兵至今还津津乐道那一场军事考核。

那是南京军区对八连进行五公里武装越野考核。在编队时，连队把炊事班的战士放在了最前面。司令员向守志看见背着黑锅、挑着箩筐、扛着武器的炊事员不由乐了。从未见过这样编队的军区监考人员却一脸的疑惑：把炊事人员放在前面能带好队吗？自己跑不快，还不挡了后面的队伍？

随着一声清脆的发号枪响，队伍嗷嗷叫着冲了出去。炊事班长徐坚只有一米六的个头，背着大黑锅跑在最前面，从背后看去，只看见一个头顶和两只小腿在不停地翻飞。一位参谋不经意笑了句：“真像在与兔子赛跑。”跑在第二的是身高一米八的给养员吴小刚。他有力的长腿不停地向前跨跃，两只装满物资、重30多斤的箩筐飘在他身后，似乎永远追不上他前进的步伐。监考员不禁惊叹：好一个嫦娥奔月！紧随其后的是连队饲养员王显权，全副武装而身轻如燕。其余几位炊事班战士也不甘示弱，呈“品”字形在后健步飞奔。

一直到终点，炊事班战士始终在前面引领着。当连队最后一名战士到达终点时，监考官抬手一看时间：19分23秒。“好一队背着黑锅的开路先锋！”向司令员不由发出了由衷的赞叹。

五公里基础牢，其他训练怎么样？在司令员的授意下，监考官专门为炊事班增设了射击、四百米障碍、埋排雷、器械体操等10个课目。一圈考下来，监考官向司令员呈报了两个字：全优。

炊事班主要负责保障，技术过得硬吗？炊事班又被立即拉到野外，进行野战炊事考核。挖灶、埋锅、升火、烧饭、切菜、炒菜、烧汤……18 分 27 秒。供 120 人吃的、色香味俱全的两菜一汤全部烧好。司令员非常高兴，他来到连队伙房，看到排放整齐的物资、干净整洁的操作环境和工具，握着炊事班长的手说："好样的！"在考核结束的讲评会上，首长指示：所有的炊事员都应该像八连炊事班战士一样，冲锋一线能打仗，埋锅造饭能保障。

第二宝：6厘米宽的菜刀

八连炊事班之所以把这把 6 厘米宽的菜刀当做宝，是因为它背后蕴藏着一个想方设法让官兵吃好的执著追求。

20 世纪 60 年代，部队官兵与全国人民一样，同甘共苦，共赴难关。连队只有土豆、萝卜和白菜老三样。品种不多，炊事班长要翻出花样来让战士们吃好，于是他决定从刀工入手，操起菜刀就练起来。他切的是从树上摘下来的树叶和枯树上刮下来的树皮。一天，两天，半个月……刀在他的手上感觉到了温暖，跳起了欢快的舞蹈。温暖从刀上传递到官兵的脸上，大家绽出了满意的笑容。

为了练好刀工，赵班长手中那一把宽 11 厘米的铁菜刀只剩下了 6 厘米宽。

1964 年，正是全军大比武如火如荼的时候，赵崇友带着这把菜刀来到了北京。

比赛开始了，每个炊事员只分到了一堆土豆、1 斤肉和常用的调料。赵崇友不慌不忙，挥舞着他那把有了温情的刀，土豆丝、土豆片、土豆丁、土豆条……煎、炒、焖，一连做出了 14 个品种，高出其他选手五六个品种，凭着无可争议的数量和质量夺得了全军炊事员比武的第一名，受到了党和国家领导人的接见。

"自己苦不算苦，不能让大家吃得满意那才叫苦。"赵崇友的话成了八连炊事班战士的口头禅，也成了他们的座右铭。

跨入新的世纪，炊事班也不断赋予传统新的内涵。官兵不会忘记：寿县抗洪抢险，高强度的劳动，昼夜连续奋战，使官兵的体力严重透支。"保障好就是胜利。"在班长张海兵的带领下，炊事班的战士全身心地投入工作。

30 多度的高温加暴雨，给炊事班的保障带来极大的困难。烧饭烧菜只能在一间不到 5 平方米的小屋子里进行，一道窄窄的门，没有窗户，两个野战液化气灶喷出的火苗不到 10 分钟就将屋内的气温调到了 60 多度，电风扇在里面至多也就起了一个加快空气流动的作用。火是热的，风是热的，狭小的空间，甚至于连人与人之间交换位置都得肉贴着肉。一餐饭烧下来，四个炊事班战士矿泉水就喝了一箱，前胸和后背的皮肤被火苗灼伤，清凉油用光了 5 盒。战友们流泪了，说宁愿啃方便面也不让他们在里面烧饭。然而，为了让战友们吃饱吃好，夺取抗洪的胜利，他们义无反顾地又走进了那间小屋子。

最让战友们不能忘记的是夜战安丰塘的那个夜晚。世界第二大人工淡水塘——安丰塘发现一处直径达 1 米的特大管涌。连队接到命令后，立即出征。“战友们今天又干了十二个多小时，睡下还不到四小时，不补充营养咋吃得消。”班长赵海兵带着炊事班的战士翻身起床，做起了大家最爱吃的鱼香肉丝和西红柿炒鸡蛋，还烧了一锅开胃提神的酸辣汤。

“咔嚓。”电光一闪，一声炸雷使炊事班的战士感到一阵颤抖。随即听到“轰”的一声，列兵河良芳跑出门一看，“妈呀”一声跑了回来：“门口那棵碗口粗的树枝被雷劈断了。”雷声过后，一阵狂风扫过，暴雨如同机枪喷射出的子弹“叭叭叭叭”地直泻而下，给养员马东东从门伸出半个脑袋一瞧，地上的稀泥被打出一个一个的洞，他叫了声“我的乖乖”，赶忙把头缩了回来。

“班长，那条路全是稀泥，车子又进不去，风这么大，雨这么猛，还在响雷，要不要送去呀？”郑巧华问张海兵。

“去，怎么不去，环境越恶劣，战友们抗洪越需要力气，不吃饱饭，哪来的力气？不管采取什么样的方法，一定要把饭菜送到。”张海兵毫不犹豫地回答。

可是怎么送去呢？还是马东东办法多，他从七连借来两个保温桶，连同自己连队的两个，把饭、菜、汤分别装了进去。刚烧好的饭菜即使隔着保温桶依然十分的热，两个人抬一桶来回 10 公里，这种天气和环境，那还不需要好几个小时，大伙恐怕早饿坏了。马东东又想出一个主意：他们把自己的被子包在保温桶外面，然后用背包带打好，像背被包一样背着走。为了防止汤流出来，张海兵找来胶布沿着口封了三层。四个人背着四个保温桶出发了。

风雨中，四只手电仿佛四只萤火虫，战士们连脚下的路都看不大清。暴雨打出的稀泥没在了小腿，背着饭菜走在上面每前进一步，都要费好大劲，尤其是鞋子陷在泥里半天也拔不出来。没走多远，大家感到这样太费劲，又影响速度，干脆扔掉鞋子，赤脚前进。

最难走的是上堤坝那一段路。堤坝虽然不高，但 70 度的坡面又稀又滑，人站也站不稳。河良芳第一个上去就给滑了下来，还差点摔个仰八叉。“大家把手用上。”张海兵边说边把手指插进稀泥，脚趾使劲往泥里踩，几乎贴着坡面像壁虎一样一步一步往上爬。在他的示范下，大家也纷纷练起了“壁虎功”。30 米高的堤坝，大家整整爬了5分钟。“真痛啊，”张海兵至今回忆起来还咂着舌头：“我的四个手指甲都给插翻了，脚掌还被一块石子划了一条口子，稀泥顺着口子往肉里面钻。”

五公里的路，大家走了一个小时。现在，谁也记不清是怎么走过去的，他们只记得当时看着战友们大口地吃完饭菜，大口地喝完汤，又浑身是劲地对抗洪魔时，心里有一种说不出来的喜悦。天刚放亮，管涌被堵住了，寿县十几万人民群众的生命财产安全保住了。事后，该部政委丁晓兵评价说：“如果没有炊事班及时送来的饭菜，管涌要堵住恐怕至少要推迟两个小时，甚至更长时间，夜战安丰塘取得胜利，八连炊事班功不可没。”

把自己磨砺好，把官兵保障好。如今，在八连炊事班五个战士当中，班长自学自考取得了二级厨师证，其余4名战士都是三级厨师，人人都有一手绝活。他们也不再为没有菜做而发愁，用电脑配起了营养餐。

第三宝：折断的秤

一走进八连炊事班副食品库房，一杆折断的秤挂在墙上，特别显眼。他们为什么会把一杆折断的秤挂在墙上？这事还得从头说起。

1992年初，一位新连长走马上任。一天，连长带着一位首长的家属径直来到炊事班。炊事班战士吴立新一见是连长，赶忙起立。

“吴立新，是这样的，嫂子今天因为有事没来得及外出买菜，你给嫂子拿点菜吧。”

吴立新心想，部队家属虽然有困难，但我们炊事班也有规章制度，谁也不能到炊事班随便拿菜，就算有特殊情况也得称量付钱呀。于是吴立新说：“连长，拿菜是可以的，不过，按照规定得当场称重量，按市场价格付钱。”

一听说要称量付钱，连长的脸一下子挂不住了，涨红着脸没好气地说：“好好好，你称吧，钱到时从我的工资里扣。”

吴立新拿起秤称好家属挑好的菜，“一共是两斤一两，一斤两毛五，一共是五毛二分五，四舍五入，五毛三分钱。”吴立新飞快地报出了账目。

“吴立新，你可真行啊，算钱的时候，你搞四舍五入，那一两你怎么不舍去呀？”

望着连长的目光，吴立新解释说：“连长，这是规定，该舍的舍，不该舍的怎么能舍？连队伙食费就这么点，如果这也舍一点，那也舍一点，跑冒滴漏，战友们还吃个啥？”连长一时被噎得说不出话来，哼了两句转身就准备走。

“连长，请等一下，请你打个条，签个字，到时我好向司务长交账。”吴立新连忙递上纸和笔。

“签什么字，难道我还赖这一点钱？到时候我给司务长说。”连长头也不回地说了一句，甩开步子就要走人。

“站住！”吴立新也来火了：“连长，购物付钱，这是规定，作为连长，你应该带头遵守规定，这字你必须签。”

“我是八连连长，连队的事我说了算，这字我就不签，你能怎么着？”

“既然连队的事都由你说了算，那还要这些规章制度有什么用，还要这杆秤干什么！”吴立新甩掉手上的纸和笔，抓起脚下的秤，“咔嚓”一声折成两截，“哐啷”扔在连长的脚下，流着泪转身就跑了。

“连长，这菜我不要了。”那位家属一见这架势，赶忙放下手中的菜，抽身走人。

连长尴尬地站在那里，不知所措。

这事很快就转到了部队领导的耳朵里。当天下午，部队就派出工作组来到连队，责成连长立马做三件事：一、在支部大会和连队军人大会上做检查；二、向吴立新赔礼道歉；三、自己掏钱买一杆新秤。

晚霞刚从空中消失，月亮爬上了树梢头，为数不多的几颗星星诡异地眨着眼睛。连长提着新买来的秤轻轻地推开了伙房的门。炊事班的战士正在准备着第二天的早饭菜。连长径直走到吴立新面前，抬起右手敬了一个标准的军礼，然后用洪亮的声音说：“吴立新，今天这件事是我的错，我向你道歉。”连长放下右手，用双手捧着秤递到吴立新面前：“你敢于坚持原则，以连为家，我一定向你学习，我以连队有你这样的战士感到骄傲，相信你以后也一定能用好这杆秤。”

“连长，”吴立新眼睛一湿，双手接过秤，“我一定不会让全连官兵失望。”

“我也不会让你们失望，”连长转过身，从墙角拿起吴立新折断的秤杆说，“它不能再称菜，却还可以称出人格的分量，就让它留在这儿，时时给我们以警醒吧。”

从连队保存着的历年账册里，记者统计出了这么几组数据：连队干部家中来人，交伙收据 72 张，计 9214.57 元；蹲点干部交伙收据 44 张，计 5113.44 元；机关干部吃碰头饭临时交伙收据 142 张，计 214.35 元；家属从炊事班购菜收据 2 张，计 3.14 元。在收据的签字上，既有连队干部的家属，也有他们的兄弟姐妹和父母的名字，既有在连队吃碰饭的将军，也有地方党政领导，更有退伍后返队看看的老战士的名字。

给养员马东东，人称铁算盘，每次在菜场购菜购肉，商贩看着他就惊呼“马老虎来了”。他其实并不像商贩叫的那么可怕，只是因为他有一手砍价的绝活，商贩们每次总是要少赚几个钱。他们嘴上虽这么喊，心里却乐意与马东东打交道，就因为他实在。

与马东东熟悉的人都知道，马东东购物开发票一是一、二是二，从来不多开一分钱。但是如果你短斤缺两，以劣充好，他可跟你没完。一次，他从市场上买回一筐鸡蛋，回到连队后发现坏了两个，硬是跑回去给调换。卖鸡蛋的说："你何苦呢，就为这么两个鸡蛋，值得吗？节约一分钱进不了你的口袋，超支一块钱也不用你出。"马东东回答道："咱们连队好比是一个家，我们炊事班的人员就是操持家务的媳妇，勤俭持家，家业兴旺，奢侈浪费，中道败落。"听说一位拥有千万家产的老板正在为自己独生女的未来发愁，闻听此事，几番打听，非要将马东东招为上门女婿不可。

炊事班的战士把连队当做家，也苦心经营着这个家。云南红河籍战士李哈三为了带一块菜墩回连队，步行翻山三天三夜；在家需要别人服侍的小少爷李维维在炊事班干了一年后，能腌制出 40 多个品种的咸菜；坚持抖粮袋子的洪心宝一年从粮袋里抖出大米 16 斤，面粉 24 斤；燃气灶煲汤浪费气，炊事班上山捡来柴禾埋锅炖……

（原载2011年10月《中国武警》）

文以精武

8720部队"以文化软实力提升军事硬实力"

拿破仑说，作为军队，有两样东西很重要，一是宝剑，二是精神。

8720 部队部队长王春新为这句话作了精辟的诠释：有宝剑的军队不一定值得人尊重，但有精神的军队一定让对手敬畏。

如果说物质的东西是宝剑的刀柄，那么精神的东西就是宝剑的刀锋。该部队党委认为，用先进军事文化凝聚部队的精气神，就是通过熔铸我军核心价值观的文化来激励、引导、规范、塑造、吸引官兵，使其内化于心、固化于制、外化于形、物化于技，为部队打赢服务，为提高部队军事硬实力服务。

寓于环境，形象感召，营造雄健豪放的战斗格调

用革命英雄主义砥砺剑锋

先进军事文化建设的主体是广大官兵，本质是为战斗力服务。该部队把先进军事文化作为精神武装的特殊力量，催生广大官兵的理想信仰、勇气胆识、智慧意志，

为宝剑砺锋。

走进该部队营区大门，“听党指挥、服务人民、英勇善战”几个大字异常醒目地映入眼帘，向全体官兵昭示着坚定政治信念、坚定政治本色永不动摇的铿锵心声；进入机关大厅，“英雄皮旅”4个大字赫然在目，向官兵讲述着皮旅大战中原、所向披靡的战斗精神；在营区各处，精武之星强兵栏、训练尖子龙虎榜、军事全能荣誉墙引人注目……

依托三级队史馆讲述“皮旅”光辉战斗历史，邀请当年老英模回部队讲述“皮旅”经典战例、传授优良传统和战斗作风，激发官兵的光荣感、自豪感和“皮旅人”的革命英雄主义精神，进而引导其整个军旅生涯的走向；英模事迹上墙，身边典型上榜，激发着官兵创先争优的热情，训练场上经常出现三个一组、五个一群互帮互学的喜人场景，官兵敢打敢拼的斗志高涨。

在去年夏天的一次战术演练中，战士王超被对手刺刀失误刺穿手掌。他轻伤不下火线，一声不吭地拔出刺刀继续演练。演练结束时，他的身后留下了一条50米长的血迹。

营院里一草一木皆含灵性：石是英雄石，镌刻着革命前辈的丰功伟绩；草是励志草，一块块军事名言牌散发着清香；树是功臣树，每棵树系着一名立功受奖者的名字；书是励志书，《皮旅传统故事集》时刻鞭策后人。

在所属某部营院内的英模路上，21个先进典型灯箱有一个属于该部一营副营长孙启强。孙启强刚入伍时曾因怕苦要求提前退役。班长把他带到队史室，指着丁晓兵事迹的展板对他说：“丁晓兵只有一只手，紧急出动打背包、抗洪抢险扛沙袋、单臂支撑练射击样样优秀，从战斗英雄到忠诚卫士，是名扬天下的典型。我们要像他一样，把名字留在史册上！”孙启强紧抿双唇一言不发，把丁晓兵的事迹反复阅读了三遍后陷入了沉思。此后，他再没提退役，再没说苦，训练场上摸爬滚打，比武擂台连夺桂冠，第一年成了本连训练标兵，第二年当上了班长，第三年成为部队百名训练尖子第一名，名字上了光荣榜，荣立二等功，由士兵直接提干。

寓于任务，爱警精武，突出能征善战的战斗精神

用战地文化催生部队战斗力

从千里机动高原驻训到转战上海世博会，从亚运安保执勤征尘未洗到行色匆匆奔赴沿海执勤，近年来，该部队连续遂行各种重大任务，部队党委把战地文化寓于重大任务中，不断激发官兵的尚武热情和战斗热忱。

高原驻训期间，部队举办“龙虎赛”尖子比武、军事十项全能、体育运动会等竞技活动，激发官兵战胜困难、经得起复杂环境考验的勇气和信心，不断锤炼官兵过硬的军事本领。

执行任务间隙，部队见缝插针开展“勇士杯”建制连拔河比赛、“皮旅杯”建制营篮球赛等，弘扬“参与有我、奉献有我、胜利有我”的团队精神，使参战官兵自始至终保持高昂的士气和旺盛的斗志。

战地文化以其独特的魅力，给官兵心田注入战斗豪情。大学生排长杜嘉甲到基层任职不久就随部队千里机动到高原驻训，从秀美的江南水乡一下子进入零下30℃的冰天雪地，每天在野外摸爬滚打10多个小时，手上脸上冻出了疮，饮食也不习惯，出现了流鼻血、拉肚子等症状。他在日记中发问：“在这人迹罕至的地方练兵，有什么价值？”

针对官兵对高原艰苦地区的不适应，部队开展了“什么样的人生最壮丽”主题演讲活动，大家踊跃登台，从忠诚、使命、荣誉、奉献等不同方面阐述军人存在的意义。配合主题演讲，部队党委精心安排了一场战地集体婚礼。婚礼背景是白雪皑皑的高原，5名新娘激动地道出了心声：“我们之所以选择军人，是因为他们都是血性男儿，有坚定的信念，有强烈的责任心，不会因为一时的困难而后退，是完全值得托付一生的人。”

一系列教育意义深刻的活动，让杜嘉甲明白了军人的职责使命，从此他以高昂的热情投入到高原驻训中。这个曾经连杀鸡都不敢看的小伙子，在高寒实战练兵中逐步练就了一身过硬的本领。在一次处置突发事件时，他带领处突小分队面对持枪劫持人质的凶残歹徒，沉着冷静，一枪毙敌，被部队评为“高原驻训最美的星”。

寓于训管，塑行铸德，培育劲气内敛的优良作风

用人本文化持续提升执行力

8720部队政委张桂柏有一句格言：“短期安全靠运气，中期安全靠管理，长期安全靠文化。”

此话基于人本文化理念。人本文化即以人为核心的文化，无论在作战训练、一日生活以及规章制度的制定上，都以人为承载体，其内涵主要是官兵利益的群体认同、部队群体亲和力及凝聚力、部队官兵执行力及创造精神等。该部队把人本文化寓于管理中，让官兵在刚性的管理模式中感受和谐融洽的内部关系，启发自觉意识，从而持续提高官兵的执行力。

用人本文化规范官兵行为。在战士床头以及垃圾箱、卫生间等处，张贴富有寓意的行为规范警示标语，让他们从温馨的提示中自觉遵循；条令学习月组织创作小品，定期举办“模拟法庭”、展播警示安全录像片、开展案例大讨论，在形象化的演示中增强官兵条令意识、纪律意识；开展“盯着思想解惑、盯着心理解压、盯着行为纠偏，解难帮困到位”和“官兵互赞、上下互谅、战友互助”活动，使官兵在刚性的管理模式中感受融洽的内部关系。

用人本文化贯穿任务全程。部队执行野外任务长途开进时，野战广播、流动文化站伴随前行；临时休息时，小块时间、小块地段、小群人员活动见缝插针；部队长驻期间，《皮旅快报》、战地文艺、阵前宣誓鼓舞激励。

人本文化在官兵思想行为中打下深深烙印，为完成各项任务打下坚实的思想根基。海关执勤期间，部队针对政治敏感性强、执勤环境复杂等实际，把格言警句写上栏，把警示卡片装进兜，时时教育官兵；开展“耐得住寂寞、抵得住诱惑、受得住委屈、经得起考验”典型接龙赛，时时激励官兵；制作“漫画人生轨迹，校正人生航向”警示图片展，时时警示官兵……

去年12月，特勤连副连长汪三毛带领10名官兵在驻点执勤。每天出勤前，官兵在《忠诚卫士守则》前宣誓；每天下勤时，官兵又在“诱惑就在眼前、教训就在身边、陷阱就在脚下、失足就在瞬间”标语前总结。业余时间，官兵在贴有“官兵岗位无轻重，小卒过河赛大车”横幅前对弈。汪三毛说：“我们每时每刻都受到战地文化的熏陶，精神不断接受洗礼，潜移默化地养成了战斗作风。”两年来，该部海关执勤官兵破获走私毒品案件100起，拒收钱物价值30余万元，涌现了一次拒贿10万元的先进典型葛东洋，部队实现了拒腐防变“零伤亡”。

以文育人知美丑，以文塑行铸德范。当年威震中原的“皮旅”，嗷嗷叫的“老虎团”，今天不辱使命、不负重托，用先进军事文化润泽官兵身心，成为一支钢铁之师。

（原载2012年2月1日《人民武警报》头版）

党旗永在心中飘

记8722部队八连党支部

1953年6月，8722部队八连在朝鲜战场夏季反击战役中，以“胜利的红旗插上九七三高地”的英雄壮举，被上级授予“尖刀英雄连”荣誉称号。从此，“铁心向党、无坚不摧、军政兼优、永争第一”的“尖刀精神”成了连队的“连魂”。几十年来，连队始终围绕科学发展主题抓建设，瞄准战斗力生成谋打赢，使“尖刀英雄连”的战旗始终引领着官兵前进。近三十年来，连队先后荣立集体一等功1次、集体二等功9次、集体三等功14次；连续29年被上级评为“基层建设达标连”、“基层建设先进连”、“基层建设标兵连”。党支部年年被上级评为“先进党支部”，2009、2010年连续两年被武警总部表彰为“基层先进党支部”，12月连队被总部评为基层建设先进单位。

铁心向党——永不褪色的旗帜

2001年7月1日，54名离开连队的党员又回到连队，同官兵一起聚集在党旗下，庄严宣誓。在他们中间，有的是已经退伍20年的老兵，有的是走上师、团职岗位的领导。“连旗跟着党旗走，这是我们‘尖刀英雄连’旗帜永不褪色的根本保证，是我们打得赢、不变质的魂，也是我们人生的根。”离开连队20年的老战士孙永标如是说。每年的7月1日，只要能挤得出时间，他都会回来过主题党日。

种树培根，育人育魂。在八连有一项坚持了数十年的制度：每周唱一首革命歌曲、看一部革命影视片；每月读一本党的著作、写一篇心得体会；每季听一场事迹报告、瞻仰一次烈士陵园、进行一次思想剖析；每年过一次主题党日、学一遍党史。

在迎来建党90周年的大喜日子里，八连组织官兵以“温党史、颂党恩、赞成就、树忠诚”为主题，大力开展“一颗红心永向党”系列活动。从南湖红船到“八一”枪声，从井冈山号角到长征壮歌，从抗日烽烟到建国大业，从改革春风到小康蓝图，官兵越学越感到党的伟大，越唱越对党无限感恩。为了分享这份喜悦，连队自发编排了5台节目，15次进社区、到校园、入工厂，宣讲党的政策，传达党的声音。

八连党支部针对中东、北非局势的变化，紧紧围绕主题教育的开展，坚持“教育针对主题讲、活动围绕主题搞、形式紧跟主题走、官兵参与都受益”的原则，先后5次组织形势任务、职能使命等教育，把官兵思想提高到确保党和国家长治久安、确保武警部队纯洁巩固的高度。官兵们感到，越是在和平环境，越要警惕敌人的隐蔽进攻；越是加紧军事斗争准备，越是要高举党的旗帜。

在八连，铁心向党不是喊在嘴里的一句口号，而是落实到具体工作中的行动。现任连长李建良上任第一天就感受到了八连党组织的“不一样”。李连长刚放下被包，就接到上级要求他参加教学法比武的通知。为了踢好上任的“头一脚”，他一头扎进学习室，查资料、编教案忙了起来。下午组织生活时间，组织委员来通知他参加组织生活时，他说：“我时间比较紧，能不能不参加。”没想到组织委员对他说：“在八连，所有的党员都是支部领导下的党员，所有的工作都是支部领导下的工作，希望你不要犯个人主义。”

2010年，连队官兵千里驰聘到广州执勤，住的是没有娱乐设施、没有训练场地的筒子楼，生活条件比较艰苦。一名私企老板主动找到连队，拿出10万元动情地说：“没有你们的牺牲付出，就不会有我们幸福安定的生活，这点钱，希望能为官兵改善一下生活条件。”面对送上门来的钱，指导员姜小军笑着对他讲：“你们幸福，这是党的政策好；保证你们的幸福，这是我们的职责；不侵占人民利益，这是党的要求。”

党要求不能做的，再大的好处也不做；党要求做的，没有好处也要做。每年，八连都要派出12名官兵到驻地学校任课外辅导员，讲解党的优良传统。连队作为国防教育基地，仅2011年就接待各类学习人员52批8800余人次。自1990年以来，有37位将军走进这个大山脚下的连队，对他们建队育魂的做法给予肯定。

无坚不摧——永不卷刃的尖刀

不论任务怎么转换，不论环境怎么变化，八连坚持把弘扬“尖刀”精神作为培育官兵战斗精神的核心内容来抓，始终把学习尖刀精神、理解尖刀精神和发扬尖刀精神作为建连育人和凝聚官兵的法宝。每年，新兵下连的第一堂课，是《发扬连队传统，争做尖刀传人》；每年第一个支委会，是专题研究如何发扬尖刀精神；新兵下连做的第一件事，是组织参观连队荣誉室；教的第一首歌，是连歌《我们的战旗永远飘扬》；发的第一次书，是每人一本《尖刀英雄谱》和《传统故事集》；开的第一次班务会，是畅谈如何做尖刀传人；写的第一封家信，是汇报学习尖刀精神的感受，与家人一起分享学习成果。尖刀精神，使每一名官兵充满了前进的动力。连队战士孔令池刚入伍时，由于怕苦怕累，训练不积极，一度萌生了申请退伍甚至私自离队的想法。新训结束分到八连后，他直截了当地对班长说：“我当兵不求别的，只想平平安安干完两年，复员回去找个工作。”班长二话没说，把他拉到连队荣誉室，指着老指导员丁晓兵的事迹展板对他说：“他只有一只左手，独臂扛沙袋、打背包，练射击，样样优秀，从战斗英雄到忠诚卫士，两次成为全国学习的典型。什么是平安？你问他的那只左手！”那一次，孔令池的心灵受到了强烈的震撼，他独自一人在荣誉室静坐了两个小时。跨出荣誉室，他没再说一个“苦”字，第一年成了连队的训练标兵，第二年当上了班长。

尖刀总是在艰苦处砥砺。2006 年 8 月，连队担任师赋予的“武警连对仓促防御之敌山地进攻实兵演习”主攻任务。当时，正值酷暑季节，地面温度高达 50℃，战士们全副武装，以各种战术动作通过障碍，来回进行冲锋，体力消耗极大，不少同志中暑、脱水、烂裆。连队党支部清醒地认识到，条件越是艰苦就越是要坚持训练标准，培养官兵超越自我的坚强意志。为此，他们有意增强防暑课目的训练，增加排除阵前障碍的难度，坚持在每天气温最高时练冲锋，不仅圆满完成了训练和演习任务，也使连队这把尖刀更加坚韧。

尖刀就得在使命中担当。2008 年，一场百年不遇的大雪席卷了江南大地，驻地无锡交通瘫痪，旅客滞留。第二天就是大年三十了，焦急的旅客出现了不安的情绪。深夜 12 点，连队奉命前往无锡机场担负清扫飞机跑道的任务。在长 3.4 公里、宽 50 米的机场跑道上，有1000米的跑道积雪厚达30多厘米，部分地方还结了一层厚厚的冰，清扫非常困难。部队首长亲自点将：“让八连上，这块硬骨头就交给他们了！”受领任务后，党支部一班人下定决心：“就是冰冻三尺，也要把它敲开。”连长孙启强望着前面白茫茫的跑道，想起在训练中使用的“土坦克”战术。立即组成 10 人小组，6 人在前面用床板前拉后推，4 人在后用扫帚清扫，没想到速度一下子加快了 6 倍，这一做法还被全部队采纳。上午 9 点，飞往香港的客机准时起飞。

2009 年，在广州白云机场临时看管室，监控器记录下了这样一个镜头：一名毒品走私嫌犯趁审讯民警转身的刹那间，突然起身，抓起桌上的毒品就往一旁的洗手池冲去，企图销毁罪证。说时迟、那时快，八连执勤的两名战士同时一个前扑，将他牢牢锁住。

永争第一——永远前进的动力

年年争第一，事事争第一。在八连的字典里，“争”是永恒的主题。

有了“争”的气势和责任，在八连官兵的身上充满了前进的动力。2010 年 11 月，连队从广州撤勤归建，在部队组织“处突”演练中，因“三战”功能发挥失利而败北。“中心任务变了，工作模式转了，在信息化军事训练变革中，我们如何争当‘尖刀’？”党支部感到，必须始终盯着时代任务需求，努力打造遂行多样化任务的过硬军事素质。他们不等不靠，与驻地大学共建共育，请专家辅导，一场带“三战”背景的执勤和处突能力的提升在连队如火如荼地展开。他们针对维稳任务的多样性、执行任务的突然性，完成任务的复杂性，组织力量完善各种预案，形成了政治工作指导模块，编写了“三战”宣传标语1120条、手机短信150条，编印了《维稳处突中的政治工作》《“三战”课题研究汇编》《现场处置政治工作200问》等10册，并采取分组研究、分批训练的方法，组织“三战”训练，形成多功能野战文化车的远程压制、小分队的抵进宣传、可视化政治法规的适时宣讲、电子信息的心理干预等多种作战手段。2011年6月，在“卫士－11”演习中，八连“三战”一登场，就给对方震撼性打击。

八连支部清醒地认识到，争第一，就需要全方位的人才。为进一步提高官兵全面素质，连队积极拓宽育才渠道，借助与无锡市商业学院共建资源，开办了文化补习、电脑操作、新闻写作、美术书法等兴趣小组，通过开展“小评比、小展评、小广播、小建议、小汇报”的“五小”活动，不断增强官兵思想素质、心理素质和语言表达、写作绘画能力，培养了一批唱歌能指挥、登台能示教、活动能组织的小记者、小教员、小编辑。近年来，连队先后有9名战士考入院校，5名班长直接提干，145名战士取得大专以上文凭，所有官兵通过计算机一级考试。

“抗战烽火燃，我连上战场。为祖国，为人民，英勇奋战转战沙场……”每天清晨，当军号声划过长空，“尖刀英雄连”的旗帜就在八连连歌《我们的战旗永远飘扬》的雄壮声中，走在队伍的前列，随风飘扬。

（原载2012年《中国武警》第4期）

凝神聚气抓建设 精心育人铸警魂

武警8722部队抓好文化建设的主要做法

近两年来，武警8722部队坚持把文化建设作为提高部队建设层次的重要途径，认真探索先进文化育人的方法途径，坚持每开展一项活动，都围绕一个鲜明主题，倡导一种时代精神，树立一种正确导向，逐步形成了“环境围绕主题建、活动围绕主题搞、晚会围绕主题办、歌曲围绕主题唱”的思路，有力地促进了部队全面建设。

一、围绕弘扬优良传统凝神聚气，用团队精神引导官兵增强使命意识

革命传统文化是发展先进军事文化的源头和活水，对锻造部队的软实力，塑造军人特有的信仰、信念和价值追求有着重要的作用。该部是一支具有68年光辉历史的团队，在长期的革命斗争与和平建设中，涌现出了“胜利的跳板”——李云峰、“虎口拔牙”——杨太忠、“时代英雄”——丁晓兵等一大批英雄人物。2001年，被武警总部评为首批基层建设标兵团后，该部坚持以激发标兵团自豪感、确立标兵团工作标准、强化标兵团责任，创造标兵团荣誉为激励，始终把弘扬“标兵团”精神作为开展“主题文化”活动的重要内容，积极打造标兵团文化。团队每年都表彰一批忠诚于党、热爱人民、报效国家、献身使命、崇尚荣誉的先进典型，使官兵明白该当什么样的“星”；每个阶段性工作任务完成后，组织一次先进表彰大会，激励大家走什么样的“路”；每年在营区英模路上竖七面被师以上表彰的先进典型的像，让大家清楚该照什么样的“像”，以爱军精武、履行使命的先进军事文化激励和引导广大官兵践行当代革命军人核心价值观，在本职岗位上创造一流业绩。

二、围绕激发战斗力凝神聚气，营造争先创优氛围激发官兵爱军精武的高昂士气

该部党委着眼做好军事斗争准备的需要，充分发挥文化工作鼓舞军心、激励斗志的作用，培养官兵爱国主义精神、革命英雄主义精神、公平竞争精神和崇尚荣誉的精神，使其真正为“打赢”服务，为提高部队战斗力服务。首先，注重用群众性活动强化团队精神。该部根据操场群体文化活动阵容强大、气势雄壮，容易起到振奋人心、鼓舞士气效果的特点，按照“便于组织、利于坚持”的原则，先后组建了凤羽龙队、军威雄狮队、威风锣鼓队、武术队等12支有特色的群体文化活动队伍。每逢周末连队组织活动，每季营组织展示，每年“五一”团组织会操。同时，还积极开展“勇士杯”建制连拔河比赛、“太湖杯”建制营篮球比赛等，从而培养“参与有我，奉献有我、胜利有我”的团队精神。其次，注重用竞技性比赛增强战斗意志。在该部举行的第十一届军事体育运动会上，有900余名官兵参加了21个项目的比赛。其中，1个先进营集体、1个先进连集体和27名标兵受到表彰。类似于这种竞技文化，该部每年都要分层次、分阶段、分类别地举办5至7次。通过加强竞技文化建设，培育官兵面对各种挫折与困难，经得起各种复杂竞争环境的考验的品格意志，激发大无畏的英雄气概和持续旺盛的战斗意志。再次，注重用实战性检验铸牢军魂。努力营造催人奋进的环境和氛围，在遂行多样化任务中把部队锻造成无坚不摧、战无不胜的钢铁力量，把广大官兵培养成党和人民的忠诚卫士。前两年，部队在广州海关执勤期间，针对政治敏感性强、执勤环境复杂、拒腐防变形势严峻等实际，开展了“耐得住寂寞，抵得住诱惑，受得住委屈，经得起考验”典型接龙赛；制作了“90%的玄机”、“防变警钟常敲响”和“漫画人生轨迹，校正人生航向”警示图片展；建设了廉政文化长廊，开展了“读书思廉，主动防变”读书活动，开展“要贿金还是要奖金”大讨论，大力宣扬拒腐防变典型，先后表彰了赖祥军、陈冬平等7名拒贿典型，实现了拒腐防变“零伤亡”和“扛着红旗进海关，进了海关扛红旗”的目标。2011年，该部叫响“学习信息化理论知识，争当训练改革排头兵”口号，促进了部队官兵军事训练水平的提升。10月份，参谋“新六会”演示受到总部领导的高度肯定。

三、围绕纯正风气凝神聚气，用先进文化引领启迪官兵保持思想道德纯洁

先进的警营文化是部队稳定发展的灵魂和精神支柱，也是部队政治工作的重要组成部分。为此，部队坚持积极占领思想文化阵地，开展丰富多彩的文化活动，不断提高官兵的文化素质和文化品位，满足官兵的精神文化需要，创造宽松和谐的人文环境。首先，用读书活动纯洁官兵思想。面对腐朽思想文化的影响侵蚀，该部注重把纯正部队风气作为团队文化的主题，使主题文化活动成为纯洁官兵思想的“净化器”。针对官兵的文化层次、思想特点，坚持每季度选定一个主题，发动官兵“日读一文，周写一篇，月读一书”活动，先后开展了“把忠诚镌刻在国门上”、“喜看祖国发展，赞颂改革成就”、“党在我心中”等20多次主题读书活动，使官兵从丰富的知识中汲取精神营养，升华了思想境界。其次，用爱国主义活动引领官兵生活。结合近几年来我国大事多、喜事多的特点，部队突出以爱国主义为主题的文化活动。坚持开展“日唱一首红色歌曲、周看一部红色电影、月读一本红色书籍”，建立1000余集红色影库，为基层下发红色书籍6000余册。结合建党90周年，组织“一颗红心献给党”摄影比赛、向党旗宣誓活动，并参加总部举办的“嘹亮军歌献给党”MTV通讯赛和师举办的“党旗下的誓言”文艺汇演，展示了团队官兵的良好风貌。该部队组织的“人民军队忠于党”画展，被《解放军报》予以报道。再次，用廉洁勤政活动清洁部队风气。该部党委高度重视廉政文化建设，把它转化为群众看得见、摸得着、用得到的实际效果。使用干部，让群众充分享有民主权。坚持做到基层不推荐的不研究、考核不合格的不研究、群众反映比较大的不研究、个别酝酿认可意见不过半数的不研究。使用经费，让官兵充分享有知情权，做到每月有公示、大项物资采购有论证评估、工程建设有集体招标，确保经费花在明处。处理基层敏感事务，让基层官兵享有充分的决定权。坚持充分尊重基层官兵的意见建议，做到该基层决定的问题不越权、该基层享有的权利不侵占、该基层做主的事情不代办，对立功、入党等指标一次性发放到基层。2011年，调整

66 名干部、选送 31 名技术学兵、选拔 14 名学员苗子、推荐 40 名预提士官集训，始终做到条件公开、过程透明、纪委监督、结果公示、上下满意。部队党委总结的《扩大民主覆盖面，规范权力运行》被《人民武警报》头版头条报道。

四、围绕建设和谐警营凝神聚气，用组织关爱温暖广大官兵

警营文化承载着官兵的真情实感，最容易感染人、打动人，所产生的影响力也最深远、最广泛。实践中，部队围绕建设和谐警营的主题，更多地传递和表达组织的关爱之情，努力创造真情暖心、拴心留人的良好环境，调动官兵敬业奉献的热情。首先，架起官兵的连心桥。注重发挥“三互”、“双四一”等有效载体作用，以密切内部关系为重点，大力营造和谐融洽的内部环境，设立网上民主箱，安装连队官兵连心箱，畅通官兵交流渠道。广泛开展“优点赞起来、亮点闪起来、干劲鼓起来”、“干部把自己当战士看，战士把自己当主人看，官兵相互当兄弟看”、“干部夸战士谈进步，战士夸干部说关心”等活动，组织“说身边事、赞身边人”演讲比赛和“请把集体利益放在心上”大讨论，用照相机和摄像机寻找生活中的“和谐”与“微笑”，营造团结友爱、和谐奋进的内部氛围。其次，铺设官兵成长路。为铺设官兵成长成才之路，部队重视抓文化夜校，有 40 名排长受到培训，240 名士官受到轮训，有 4 名战士考入警校，3 名战士考入士官学校。抓人才培育，2011 年，部队组织了 2 期思想和心理骨干集训、3 期新闻报道员、板报员、网络管理员、教歌员、篮球裁判员培训，组织官兵每月参加驻地文化讲坛活动。抓在职培训；选送 21 名官兵到院校学习，聘请 5 名专家教授先后来部队授课辅导，支持 75 名官兵参加自学考试，每周六上午举办文化育才活动，组织官兵学习各种技艺。再次，温暖官兵敬业心。为使官兵更加安心敬业，2011 年，部队投入 29 万元为机关办公室购买安装了空调，拿出 8 万元救济 16 名家庭困难干部，拿出 2.8 万元聘请心理专家任顾问，支持 4 名心理骨干参加咨询师国家资格鉴定考试，协调 7 名随军家属就业和 12 名干部子女入学入托，为 20 名随军的基层主官解决了住房问题，还安排随军家属到杭州西湖游园，组织大龄青年参加鹊桥会，干部子女参加免费夏令营活动，帮助 3 名官兵解决家庭涉法问题。

（原载2012年《基层政治工作研究》第4期）

“四个常态化”搅活教育春水

歌声与呼号声齐飞，行为与思想共鸣。阳春时节，在武警8722部队营区，一首首革命歌曲迸发出官兵的激情，一块块板报成为官兵思想交流的阵地。该部政委汪诗东欣喜地说：“落实好教歌唱歌、板报评比、跟课评课、新闻评析四个常态化，抓的是教育结合渗透，主导的是官兵潮流，带动的是齐抓共育。”

红歌续姻缘

“班长的红玫瑰，你把浪漫给了谁……”星期四晚饭后，在该部大礼堂，官兵又齐聚一堂，利用电影放映前的时间，开始了每周一次的红歌展示，一首首新歌不断赢得官兵一阵阵热烈的掌声。在该部，官兵在日唱红歌、周教新歌、月评比、季比赛中愉悦的不仅是心情，还有思想认识的提升、感情的收获。张思源大学毕业后参军入伍，谈了三年的女朋友感到当兵的人不再懂得爱情，写来了“吹灯信”。在他感到痛苦和彷徨之际，班长给他唱了一首《班长的红玫瑰》。委婉的旋律、动听的歌声使张思源慢慢领悟到军人的“红玫瑰”献给的是如山的重任，浪漫的是与自己甘愿一生守候的人。他把这首学唱的歌曲录制成碟，寄给女朋友，当成最后的礼物。没想到，他女朋友听完这首歌曲后，感动得直掉眼泪，立马修书一封，满满一纸的百合花……

板报育人才

“董森，你的大作在报上发表了。”通信员小李挥舞着手中的《人民武警报》，对着正在进行摔擒训练的董森大声喊着。战友们“轰”的一声都围了过来，争相抢着看小李手中的报纸。指导员走过来，深情地对董森说：“从板报到武警报，你的能力实现了新的跨越。”在这个部队，每个基层单位都有四面板报橱窗，每周都由班、排轮流办报，成为了星期刊。为提高大家的办报水平，部队每个季度组织一次培训，每月进行交流，每周进行展评。董森入伍两年来，每次轮到班里办报，他都积极策划主题，征求战友意见，认真撰写稿件，坦露自己的思想，不断提高自己的观察能力、思维能力和写作能力。和董森一样，该部基层官兵在办报中每次都主动锻炼自己，不断提高自己的能力素质，今年就在各级媒体发表文章240余篇，培育出了一批小能人、小专家。该部战士钱坤利用自己出板报的时机，努力提高绘画技能，还为官兵举办了“一颗红心永向党”系列画展，这件事还被《解放军报》报道过呢。

评课促进步

“张指导员，你讲的《细微之处看修养》这课，事例举了很多，问题也讲得很准，但思想认识还没有上去，最后在引导上还不够，所以，应该努力从这三个方面着手……”4月5日，参加完五连的思想政治教育课后，在此跟课的主任罗春风对如何深化教育效果提出了自己的看法。该部在每周政治教育时间，都会组织机关政工干部分头下到基层，坚持听指导员一堂课，翻一翻战士的笔记、问一问战士的想法、看一看战士的言行、听一听战士的评价，并对授课情况当场作出讲评，使周跟课评课、月思想调查、季议教竞赛制度化，不断提高政工干部说教能力。两年来，在参加上级组织的授课竞赛中，该部5次获得一等奖，13名政工干部被各级评为“十佳”政治教员和优秀“四会”政治教练员。

新闻评析明事理

“你们看，今天的新华社消息讲，有6名不法分子在互联网上无端编造、恶意传播所谓‘军车进京、北京出事’被抓，16家造谣、传谣且疏于管理造成恶劣社会影响的网站被关闭，这再次警醒我们，作为武警战士，一定要提高警惕，不信谣、不传谣，遵守法律和社会公德，坚决防范和打击别有用心的人。虽然我们是炊事兵，思想这根弦也一刻不能放松。”和往常一样，读完当天的报纸后，八连炊事班的战士都要坐在一起，对新闻进行评析，畅谈个人体会和感想。该部党委感到，新闻评析既能立即知晓天下大事，更能跟踪主流思想。因此，他们每天坚持早晨听广播新闻、午后读报、晚饭后浏览网页、19点看《新闻联播》等活动；并把基层干部轮流编组入班，做好引导和解释工作。遇有党和国家重大活动、大项政策出台，还专门安排时间集中进行专题宣讲。新闻评析明事理，不断提高了官兵对焦点和热点问题的辨析能力，并坚决贯彻于行动中。二十三年来，该部年年被总部评为安全无事故单位。

（原载2012年4月5日《部队之窗》）

团旗树起来 团徽戴起来 团歌唱起来

武警8722部队八连团支部活动有声有色

武警8722部队八连团支部充分发挥群众性组织功能和党支部的助手作用，坚持在大项任务和日常工作中把团旗树起来、团徽戴起来、团歌唱起来，用丰富多彩的活动凝聚群众，积蓄力量，多次被总部评为先进团支部。

四月的江南，春暖花开，火热的警营，士气高昂。在八连操场上，由团支部编排的《旗鼓振威》，融合传统与时代的文化元素，结合年轻人青春和军人阳刚的特征，时而鼓令如雨，时而旌旗如飞，激昂的旋律使人充满拼搏奋进的激情。他们编排的这一节目在今年总部召开的文化现场会节目展示上，赢得了总部首长的一致称赞。八连团支部在开展工作中，始终不忘树起共青团的旗帜。针对近年来各种文化思潮的激烈碰撞，他们在开展群众性文化活动中，不管环境怎么变，坚持用主流引导官兵文化潮流的指导思想不变；不管任务怎么变，坚持用高尚引领时尚的活动方向不变，始终把团员青年凝聚在团旗下和支部的组织之中，为单位全面建设做出了积极的贡献。去年，所在连队被总部评为先进单位。

把团徽戴起来，把身份亮出来，把工作开展起来。八连团支部注重发挥每一名团员的作用，充分利用“三互”、“双四一”等载体，与青年开展一对一、一对红活动。新战士刘涛入伍后，由于身体协调性较差，训练一直不好，经常唉声叹气。与他同班的团员蔡鼎律在积极引导他面对自身不足时，一同和他分析原因，制定措施，并每天陪他训练。为了练好摔擒，蔡鼎律经常被刘涛不正确的摔擒动作弄得身上青一块紫一块。但蔡鼎律从无怨言，直到刘涛练好为止。勤学必有收获，付出总有回报。2009年，在广州白云机场临时看管室，监控器记录下了这样一个镜头：一名毒品走私嫌犯趁审讯民警转身的刹那间，突然起身，抓起桌上的毒品就往一旁的洗手池冲去，企图销毁罪证。说时迟、那时快，执勤的蔡鼎律和刘涛同时一个前扑，将他牢牢锁住。两年来，在团支部的积极工作下，该连有3名“个别人”得到成功转换，5名训练弱势个人成了训练标兵。

“我们是五月的花海，用青春拥抱时代；我们是初升的太阳，用生命点燃未来……”在每次的团日活动中，八连团员们唱响的不仅是《团歌》，更是肩负的责任。大家不会忘记，在淮河流域抗洪抢险中，我国第三大塘——安丰塘突发管涌，严重威胁着驻地十几万人民群众的生命财产安全。八连团员突击队在团支部书记叶占胜的带领下，在已连续工作半个月的情况下，冒着倾盆大雨，蹚着没膝深的泥浆，一遍遍高唱《团歌》，连夜奋战10小时，终于堵住了管涌。而叶占胜却因高度疲劳，一头栽倒在地，闻讯而来的群众争着抢着把他抬下大堤。近年来，八连团支部始终在急难险任务中敢于担当，勇站排头，在连队党支部领导下，先后20余次完成海关执勤、新疆维稳、世博安保、抢险救灾和训练改革等任务。

（原载2012年4月11日《部队之窗》）

太湖之滨“雷锋班”

武警8722部队二连“雷锋班”纪实

30年前，来自湖南望城的12名青年入伍来到太湖之滨的武警8722部队后，主动向部队领导申请编入一个班，名字就叫“雷锋班”。从此，他们就像雷锋那样学习、像雷锋那样工作、像雷锋那样做人，在岗位上实践着雷锋精神。30年来，“雷锋班”孕育着一代又一代官兵，书写着“全心全意为人民服务”的永恒信念，先后两次荣立二等功、19次荣立三等功，被军区评为“学习雷锋标兵班”，被驻地无锡市评为“精神文明十佳单位”。

像雷锋那样学习，就要始终对党忠诚

4月初，现任二连“雷锋班”班长杨强的一名高中同学来到部队。在交谈中，这名同学慢慢流露出“西方月亮比中国圆”的羡慕，并对国家的一些政策和制度说三道四。杨班长听着听着就皱起了眉头，问了他三个为什么：“为什么中国在共产党的领导下，短短几十年的时间，就从一穷二白成为了经济总量世界第二的国家？在西方势力的支持下，为什么没有一个发生“颜色革命”的国家现在是安定的？美国一名士兵骂了一声总统就受到处理，你今天在这里说了那么多的事，是谁给了你言论自由？”接连三个为什么，问得那名同学张大着嘴说不出话来，悻悻离去。面对国际思潮的风起云涌，意识形态的激烈交锋，“雷锋班”的战士始终坚持一个理念：用党的理论来武装思想，用国家的政策来拉直心中的问号。在部队的帮助下，他们坚持每天收听收看广播电视新闻，收集党政军报刊评论员文章，在板报开设新闻一角，在饭堂开设小广播站，及时传播党的声音，解读国家的政策。如今，他们还在局域网上开设主题网页，介绍雷锋故事，贴上学习体会，链接社会学雷锋动态。他们把学来的知识不仅服务官兵，还先后1400余次走村进校，利用带军训、到敬老院劳动、给学校辅导军事政治知识等时机，积极进行传播。去年部队征兵时，驻地一所大专院校有许多学生想参军入伍，又怕不能报考军校，犹豫不决。雷锋班战士苏怀柱刚好在学校做报告，得知这个消息后，他明确告诉学生，现在大专生毕业入伍，只要当年1月1日年龄不超过24周岁都可以报考军校，如果转改士官，直接选取为中士。学生们听到这个消息后深受鼓舞，学校当年就有20多人应征入伍。理论学习的是知识，锻炼的是能力素质。说起“雷锋班”，政委汪诗东就掩饰不住内心的兴奋。他告诉了记者一组数据：30 年来，雷锋班有 35 人立功，12 人当上了干部，17 人转改士官，21 人考上了国家公务员，7 名战士当上了村干部，8 名战士成为致富带头人，30 余人成为企业中层以上干部。

像雷锋那样工作，就要敢于争先创优

作为普通的武警班，“雷锋班”战士的日常工作与其他战士没有什么区别，但对于工作中争先创优的热情有着坚守的执著。对此，部队长孙学余有着切身的体会。前两年，部队在沿海执勤，“雷锋班”战士每天上下勤都要经过一段海堤。那天下午，正好巡查到此的孙部队长接到“雷锋班”战士报告：今天晚上可能有走私船。果然，当晚，一艘走私红油的船正在卸油时被布控的官兵逮个正着。“雷锋班”的战士怎么知道今晚有走私船呢？他们的解答令孙部队长由衷地感叹：“‘雷锋班’就是‘雷锋班’！”原来，“雷锋班”战士每天经过这段海滩时都要数一数停靠在堤边的船舶，记录下船型和它们的作业规律。昨天下午下勤时，战士们发现有一艘船并没有像原来那样靠在岸边，今天上午上勤时也没有发现。下午下勤时，他们看到所有的船都出海了，而在路口处却多了几辆油罐车。根据走私红油船往来香港的时间计算，估计应该是今晚到岸。

如果说“雷锋班”争创一流工作岗位有什么秘诀，那就是多学习一点、多观察一点、多思考一点、多研究一点。自动步枪对夜间闪光目标的射击曾经是该连的一大难题。连长着急上火，“雷锋班”的战士同样心急如焚，有什么办法能提高训练成绩呢？原“雷锋班”战士、现任该部管理股股长的李波回忆说，为解决这个难题，班长嘴角都急起了泡。一天，他无意当中看到连长的儿子拿着激光灯在玩，定向集约的光点一下子打开了他思维的阀门。他立即召集“雷锋班”的战士用激光灯照射点作为射击训练时的射击点，研制出了轻便、快捷、高效的射击检查器。当战士在训练时，扣动扳机，激光点就是弹着点，清晰的指示点有效地解决了训练中不便于检查纠正的难题，连队射击训练成绩一下子从总评及格提高到了总评优秀。

工作中敢于争先，岗位上勇于创优。在“雷锋班”的光荣榜上，清楚地记录着战士们走过的一串串足迹：革新训练器材 11 件、67 人次在各级比武中夺冠、84 人被各级评为各类标兵、47 人通过大专、本科自学考试……

像雷锋那样做人，就要以服务为乐

“7 月 8 日，星期天，晴。地点，杨湾村。我们今天共为群众补鞋 21 双，缝补衣服 7 件。特别是看到张大妈开心地拎着补好的鞋对我们说‘谢谢’时，我更感到了服务的快乐。同时，也促使我要更加学习本领，以便更好地为群众服务。”“雷锋班”日记记录着每次开展活动时的简要情况，也记录着官兵的感想。大年三十晚上，“雷锋班”战士小王探亲休假在无锡汽车站候车室，发现两位老人与一位女青年拉拉扯扯，觉得蹊跷，便上前询问。得知女青年是他们的儿媳，因与丈夫吵架，怄气要回安徽娘家，怎么劝也不行，两位老人失望地走了。看见两位老人伤心的样子，小王觉得应该调解这件事，便上前与女青年交谈。交谈中他了解到女青年与丈夫一起在安徽教书，这次是回无锡与公婆团聚，因一点小事与丈夫发生矛盾，赌气要回娘家。小王对女教师进行劝解时，用自己在执行一次任务中断掉三根手指仍坚守岗位的事例鼓励她善待生活中的挫折与困难。女教师被感动了，她说：“作为一名教师我还不如你的思想好，今天你对我的教育使我终生难忘。”晚上 12 点，小王护送这位教师回到离火车站三公里的婆家。其公婆和丈夫正在家里心急如焚，见她回家，高兴万分，拉着小王的手，感动得不知说什么好。虽然送女教师回家耽误了小王的行程，浪费了一张火车票，但小王在“雷锋班”的日记里记下了这么一段话：我只牺牲了一点时间和金钱，而她们却得到了团圆，还有什么比这样花钱和时间更有意义？人们理解的“雷锋班”要做，人们不理解的，“雷锋班”战士照样树起新风。2 月 14 日，“雷锋班”在无锡市火车站执勤，从上海开往成都的列车在一号站台刚要启动，突然从站台反面的车窗跳下一位 30 多岁的妇女，卧向二号站台边的铁轨。就在这时，广播传来二号站台列车开始进站的通知，正在执勤的战士刘向军不顾自身安危，一个箭步冲下站台，将她抱离铁轨。后来得知，这位妇女是一位精神病患者。有人说，用自己的生命去换一位轻生的精神病患者是否值得？刘向军在“雷锋班”的日记里写道：“如果拯救生命也可以用是否值得来思考，那么，服务的意义在哪里呢？如果再让我遇到这种事，我仍然会毫不犹豫地做出同样的事。”几十年来，“雷锋班”的战士工作在哪里就服务到哪里。为灾区捐款、救助失学儿童、无偿献血、到敬老院开展敬老活动，先后 36000 余件服务群众的一件件、一桩桩事例见证了“雷锋班”战士像雷锋那样做事、像雷锋那样做人的高尚情怀。

（原载2012年4月12日《中国军网》）

38位将军为他们见证

武警8722部队八连拥政爱民纪实

26年前，原军委副主席杨尚昆来到位于太湖之滨、凤凰山下的武警8722部队八连，听取了他们拥政爱民的汇报。今年2月21日，总政副主任童世平上将在连队视察后，欣然题词——“学习丁晓兵，岗位当先锋，创业立新功”，并勉励他们再接再厉，为人民再立新功。二十六年来，先后有38位将军来到这个连队，对八连始终树立“驻警一地，造福一方”的发展理念，坚持视驻地为故乡，视人民为亲人，处处体现人民军队为人民的做法给予了肯定和赞扬。

为人民严守纪律

1949年4月，在攻打太原的战斗中，四班班长柳金桃带领全班同志前进到伪中央通讯社对面的一家金银器店时，掌柜从后门走了进来。他惶恐地望着这群陌生的士兵，胆怯地说：“这是敝人的小店，诸位老总请到里面坐。”说着便抓起一把金戒指往战士手里塞。面对店掌柜出奇的“大方”，大家谁也没伸手、没说话，只是全神贯注地观察着外面的敌情。掌柜以为是战士们嫌少，犹豫了一下，干脆又捧了一捧。这时，班长柳金桃走过来说：“掌柜先生，我们因战斗需要，在这里打扰你了，我们是毛主席领导的人民解放军，不拿群众一针一线，你不用费心了。”说完，就趁敌人火力转移的间隙带领全班继续前进。掌柜用惊疑的目光注视着这些战士，不禁肃然起敬，连连点头重复着：“真是仁义之师，仁义之师！”战后，八连被所在军授予“政策纪律模范”奖旗一面。

在战争年代，八连指战员严格执行“三大纪律八项注意”，做到“空手进城，空手出城，一尘不染，两袖清风”。和平年代，他们同样模范遵守党的政策。2010年，连队官兵千里驰骋到沿海执勤，住的是没有娱乐设施、没有训练场地的筒子楼，生活条件比较艰苦。一名私企老板主动找到连队，拿出10万元动情地说：“没有你们的牺牲付出，就不会有我们幸福安定的生活，这点钱，希望能为官兵改善一下生活条件。”面对送上门来的钱，指导员姜小军笑着对他讲：“你们幸福，这是党的政策好；保证你们的幸福，这是我们的职责；不侵占人民利益，这是党的要求。”

连队官兵每到一处，都坚持服务党和国家工作大局、服务部队战斗力建设、服务社会和谐稳定，扎实开展形式多样的拥政爱民活动，进一步密切同呼吸、共命运、心连心的警政警民关系。筑路施工，连队大力加强群众工作，被所在军授予“军政双胜”荣誉称号；抗洪抢险，官兵口干沥血顶高温冒酷暑，“驻在瓜地旁，不摘一个瓜”，被传为美谈；野外驻训，官兵在桃园里潜伏三天三夜，桃园不少一个桃，被誉为“新时期不吃桃的锦州部队”；沿海执勤，官兵拒腐蚀、永不沾，喝军用水壶装的水，吃自带的盒饭，查获毒品17031克，查获涉嫌走私案件总案值3709万元人民币，拒收现金53起5220元，被称为“霓虹灯下新一代”。

为人民甘于奉献

“我一定要像你们一样，力所能及地帮助需要帮助的人，共同建设和谐社会，美好家园。”以上是今年4月初，在广东某企业工作的高级职工孙慧回家省亲时，再次专程来到八连，与官兵共同“话理想，说人生”座谈时说的一番话。2005年7月，在驻地一所中学念高中的孙慧同学考取了南京工业大学，却因为家境贫寒没钱念书。当连队得知这一消息后,全连官兵发起了“少抽一包烟,少逛一次街,资助孙慧上大学”的倡议活动，共捐款5000多元。

每年5月3日建连日，连队都要组织官兵参观连队荣誉室，始终用拥政爱民的光荣传统和老一辈的革命精神激励大家。从1982年起，连队就与驻地革命烈士家属张广德、常玉芬老人家结成了帮扶贫困对子。二十多年来，连队经常组织官兵帮助老人修缮房屋、修理家具、挑水理发、打扫卫生，直至他们去世从来没有间断过，被当地村民传为佳话。

被国务院、中央军委授予“保持英雄本色的忠诚卫士”荣誉称号的连队第17任指导员丁晓兵，把拥政爱民作为肩负的神圣责任。他先后以“爱国主义”、“市场经济与奉献”、“永远的选择”等为题，在无锡军地机关、工厂、院校作报告，听众达60多万人。许多厂长感慨地说：“员工们听了丁晓兵作的报告，比我给他们发一次奖金收到的效果都大。”

时代在变，连队党支部贯彻中央关于加强军民团结的精神不变，始终把拥政爱民作为宣传教育的主要内容，充分运用广播、报刊、网络等传媒，采取座谈会、报告会等多种形式，大力宣传新形势下双拥工作的方针政策，宣传双拥工作的传统和重大意义，进一步坚定广大官兵对中国特色社会主义的信心和信念，激发做好拥政爱民工作的政治热情。他们充分发挥“战斗队、工作队、宣传队”作用，大力开展爱国主义教育和国防宣传教育活动，积极开辟“党建课堂”、“教育基地”，与驻地52家单位建立良好共建关系，每年接待参观团体和个人200余批次、10000人以上。近年来，连队注重把学习雷锋活动转化为官兵拥政爱民的自觉行动，广泛开展“送温暖、献爱心”活动，组织学雷锋小组、便民服务队走进贫困群众特别是驻地五保户、烈军属、残疾人和“空巢”老人家庭，为群众办一些惠民生、暖民心、解民忧的实事好事，使他们切身感受到党和政府的关怀、社会主义大家庭的温暖。每年，连队都为地方中小学选派校外辅导员 15 名，军训学生 3000 名以上。近年来，连队为支持地方重点工程建设、支援社会公益事业投入劳动日 72 个，参加公益事业 24 项，参与抢险救灾 20 余次，发动官兵扶贫帮困捐款、为汶川地震和玉树地震等社会公益事业捐款达 10 万余元。连队连年被无锡市政府、无锡军分区表彰为“拥政爱民模范连”和“拥政爱民示范单位”。

为人民勇挑重担

长期以来，连队始终牢记我军宗旨，把忠实履行职责使命、高标准完成以执勤处突为中心的各项任务，作为第一责任和最根本、最直接、最实际的拥政爱民行动，谱写了一曲曲爱民、为民的动人诗篇。2008 年，一场百年不遇的大雪席卷了江南大地，驻地无锡交通瘫痪，旅客滞留。第二天就是大年三十了，焦急的旅客出现了不安的情绪。深夜十二点，连队奉命前往无锡机场担负清扫飞机跑道的任务。在长 3.4 公里、宽 50 米的机场跑道上，有 1000 米的跑道积雪厚达 30 多厘米，部分地方还结了一层厚厚的冰，清扫非常困难。部队首长亲自点将：“让八连上，这块硬骨头就交给他们了！”受领任务后，党支部“一班人”下定决心：“就是冰冻三尺，也要把它敲开。”党员干部组成攻坚突击队，分批轮流上阵，他们有的手上磨出了血泡，有的摔倒撞肿了膝盖，但进展却非常慢。望着仍然飘个不停的雪花，望着前面白茫茫的跑道，这样干下去，什么时候是个头呢？连长孙启强想起了在训练中使用的“土坦克”战术，他立即组成 10 人小组，6 人在前面用床板前拉后推，4 人在后用扫帚清扫，没想到速度一下子加快了 6 倍，而且比用铁锹清理得更为干净。他立即把这一做法报告带队首长，并在全部队推广开。经过连夜奋战，上午 9 点，飞往香港的客机准时起飞。

人民的需要就是战斗的号角。世博安保，该连在担任沙特馆的安保任务期间，面对天天爆满的游客，大力开展笑脸文化，无论执勤时间多长，无论游客怎么抱怨，热情真诚服务的态度始终不变，微笑理性执勤的姿态始终不变，依法处理问题的原则始终不变，维护世博平安的决心始终不变，被上海市委俞正声书记称为“沙特馆执勤模式”，并在日本馆、德国馆、石油馆、航空馆等 12 个热门场馆推广运用。

几十年来，连队官兵以闻战则喜的态度，积极参与到拥政爱民的各类战场，先后参加了望虞河施工、“98抗洪”、淮河流域抢险、沿海执勤、新疆维稳等大项活动30余次。每到一处，他们就把拥政爱民活动开展到一处，不仅密切了警民鱼水情谊，也促进了单位建设。近三十年来，连队连年被师评为基层建设标兵连；1991年，被军区树为“基层建设的一面旗帜”；转隶武警后，被总部评为基层建设先进单位。

（原载2012年4月20日《中国双拥》）

凤凰山下军旗红

武警8722部队强化精神文明建设纪实

凤凰山，因传说曾有凤凰在此鸣唱，与当地人民共享和平盛世而闻名。

驻守山下的武警8722部队，战争年代，屡建奇功。1946年6月，在著名的中原突围中，翻越大别山，横跨皖中平原，抢越松子关，飞夺清风岭，强渡磨子潭，突破津浦线，历经24昼夜，大小战斗23次，行程2000余里，谱写了铁流千里的壮丽诗篇，创造了中外军事史上的奇迹。

社会主义建设新时期，该部在精神文明建设中融入民族的优良传统基因，把加强精神文明建设作为实践全心全意为人民服务的外在体现和实际行动，并以此来促进部队正规化建设，提高部队凝聚力和战斗力，在维稳执勤、打击走私、抢险救灾、世博安保等任务中不断取得辉煌成果，被武警部队评为“人才培养先进单位”、“拥政爱民先进单位”、“军事训练一级团”、“先进执勤团”，武警部队首批“基层建设标兵团”，并荣记集体二等功。

两桩“冤枉”事，激励官兵继承雷锋精神

这是两则令人深省的故事。

星期天的下午，七连战士小黎休假归队。当汽车行至一个小站时，上来了一位抱着小孩的妇女。小黎一看汽车上已没有了空位，赶紧起身让座。然而令小黎想不到的是，那名妇女连“谢”字都没有说一声，就一屁股坐了下去。“难道军人就应该让座吗？”小黎感到很委屈，对那名妇女说：“对不起，请你起来一下。”那名妇女以为小黎忘了什么物品在座位上，就站了起来。趁此机会，小黎又坐回了座位，不再理睬那名妇女。

又是一个星期天，汽车排士官小王驾车经过胡埭镇时，见一辆小轿车把一位在路旁行走的老大娘撞倒在地后疾驰而去。“救人要紧！”小王赶紧停车，抱上老大娘就送进了医院，并掏出200元钱垫上医疗费。可是，令小王意想不到的是，那名老大娘见其家人来后，一口咬定就是小王驾车把她撞倒的，无论小王如何解释也无济于事。其家人也是不依不饶，还出口伤人：“都什么时代了还有雷锋？不是你撞的你会送进医院，还自垫医药费？你又不是傻瓜！”虽然，事后经交警现地勘查，确认不是小王撞的，并且抓到了肇事者，但老大娘一家的态度却在小王心中划下了一道深深的伤痕。

好心做好事为什么得不到尊重，甚至被冤枉？这两件事在官兵当中产生了不小的影响。

有的官兵认为：现在时代变了，人们不再信奉雷锋了，我们也不要老抱着旧思想，赶紧变通变通吧，否则，就会被时代所淘汰。

有的官兵认为：现在搞的是改革开放，人们满脑子的经济观念，我们还讲雷锋精神，岂不是要自己吃亏？

有的官兵则认为：我们是军人，军人就应该在精神文明建设中走在社会的前列，不能因为有人不讲道德就自己也放弃了“阵地”……

就在官兵议论纷纷的时候，部队党委也在思考：是啊，自从改革开放以来，人们追求物质的多了，精神文明讲得少了；挖空心思赚钱的多了，遵规守纪谈得少了；讲潮流时尚的多了，讲主流品行的少了，难道真的是我们的思想观念跟不上时代的发展了？不，不是，这只是特定时期的一种现象，如果这个问题得不到解决，势必对官兵今后的思想道德和行为标准产生长久的、深远的影响。特别是近年来，部队同样经受着以自我为中心的利己主义思潮的冲击。面对这一特殊时期的挑战，我们军人就应该勇立潮头，像当年中原突围为了掩护中原部队和人民而甘愿牺牲自己的生命那样，愈是在艰苦的时期，愈是要坚守住自己的阵地；愈是在人们淡忘的地方、遗忘的时刻，愈是要体现出军人的风格，让精神文明这一面旗帜高高飘扬。

一场“有人淡忘了雷锋，我们还要不要学雷锋”、“社会主义精神文明体现在哪里”的大讨论在部队铺展开来。通过辨是非、谈美丑、明道理，官兵认识到，要开创具有中国特色的社会主义精神文明不易，要建设好、维护好更不易，但只要我们认真去做了，就一定能得到人们的理解和认同。该部没有就此停留，又从革命优良传统着手，改造官兵的世界观、人生观和价值观。《红军长征故事选》《革命战士应当树立什么样的人生观》《青年教育丛书》发到了官兵的手中，每周教唱一首革命歌曲、每月一堂革命传统课、每季一次“我的理想”演讲形成制度。新兵入伍参观团史、军旗下授衔、革命烈士墓前宣誓成了官兵加强教育的必备程序。

一场教育激活一池春水。“像雷锋那样做人，像雷锋那样做事”成了该部官兵道德上的座右铭。2006年，部队在淮河流域抗洪，8名战士五过家门而不入，被传为美谈；2008年，抗击冰冻雨雪灾害，官兵除夕夜奋战在一线，保证人民回家过年，被誉为平安使者；2010年，在改革开放最前沿执勤，官兵喝军用水壶带的水，吃自己带的盒饭，被称为最美执法者；该部二连“雷锋班”更是十几年如一日，坚持为驻地军民做好事。在无锡市火车站执勤期间，热情为过往旅客服务2000余次，被武警总部授予“学雷锋先进集体”称号，两次荣立集体二等功。部队长孙学余感慨地说：“如果没有当年的那一场大辩论和深入的教育，可能就没有部队今天蓬勃的精神面貌。”

道德的坐标，总是随着社会的发展而刻下时代的痕迹

当社会上流行“人生在世，吃穿二字”的时候，该部在组织官兵学习《为人民服务》《纪念白求恩》《愚公移山》；当社会上流行“学好数理化，不如有个好爸爸”的时候，该部在组织官兵开展艰苦奋斗教育；当“酒吧人生、咖啡人生、网络人生”备受许多青少年推崇的时候，该部已把“多读有益书，走好人生路”引入了官兵的日常生活。正是凭着这种在精神文明建设中先想一步、先干一步、先走一步的思想观念，该部用心血和汗水浇出了一朵朵鲜花。

该部老政委丁晓兵在对越自卫反击战中失去了右臂，是“边陲优秀儿女金质奖章”获得者，荣立过一等战功。然而，他并没有躺在功劳簿上睡大觉。从前线下来时，他的家乡安徽省派人专程到部队请他转业担任安徽省残联福利事业副理事长。“难道我失去了右臂就只能赋闲，不能在部队再干一番事业了吗？”他不服输，一切从头开始。左手洗脸、左手漱口、左手写字、左手打背包、左手射击……丁晓兵创造了一个又一个奇迹。他打背包比一般的官兵还快；他的字画被军内外人士争相收藏；他的射击成绩一直排在干部的前列；他刻苦学习的画像至今挂在南京政治学院校训栏上；他带的连队至今还是先进连队；他带的政治处连年被评为先进单位；他个人也被国务院、中央军委授予“保持英雄本色的忠诚卫士”称号。当他上百次的报告赢得无数次掌声的时候，当地方老板感慨地说“听他做一次报告比我给员工发一次奖金还灵”的时候，他淡然一笑：“人就应该这样活着。”

前面有典型引路，后面有官兵跟随。战士李严肃因为出身单亲家庭，从小失去母爱，人如其名，总是一脸的严肃，为此，在官兵中引起了不少误会。一次，他本想和战友开个玩笑，却因自己严肃的表情被战友误认为是恶作剧，差一点没打起来。在部队开展的笑脸文化中，李严肃决心让自己笑起来。生活中，官兵用相机拍下最甜蜜的笑、最可爱的笑的时候，他从中对照练习，找到了生活的情趣；工作中，官兵用DV摄下最有魄力的笑、最受欢迎的笑，在官兵中展播时，他从中领悟，感受到了对生活的热爱。慢慢地，他明白了，笑是发自内心的，关键是心中要充满真爱和宽容。渐渐地，他脸上有了微笑，有了一群知心的战友。在上海执行世博安保任务中，他同战友们一起，积极开展“把自己最美的微笑留下，让游客把最好的记忆带走”活动，把微笑当做对游客最好的礼物，当做部队最好的名片，当做军人最好的形象。5月30日，“韩流”歌迷聚集部队执勤点，在少数人的煽动下，企图扰乱秩序。他同战友们一起，始终做到无论游客怎么抱怨，热情真诚服务的态度不变，微笑理性执勤的姿态不变，依法处理问题的原则不变，终于得到了大家的理解和认同，歌迷们主动配合，自觉遵守秩序，避免了拥挤踩踏、冲撞执勤事件的发生。很多游客回到家后，纷纷在网上晒出官兵微笑执勤的照片，引发了网友的一片赞叹，其中，就有小李的一张。微笑，让大家记住了“园区执勤武警是世博会一道靓丽的风景”；微笑还赢得了国际友人的敬意，西班牙馆特意向该部执勤官兵赠送了贝雷帽。

顾家村的人们无法忘记那个洪水肆虐的夏天，当他们的生命财产危在旦夕的时候，是该部一营官兵最先来到顾家村抢险。一天一夜，官兵被困在一片桃林里，没有吃上一口饭，没有喝上一口水，炎热、饥渴、洪水时刻威胁着官兵的生命。就是在这样的情况下，官兵仍然没有忘记战斗，没有摘一颗唾手可得的桃子。当洪水退去，乡亲们返回村庄，看着躺在桃林里泥人一样的官兵时，禁不住热泪滚滚，要把所有的桃子摘下来送给官兵。官兵们说什么也不肯收，还说：“天灾是灾不是福，我们就是来保卫你们的劳动果实的，如果我们收下了，还叫什么人民子弟兵，来这儿抗洪还有什么意义。”

高尚的精神来自铁的纪律，忠诚的品行来自崇高的使命。1998年长江告急，该部又奉命来到了丹阳湖抵御百年不遇的洪水。每天38℃的高温、成群的蚊子叮咬，官兵没有计较；住的是羊圈、喝的是涝水，官兵没有计较；驻地是血吸虫病重灾区，有水不能洗澡，官兵人人皮肤溃烂，官兵也没有计较。然而，当个别菜农看到大批官兵到来，缺少蔬菜，把六毛钱一斤的青菜涨到一块六时，官兵们流泪了。流泪归流泪，却没有影响大家保卫驻地四万人民群众安全的决心。他们叫响“人在堤在，人亡堤不能倒”的口号，昼夜奋战三个多月，硬是没让洪水越过堤坝半寸，用身躯筑起了一道牢不可破的钢铁长城。

是什么让他们做到始终牢记人民利益至上，做到面临危险不退缩？是人民军队的品质，是全心全意为人民服务的宗旨，是做一个有用的人、高尚的人、纯粹的人在他们的脑海里打下了深深的烙印。从新兵入伍那一天起，他们学的是英模事迹，唱的是革命歌曲，看的是红色影视，践行的是革命军人核心价值观。

举手投足，折射出官兵道德的风采

大是大非面前固然能考验官兵的道德情操，一人一事、一举一动更能折射出官兵道德的风采。

“五一”小长假，锡惠公园里游人如织。该部赵排长一边走、一边欣赏着美丽的风景，一不小心，他踩在了一名妇女的皮鞋上。赵排长还没来得及道歉，那名妇女张口就骂了起来：“当兵的，瞎眼了！”随着骂声，周围很快就聚满了游客。赵排长一声没吭，掏出手帕，弯下腰，把那只踩脏的皮鞋认真地擦了一遍。“不就踩了一下鞋，值得这样大呼小叫吗？”“军人的素质就是高。”在群众一片议论声中，那名妇女尴尬地站在那里不知所措。“都是我不好，踩了你的鞋，对不起。”赵排长道了一声歉，悄然离去。

走进该部营区，听见的是“同志”亲切的称呼，见面是标准的军礼；雪白的墙上没有一个手印，饭堂的地上不见一颗饭粒，地板上没有一丝痰迹……到过该部队的人都说，走进营房，你都不知道腿该往哪儿伸，手该往哪儿放，实在是太整洁了。该部政委汪诗东给我们讲了这么一个故事：战士小李的父亲是一个有着四十年烟龄的人，一天就要抽两包香烟。为了抽烟，他在列车上和乘务员争吵过，在宾馆里跟服务员打过架。但是当他今年春节来到部队看望独生子时，看着干净的地面、洁净的窗儿、整齐的内务、官兵热情的笑脸，硬是忍住没有抽一根香烟。他说，他怕污染了这儿的空气。

精神文明建设，总是在解决问题、化解矛盾中前进。

消费一直是社会上的热点话题，也是部队关注的焦点。还是在20世纪90年代的时候，部队正在召集新兵讲评新训工作。突然，队列里响起一阵“嘀嘀嘀”的声音，接着只见一名新战士举手报告：“首长，我爸call我了，我接一个电话。”那时手机还算比较新潮的事物，用的人虽然不多，但带着时装、现金、高档物品入伍的战士却不在少数。特别是从沿海发达地区入伍的战士，带上万儿八千的不算稀罕，最多的一名战士竟然带了一张一百万元的牡丹卡。

在这背后会不会隐藏着盲目消费和相互攀比的不健康心理？部队党委没有放任自流，也不是一“卡”了之，而是积极地参与了进去。经过调查摸底后，他们找到了症结：是虚荣心和怕吃苦的思想观念在作怪。“花钱大手大脚算不算潇洒？”他们请部队勤俭节约标兵谈体会；“我们国家是不是很富裕？”他们让从贫困地区入伍的战士讲述没钱上学的孩童的渴望；“一分钱可以做什么？”他们请地方企业老总谈创业的奋斗史；“军人穿什么最潇洒？”他们请干部家属登台演讲。标兵的引导、战友的讲述、创业人的启发、军嫂的内心感受，增强了官兵对艰苦奋斗、勤俭持家的理解、对军人穿军装才是最美的认同。手机、时装、钱被寄回了家中，换来的是“在津贴费内消费”的自觉行为。部队党委并没有就此打住，又在如何消费上做文章，在经常性教育中增加了理财课，在合理消费中引导官兵向成才迈进。如今，该部官兵经济上除用于购买正常生活用品外，75% 的战士有自己的存款，40% 的战士报名参加了自学考试或函授学习，100% 的战士能做到每季购买一本新书。

该部充分发挥警营文化的感化、教育、激励功能，利用每周播放电影的时间表彰 15 名每周之星，使官兵明白该当什么样的“星”；在团局域网每月组织一次革命传统话题大家谈，引导官兵发什么样的“帖”；每个阶段性工作组织一次先进表彰大会，激励大家走什么样的“路”；每年评选 7 名先进典型，把画像喷绘在英模路上，让大家清楚该照什么样的“像”，引导广大官兵把本职岗位作为践行社会主义精神文明的基本平台。

又是一夜东风来，万紫千红总是春。营房前，一块块镌刻着名人名言的警句牌在绿草丛中含笑；局域网上，一句句战士格言散发着青春的活力；大道上，一队官兵正迈着整齐的步伐走来，雄劲的《军人道德组歌》在空中回荡……

（原载2012年5月29日《无锡市双拥工作简报》）

最美军嫂周苏芳
用自己柔弱的双肩支撑起一个军人的大家庭

“妈妈，我们不去北京看病了，快过年了，省点钱给你买件新衣裳吧。”1 月 9 日下午，武警 8722 部队军械股助理员张远大的儿子张成龙望着忙碌的妈妈，小声地说出了自己的想法。周苏芳停下手中的活，双手捧着儿子的脸说："宝贝，没有什么比生命更重要。"周苏芳这样讲着，心里却再次盘算起这次带着儿子去北京治病的事，她希望诊治顺利一些少耽搁时间，住旅馆的人少一些价格能再降一点。快过年了，自己不买新衣服没关系，还有四位老人在家，怎么也得给他们买上些礼品。

从与张远大认识的那一天起，周苏芳心里就明白了，自己的幸福与"奉献"结下了缘，与"牺牲"结成了对。作为一名才女，对爱情，她应该有更多的追求，可她却把丘比特神箭射向了军人。作为一名学习外贸的学士，对事业，她拥有许多的选择，可她却选择了承担起照顾军人家庭的重任。32岁的年纪，正是女人如花的季节，而在她的脸上，我们看到的却是饱经风霜刻下的岁月年轮。

张远大和周苏芳双方的家庭都是世代的农民，农民的朴实给了周苏芳直面现实的心境。婚后不久，张远大的父亲患上了乳白尿，身体状况一天天下降；母亲患上了白内障，视力模糊不清，需要手术治疗；岳父患上了高血压和糖尿病，需要常年服用降糖药来维持血糖平衡。张远大是家中的独子，周苏芳是家中的独女。一个老人患病如同一座山压在心头，三个老人同时患病，周苏芳承受着巨大的压力。是让张远大回来与自己共同撑起这个家，还是自己舍弃事业单位的编制在家照顾老人？"虽然我挣的钱比远大的多，但作为事业，远大是为了国，我更多的是为了家。"家重要还是国重要？周苏芳几乎没有经过考虑，毅然辞去了工作，承担起了照顾双方老人的重任。

于是，村民们经常看到周苏芳忙于田间地头，都为她舍弃事业感到惋惜。医生经常看到她挺着个大肚子穿梭在门诊和药房，提醒她注意身体。强烈的孕情反应不时折磨着周苏芳，然而，比身体更难受的是家中的一点积蓄很快花光了。为给老人筹集看病的医药费，周苏芳悄悄典卖了首饰。在路过水果店的时候，她很想吃点贡柑，但想到手中的那点钱，她控制住了自己的欲望，买了两斤婆婆喜欢吃的香梨。

儿子的出生，给家庭带来了欢乐。然而，不幸再次降临在这个家庭。2009年2月，两岁大的儿子张成龙生病住院，南京儿童医院、上海儿童医院、北京武警总医院均无法治疗，最后在北京协和医院经基因检测确诊为"Duchenne型肌营养不良"。"Duchenne型肌营养不良"属于世界性疑难病症，目前国内外都没有有效的治疗方案。专家说，这种病即使现在得到有效控制（对于他们家庭来说，医药费也是一个天文数字），等小孩长到成年发病后，也基本没得治。

"小孩现在才两岁多，到成年还有十几年的时间，十几年的时间足够给医学一个发展的空间，我们不能坐等一个生命的消失，我相信会有奇迹。”周苏芳没有放弃对儿子的治疗。选择是容易的，付出是长期的。作为军人的妻子，为了不影响丈夫的工作，为了军人家庭稳固，周苏芳从不抱怨。她一方面要承受隐瞒双方老人孙子的真实病情带来的巨大压力和悲痛；一方面为增加经济收入找了份临时工，攒点钱贴补家用，用自己柔弱的双肩支撑起一个军人的大家庭。

这几年，部队因为任务重，淮河流域抗洪、南下沿海执勤、西进新疆维稳、东到世博安保、重大军事演习等，张远大常年在外，全身心投入工作，从未分过心，次次争先创优，年年被评为先进。说起妻子，张远大总是一脸的愧疚，无以言表。而所在部队官兵讲起周苏芳，都无不竖起大拇指：“军嫂，她最美！”

（原载2013年1月11 日《中国双拥》）

着眼建设育人才

武警8722部队抓好基层干部训练

本报讯 日前，在武警 8722 部队考核场上传出喜讯：基层干部体能 100% 达到优良，人人达到“四会”教练员标准，全部通过国家计算机等级考试。成绩的取得，来源于辛勤的汗水，更来源于科学的组训方式。

官兵分训后基层干部训什么？怎么训？该部针对干部队伍中存在的“战士眼中的带兵人只要跑得快，打得准就有威信，官兵分训就应该突出五公里和射击”和“干部训练无训头，关键时刻敢喊跟我上就行了”两种模糊认识，党委会上，部队长张雪峰一番话发人深省：官兵分训不能看一时，而要看长远，部队发展要促长劲，干部训练就得使长功。党委会很快形成了抓干部训练应突出本职、注重全面、长远发展的共识，并拿出了科学决策。

以体能、技能为基础，打牢带兵人的根基。针对部分干部体能受年龄等诸多因素下滑和带兵经验欠缺技能偏弱的现实，部队制定出了“两训”计划：每周把干部拉到野外，组织一次武装五公里越野考核性训练；每周利用两个半天的时间组织技能集训，突出摔擒、攀登、射击等实战实用课目。

以科技知识为重点，储备发展能源。建设现代化的部队需要现代化的知识。该部 55% 的干部第一学历是高中或中专生，虽然有一定的带兵实践，但无论是理论功底还是科技知识都比较欠缺，而从地方招收的本科生干部虽然文化知识高，但军事理论相对薄弱。针对这些现实，部队出台了“三学”机制：鼓励每名干部根据自身特点，制定出自学计划，参加自学考试，主动为自己充电；开办干部夜校，每周利用两个晚上和星期六育才时间，请部队各个方面的行家里手登台授课，设置课题实际操作；充分利用与驻地江南大学共建的优势，开设了本科班和研究生班，每周利用一天时间组织到学校学习。

以组织指挥和管理为核心，增强胜任本职工作的内功。针对基层干部普遍存在的想管不会管，敢训不会训等薄弱环节，部队组织了“三研”活动：研练一个课目。每名干部每月编写一个课目的教学教案，以营为单位进行学习交流，使他们在实际教学和相互交流中得到共同提高；研讨一个课题。结合新政策的出台、周边敌社情和国际形势，部队每季分赋给各营一个执勤、处突或防卫作战的研讨课题，使基层干部在研讨中练战术、练思想，练组织指挥和管理，并派出由参谋长带队的指导小组进行现场指导，有效地促进了基层干部综合素质的提升；研究一个问题。结合部队建设实际，干部每季对部队涌现出来的典型问题进行研究，提升发现问题、分析问题、解决问题的能力，形成良好的学习氛围。

科学的训练机制不仅带来了基层干部综合素质的提高，更带来了思想观念的转变。从战士直接提干的八连排长胡盛说“作为一名基层干部，知识促进能力，能力产生信心，信心带来招法，招法取得成功。”

（原载于2013年3月9日《中国劳动保障报》第二版）

报告文学

通往病房的红地毯

太阳，连同最后一抹余晖缓缓沉入了地平线，刚才还绚丽多姿的晚霞也随之失去了生命的色彩，显露出苍白而飘缈的身躯。马超坐在病房的窗前，用了半个小时的时间看着这一场变化，心中怅然若失。

“多么美好的东西啊，可惜就这样消失了……”马超自言自语的声音不大，但还是被在一旁整理衣物的赵玉仙听见了。她微微一笑：“失去了的不一定就是好的，只要太阳还在，明天你还能看到更美好的东西。”

“可是明天我的生命还会存在吗？”马超这样想着却没有说出来，而是深情地注视着赵玉仙，眼睛随着她的移动而移动。他不知道明天自己走上骨髓移植的手术台后还能不能醒过来，如果醒不过来，他真诚地希望赵玉仙能永远定格在自己的梦里。

小时候的赵玉仙，渴望着军人的生活，但对于一个农村女孩子来说，这也仅仅是一个梦想而已。然而，有梦升起的时候，终究也有梦降落的地方。1995年，赵玉仙从南京八三医院学习结束后，在多家医院的招聘中选择了武警上海总队医院，成为一名合同制护士，从此与军人结下了不解之缘，从此有了一段与梦相关的故事。

那一天，原本晴朗的天空突然飘起了蒙蒙细雨。对于花季女孩来说，下雨是充满幻想的时候。赵玉仙凝望着窗外的月季花在雨中摇摆，那随风飘摇的花儿将窗外的世界点缀得美丽无比……

“赵玉仙，你来一下。”护士长的声音打断了她的思绪。

循着声音望去，一个精干而又帅气的上等兵在护士长的带领下走了过来。

“这名战士住在你的服务区。”趁那名战士不注意，护士长又低声说：“他是白血病患者。”白血病？赵玉仙顿时怔住了，眼前这位英武的战士，居然是一位白血病病人。

作为护士，她很清楚患上这种病的人即使不被疾病夺去生命，也会精神崩溃。她曾亲眼目睹两名白血病人因不堪病痛折磨而自杀。眼见又一个美好的生命踏上这条可怕的路，她在心里隐隐作痛的同时，也对这名战士多了一份关注。

第二天一早，赵玉仙到马超的病房打扫卫生。推门一看，被子叠得整整齐齐，房间打扫得干干净净，马超正坐在桌前看书。

“又是哪位名家的大作？”

“墨子。”

“怎么对古文感兴趣？”

“为明年考军校做准备。”

“考军校……”赵玉仙心想，你能活到明年就算不错了。她换了个话题：“你叫马超？”

“对。”

“‘三国’里也有一个马超，那可是一员猛将，白衣白马白枪，你能比吗？”赵玉仙话一出口，就有点后悔：人家都得了白血病，还跟人家提这干嘛？

“他再猛也不过是为君为义，我可是为民为国呀。”马超一点也不在意。

“贫嘴。”赵玉仙嘴上这么说，心里却想：你还真有点见识和志气。

几天过去了，马超没事人一样整天有说有笑，看书学习，帮助医院做一些力所能及的事，还经常同其他几名白血病患者聊天，帮助他们树立战胜病魔的信心。一天，白血病患者王利实在受不了精神和身体的折磨，要跳楼自杀，马超抱住他说：“你连死都不怕，还怕什么呢？痛能折磨我们的身体，但绝不能折磨我们的精神，人不能被自己吓死呀！”

难道他不知道自己是白血病患者，也是一个将死之人，迟早要面临疼痛难忍的那一天吗？好奇心促使赵玉仙产生了靠近他、了解他的愿望。交往中，赵玉仙得知，1994 年 12 月，马超带着一个将军梦从河南平顶山市入伍来到无锡市武警某部通信连。火热的军营，不懈的拼搏，使他很快从同年兵当中脱颖而出。1995 年，他就因工作成绩突出、群众威信高被评为优秀士兵，并在第二年年初成为同年兵当中第一个担任班长的战士，5 月又光荣地加入了党组织。正当他准备来年考军校的时候，病魔却悄悄向他袭来。连队在组织大型施工时，他感到浑身乏力，开始以为是疲劳过度所致，没有太在意。可是，没过几天，胃也开始疼痛，人慢慢地消瘦下来。指导员彭允伟关切地说：“马超，身体要紧，你就退出突击队，到医院去检查一下吧。”当天，在指导员的陪同下，马超到团卫生队检查，也没有检查出什么病，按胃痛打了一瓶吊针就回来继续工作。此后，又连续挂了几天水，还是不见好转，食欲也逐渐下降。在师医院，军医给他做 B 超时发现，由于脾脏过于肿大，将整个胃顶了起来。军医感觉到了病情的严重性，立刻将马超转到解放军101医院进行诊治。经过专家两次验血、会诊，马超被确诊为患了白血病。三天后，他被转到武警上海总队医院。

在赵玉仙的心里一直有个疑团：马超当过卫生员，知道自己病情的严重性，可是他为什么一直那么乐观、那么自信？莫非他有什么特别之处？好几次，赵玉仙都想问他，但话一到嘴边，又怕引起马超的伤痛，没敢说出口。终于有一次，马超自己道出了原委。

又是一场小雨过后，窗外的树叶开始飘落，仿佛一颗颗流星瞬间就走向了生命的终结。赵玉仙轻轻推开马超病房门。马超站立在窗前，凝视着一片片树叶簌簌地落下，丝毫没有注意到有人进来。赵玉仙悄悄伸出双手去捂马超的眼睛，想捉弄他一下。就在她双手接触到马超眼睛的时候，赵玉仙感到手上有湿湿的东西。他在流泪？赵玉仙赶紧缩回手，向前走了一步，果然，马超早已是泪流满面。

马超自从住进医院，始终给人一个刚强汉子的形象，似乎泰山压下来他都能用躯体去扛住。可是，他今天怎么独自一人流泪呢？赵玉仙看了一眼窗外，也许是触景生情吧？

“想家了吗？”赵玉仙关心地问。

马超擦掉泪水，直视了赵玉仙好一会儿，似乎找到了赵玉仙真正关心的话题，说道：“在别人面前，我从不曾流露出脆弱，我不是怕死之人，只是，我不甘心自己充满活力、充满梦想的21岁年轮就要像窗外的树叶一样飘落。窗外的树叶好歹还有过一个春秋，有过曾经引以为豪的绿色装点过这朗朗乾坤，现在即使飘落了，也算是有一个完整的结局。可是我呢？”他顿了顿，又说：“我知道，要战胜病魔，最需要的是战胜自己，战胜对病魔的恐惧。我用这种方法帮助别人的同时也在帮助自己，但是，我也需要有情感宣泄的时候，我不能找他们，因为他们也是病号。我不能像他们一样流露出自己的想法，因为我是军人，我必须比他们表现得更加坚强，我不能用自己的情绪去影响他们战胜病魔的信心，而只能让他们看到积极的一面。”

听完马超的诉说，不知为什么，赵玉仙也想哭：原来，再刚强的人也有脆弱的一面。

“以后有什么想倾诉的，你觉得合适的话来找我，好吗？”赵玉仙小心地给马超削了一个苹果就出了病房。“这或许就是缘吧。”日后，赵玉仙面对众人的追问这样回答。

在几个月的化疗中，马超常常是脸上带着笑，心里流着泪。病人最怕的是寂寞。尤其在漫长的黑夜里，他经常一个人流泪。有时，他真的非常想去找赵玉仙诉说，但他还是忍住了，他不想用自己的痛苦去打扰这个善良的姑娘。这一切，当然没有逃过赵玉仙的眼睛。是病人都需要理解，都需要别人的关爱和帮助。赵玉仙决定主动靠近马超，希望能帮他一把。

病人最需要的慰藉是有人倾听他的诉说。每次忙完工作之后，赵玉仙就过去陪马超，默默地听取他的诉说，并为他加油鼓劲，保尔成了他们经常讨论的人物。

一次次的接触，他们的心也在一点点地拉近。在马超身上，赵玉仙感受到了一名军人的乐观和刚强，特别是他从不言输的劲头，使赵玉仙感受到了他从内心深处对生命的热爱和渴望。随着时间的推移，赵玉仙渐渐被这位战士吸引住了，他善解人意的一面更是深深地打动了她。有一次赵玉仙下班到街上购物，刚出去不久，天就下起了大雨，正当她感到无可奈何之际，马超拿着两把雨伞出现在她的面前。中秋佳节，团圆之夜，赵玉仙一个人在值班，望着窗外的明月思念家乡、父母，倍感冷清之时，马超提着月饼来到她的身边。赵玉仙发现自己渐渐喜欢上了这位战士。

也许是马超的坚强感动了上苍，经过大半年的治疗，马超的病情得到了控制，身体也慢慢地恢复了。1998 年 6 月，马超出院了。回到连队后，马超一边养病，一边投入工作。此时，赵玉仙的父母不放心她一人在外地工作，让她回常州市一家医院做护士。

空间的距离并没有阻断两人的感情交流。在马超心里，赵玉仙是那样纯朴善良、善解人意，有许多心里话他不便向父母说，但一定会向她诉说，他把自己对生命的追求、对人生的理解都写进了信里。每当早晨看着通讯员带着信匆匆离开连队走向邮局，他都要叮嘱通讯员一句：“可千万别掉了。”他怕通讯员把信弄丢了，他怕邮递员把信投递错了，他怕赵玉仙的姐妹拿信开玩笑不小心用水弄湿了，他更怕赵玉仙看到信后不再给他回信。直到收到赵玉仙的回信后，他忐忑不安的心才会安静下来。无尽的倾诉、热切的祈盼、心焦的等待成了马超与赵玉仙交流的循环圈，也成了他人生中一段美好的回忆。每当读到赵玉仙充满温情的话语，马超都不免产生许多的幻想，但他知道，自己是白血病患者，能活下去已经是最大的幸运了，哪里还敢奢望爱情。

在常州医院上班的赵玉仙为了弥补心灵上的思念，时常把所在病房当做武警上海总队医院的病房，时常回忆起马超住院的点点滴滴。她觉得，自己对这位刚强军人的牵挂正在经历着一次次悄悄的嬗变。有一次，本该四天一个来回的信件，到第五天还没有来，她忍受不了那一份牵挂的痛苦，当天下午就请了假来到部队。一问才知道这几天部队施工太忙，通讯员没有及时将信发出去。也就是在这次来队之后，赵玉仙明白，心里面的痛苦其实不是痛苦，而是一次开始发酵的爱情。

在一次次电话当中，在一封封饱含深情的信之后，终于，一天下午，当雨后的彩虹挂在天边时，赵玉仙向马超说出了“我想照顾你一辈子”的心里话。马超没有觉得很突然，似乎那是应该到来的东西，只是应该由他说出来的话却由赵玉仙先说了，他当时真想飞上天，把美丽的彩虹摘下来，做成一个花环挂到她的脖子上。

然而，病魔并没有放过这对真情的恋人。马超的病情出现反复，再次住进了上海总队医院。再一次住院，对马超的打击很大，因为这预示着不可能实现自己驰骋沙场的梦想，也预示着刚刚绽放的爱情花朵也许就此凋谢，因而他的心情非常悲观。

马超不再看考军校的复习资料，常常一个人坐在窗前望着外面繁忙的人群发呆。他多希望能加入到他们的行列，他不是怕死，他只是不想这一辈子就这样碌碌无为地走过。而现在自己又能做什么呢？

为了帮助马超重树战胜病魔的信心，赵玉仙不停地开导他。赵玉仙在常州上班，每星期只有一天休息时间。为了这一天能赶到上海照顾马超，她夜里两点钟就起床赶到火车站，坐 3 小时火车赶到上海，再转乘汽车到医院时，刚好是早晨 7 点钟左右。第二天夜里一点钟，她再从医院出发，赶回常州上班。

真情的付出却不一定能得到回报。一次，赵玉仙如往常一样赶到医院后，马超却不理她。在赵玉仙百般询问下，他说：“你还年轻，人又长得漂亮，我是今天不知明天的人，不想再拖累你，我们分手吧。”赵玉仙不语，他就把赵玉仙买来的营养品从窗口扔出去，骂她是为了贪图名利，想赢得一个好名声。赵玉仙忍住气，等他骂完了，一声不吭地把东西捡回来，对他说：“两个人扛着总比一个人扛着好，不错，你觉得今天不知道明天的事，医学也在发展，今天不知道明天的变化，今天治不好的病，明天难道就治不好了吗？有我在，你就多一份力量、多一分希望啊。”听了赵玉仙一番话，马超不禁泪流满面，他说：“我不是真心要伤害你，我是一个没有了前途的人，不想耽误你一辈子啊！”“我知道你痛苦，但我爱的不是一个将军，而是一个有志气、不服输的人。你不是说要做一个为国为民的人吗，做将军能为国为民，不做将军难道就不能为国为民了吗？你多活一天就是为国，国家为有你这样坚强的军人而骄傲；你能生存下来，就是为民，其他白血病患者从你身上看到了希望。同时也是为我，为了我们的爱情。”赵玉仙一番话，疏通了马超心中的梗阻，他暗自寻思：我一定要活下来，活出军人的样子，我不能让生命变得苍白。马超脸上由阴到晴的变化，自然没有逃过赵玉仙的眼睛，她微笑着，给了他一个深情的吻。

自那以后，赵玉仙更加细心照顾他，生怕有个言语闪失引起他的误会。在近一年的时间里，她每个星期天必到，把所有心思都用在了马超身上。

马超的病情得到稳定后，他又做起了将军梦。他梦见自己坐在装甲车上，手拿无线电话筒，向着部队下达着战斗口令，将士们在他的指挥下英勇奋战，所向无敌。当他从梦中醒来时，他坚决要求回到连队，希望继续圆自己的梦想。可这一次，不到两个月，马超的病全面复发，死神以迅猛的速度在向他靠拢。

挽救马超生命唯一的办法就是移植骨髓。可是，这需要一大笔经费。马超的父母都是普通工人，又都退了休，每月收入只有400余元。在这几年的治病过程当中，父母不仅花光了家中所有积蓄，还欠下了4万元债。家徒四壁，何处去筹集高额的手术费用？正当他们一筹莫展的时候，经过师党委的申请，武警总部及时拨来了专款，用于马超治病。

马超要到上海动手术，赵玉仙决定跟去上海护理他。而此时，她的父母刚为她在一个很好的医院谋到一个正式职工的指标。赵玉仙向父母坦言了自己和一名白血病人的恋爱关系，其父母坚决反对，他们不想让女儿把青春耗在一个没有希望的人身上。然而，当她父母得知这位白血病患者是一名战士时，这对夫妻不仅没有再反对，还拿出家中所有的积蓄两万元，催促女儿辞掉工作，马上去！

治疗是一个艰苦的过程。为了顺利实施手术，必须将马超血液中的各种指数降为零。15天的准备期，马超住进了无菌病房，慢慢地不能动弹，不能进食，继而不能说话，只有眼睛还能转动。由于服用了大量的药品，马超没有睡意，每天只睡三四个小时。人不能动，不能说，但他的思维却很活跃。他知道，手术具有很大的风险性，他感到一种前所未有的恐惧。他需要帮助，特别是精神上的支撑。

在手术准备期间，赵玉仙不能进入病室，即使是靠近走廊的窗户也有一块窗帘隔着，说话他们也互相听不见。可是，这并没有阻断赵玉仙对马超的鼓励，她知道现在马超多么需要自己。走廊里虽然有凳子，但是她想，如果自己坐在凳子上，而马超躺在病床上，必定看不到自己的身影。于是，她就站在窗外，希望马超能看到自己的身影。事后，走出病房的马超说，每当他透过窗帘看到那娇小而又熟悉的影子时，心里就充满了温馨，感到有了依靠。他不停地对自己说：“我不能死，我要是死了，首先对不住窗外的那个身影。”

为了节约经费，赵玉仙住在马超的姑姑家，她每天5点钟就起床赶到医院，站在窗外，一直到晚上10点钟医院关门才离开。15天站下来，不要说是一个柔弱的女子，就是一个强壮的汉子也吃不消啊。然而，为了给马超精神上的支撑，她挺过来了。

手术做完后，护理要求非常高，赵玉仙也更忙了。初期，马超满嘴水泡，吃不下食物，只能喝米汤。为了使米汤达到营养程度，每天凌晨3点钟，赵玉仙就起床为马超熬米粥，一直要熬出米油为止。然后，赶到医院，一勺一勺地喂给马超吃。马超吃得很慢，吃不到两勺汤就凉了。白血病患者抵抗能力弱，与初生婴儿差不多，不能吃凉食，否则就可能引起拉肚子、呕吐等，与马超一起做手术的一名白血病患者就是因为吃了稍凉的食物，引起拉肚子而去世。为了保证饮食的安全，赵玉仙总是喂一两勺就用电饭煲热一下，再慢慢等其达到温热时再喂，一小碗的米汤，总得要忙活一两个小时。待马超吃完饭，赵玉仙又忙着把他换下的衣服拿去洗掉。等忙完时又到了马超进食的时候。

渐渐的，马超能吃一些食物了，赵玉仙也就越发忙了。给马超熬完粥，喂他吃后，还要赶到市场去买食物，买一些医院没有的药品。为了保证食物的绝对干净，总要来回几次消毒。就拿吃苹果来说，先要用洗洁精把苹果和刀具洗上几次，然后再用开水烫一下，削皮，再用开水烫，切成薄片，才能给马超吃。至于蔬菜、肉类更是小心翼翼，再加上进出病房都得消毒，一天的劳累可想而知。马超心疼地说："那两个月，赵玉仙运动鞋就穿透底两双。"赵玉仙笑笑说："苦中有乐，能帮助马超战胜疾病，我每天都过得很充实。"

在赵玉仙的精心护理下，马超渐渐康复了，回到师医院疗养。然而，大量的高营养品常常使得他们的经济捉襟见肘。马超每月只有250元津贴，赵玉仙没有工作，也没有经济来源，她父母为了支持她，连家中生蛋的母鸡也换成了钱给她寄来。

为了保证马超身体康复的需要，赵玉仙总是想方设法满足。一次，马超听医生说多吃点猕猴桃，补充复合型维生素很重要，就流露出想吃的念头。而此时，赵玉仙身上仅有两元钱，为了不让马超失望，她偷偷地跑到外面去卖血，回来被马超发现后，马超看着瘦小的女友，看着她几年来一直穿着过去的旧衣服，禁不住热泪滚滚，发誓再也不吃猕猴桃。

如果说经济上的困难尚可克服的话，更让赵玉仙痛苦的是马超有时莫名其妙地发脾气、摔杯子、骂人。2002年7月份，马超出现排斥反应，转氨酶达到940，而正常值只在40左右。排斥就意味着手术可能失败，意味着死亡。为了挽救他的生命，医生给他服用了大量的激素。大量激素的使用，使得马超身体由原来的130多斤陡然增长到200来斤，并出现了高血压、脂肪肝等症状，脾气也随之变得暴躁，刚刚还好好的，眨眼之间就会发火，摔杯子、骂人是常有的事。那天，赵玉仙因为患感冒，头昏脑涨，在给马超洗脚时擦重了一点，刚刚还有说有笑的马超一下子把洗脚盆踢翻，水泼了赵玉仙一身。马超指着赵玉仙大骂："你是不是想要我早点死，好解脱了？你现在就给我滚，我不想再看到你。"听着马超的责骂，赵玉仙真想大哭一场：这几年，自己吃的苦，受的委屈，难道换来的就是责骂？但一想他是病人，根本控制不了自己的情绪，赶紧笑着安慰他："医生说擦重一点有利于血液循环，更快恢复身体。"马超这才止住了骂。赵玉仙收拾起洗脚盆，一转身，泪流了出来。医生和战友们经常在马超心情好的时候开玩笑说他不是人，这么好的女朋友打着灯笼火把也找不着，还不知道珍惜。说起这些事，马超总是后悔莫及。

在赵玉仙9年的精心照顾下，马超一次次树立起信心，与死神搏斗。现在，他除因服用大量激素导致骨质疏松外，身体状况都比较好，自身造血功能正在逐步得到恢复。专家说，一名白血病患者能活9年并且身体健康已经是奇迹，赵玉仙功不可没。凡是听说赵玉仙和马超爱情故事的人无不为之动情。有位战友给他们写信说："我没有经历过爱情，但我想，爱情一定要像你们那样才算是真爱。"一位诗人在看望他俩后，挥笔写下了"风雨情，同首心，天不可欺；坎坷路，手牵手，世载良缘。"马超更是怀着难以言表的感激说："没有她，我早就不在人世了……"面对大家的赞誉，赵玉仙说："我哪有那么大的本事，是这个社会好心人多啊。指导员彭允伟的妻子刚生孩子需要用钱，得知我们缺钱时，立即送来了两千块钱；连队战士得知马超没钱买营养品，硬是从嘴里抠出来的一万余元家底中拿出八千多元；师医院把只有高干才能享受的空调病房腾出一间给我们专用；马超的饮食很讲究，炊事班随时为我们开放，并专门备有一套小灶设施，用煤气从来不要我们的钱……"

赵玉仙一直有一个心愿，就是能成为马超的新娘。一想到结婚时的情景，两人脸上就荡漾着幸福的微笑。

国庆节如期而至，婚期也到了。师医院的战友们一大早就起床，来到马超的病房，挂起红红的灯笼，拉上五色的彩带，贴上大红的"喜字"，还在病房的走廊上铺了一条红地毯。在喜庆的锣鼓和鞭炮声中，赵玉仙挽着马超的手走上红地毯。虽然地毯通向的是病房，但在他俩心目中，那是他们心心相印的地方。这十几米的红地毯，他们走得如此的艰辛，一个站在生的一边去拯救生命，一个站在死的一边守望生命。

当一枚结婚戒指戴在赵玉仙手上的时候，她泪流满面。为了这一天，她等待了6年。她是为这场婚姻而喜悦，更是为一个坚强的生命而欢呼。让泪水尽情地流吧，让它冲刷掉过去艰难的足迹，携手走向更美好的明天。

望着部队的领导、地方妇联的同志和战友们，赵玉仙又想起了儿时与军人有关的梦。而现在，这梦是如此的真实和甜蜜。

在我写完这个坚贞不渝的爱情故事时，2004 年 11 月 24 日，马超退出了现役。马超的退役牵动着部队领导的心。经多方协商，马超被评定为二等甲级伤残军人，地方政府答应承担他今后的治疗费用，每年还享有 8000 元优抚金。临走时，部队又拿出两万元给他作为生活补助。而此前，为给他治病，部队已经付出了 63 万余元。攥着团长、政委的手，小夫妻俩除了流泪，说不出一句话。

火车远去了，带着爱情、带着对未来的憧憬，马超和赵玉仙奔向远方……

（原文发表于2005年《橄榄绿》第二期）

理论研讨

农村籍战士管理教育的问题与对策

时下，不少基层带兵人正渐渐地感到，战士的管理和教育正在悄悄地经历着一次嬗变。过去相对来说不怎么听话的城镇兵变得温顺了；相反，过去一直勤劳听话、想在部队出人头地的农村籍战士正在替代城镇兵的“岗位”。

一、不可忽视的几种现象

镜头一：四百米障碍场上，一边是十几名战士训练得热火朝天，一边是几名战士在吹牛拉呱。是他们训练成绩好吗？在此组织训练的排长说，那几名都是“分不在高，及格就行”的农村籍战士。

镜头二：晚饭后，在连队操场上，三名叼着烟在闲聊的战士被纠察逮个正着。前来领人的连长指着三名战士说：“现在农村籍战士是越来越难管，我是没辙了，他们是油盐都不进。”

镜头三：部队在组织重大施工，上级决定，在完成施工任务后给连队一个三等功的指标。结果，积极性真正调动起来的战士中，城镇籍士兵 84% 都渴望争取，而农村籍的只有 15%，他们说，立功回去有什么用？

二、农村籍战士在管理教育上出现新情况的原因

不少基层主官感到，部分农村籍战士越来越难带，过去曾经一呼百应、奋勇争先的场面越来越难见到。那么，是什么原因导致了部分农村籍战士不那么“听话”了呢？

首先，受政策限制后路无着落。现行兵役法规定，战士服完兵役后，按照从哪里来回到哪里去的原则，城镇籍战士回去之后由政府统一安置，解决了工作问题。即使不要工作，也还能得到政府的一笔补助金。而农村籍战士服完兵役后，还得回到农村，该干啥还干啥，即使立个功、入个党也解决不了就业问题，这导致部分农村籍战士心理上极度不平衡，工作积极性不高。

其次，在部队的出路窄。许多农村籍战士之所以选择入伍，往往是想在部队找个出路。由于部队现代化建设进程的加快，有知识、有文化、懂科技的战士已成为部队建设的主流。部分农村籍战士来自边远穷困地区，受教育程度相对较低，而不少受过良好教育的城镇战士无形中对他们形成了压力。大多数农村籍战士一看在部队发展前途受限，进取心大受影响。

再次，受社会不良风气的影响。经调查，在农村籍战士中，有70%的战士都有过打工的经历。一些战士把官兵之间的关系等同于老板与职工的关系，认为事事都得讲关系，凭实力（金钱）搞定。而一些战士家中比较贫穷，自认前途无望，所以对荣誉看得比较淡。

三、加强农村籍战士管理教育的对策

首先，加强教育疏导。着重打牢三个思想基础：打牢依法服兵役是每个公民应尽义务的思想基础。通过法纪教育，使他们明白，当兵尽义务是每个公民的光荣职责，也是应尽的职责。打牢上一线打头阵的思想基础。当兵就是为打仗。通过形势教育和职责教育，让他们清楚地认识到，作为人民的子弟兵，要时刻准备冲锋一线，铸牢“首战用我”的思想。打牢为自己负责的思想基础。通过战术灌输，要让他们明白，练就过硬的军事技能，既是为完成战斗任务作准备，也是保存自己唯一的方法，从而掀起练兵热潮。

其次，搞好目标激励。激励是一种催人奋进的动力。要激励成熟，成熟是成功走向社会的标志。一个人只有成熟看待问题才会全面，思考问题才会深刻，解决问题的方法才会有效，处理人际关系才会顺畅。激励成才，要鼓励战士利用业余时间自学成才，有效利用资源组织技术培训，帮助战士掌握一技之长。同时，还要让战士懂得掌握技术是成才，善于配合和协调也是成才。所以更应该从为人、做事上去引导和启发，让他们懂得成才的含义，从而自觉地在岗位上锻造自己。激励成功，文化程度低并不等于不能成功，离开了部队也不等于不成功，当一个农民同样并不意味着人生的失败。要让战士从思想上认识到，成功的关键是要干出属于自己的一番事业。当一个好兵所培养出来的坚强的精神支柱、良好的体力基础、顽强的拼搏精神、忠实诚信的高贵品质更是一个成功者所必备的素质。

再次，强化管理。完善管理网络和机制，形成时时有人管、处处有人管、人人有人管、事事有人管的良好氛围十分关键。不良习气群众管。充分发挥群众的监督作用，使得消极言论、不良举动、低级庸俗玩笑等不良习气一露头就受到大家的抵制和批评。扰乱秩序制度管。部分战士感到在部队找出路的目的难以达成后，为了逃避训练借故生病、甚至无理滋事，混日子、图舒服。为此，要制定和完善相关制度，以制度规范他们的行为，依制度实施奖惩。违法乱纪条令管。有的战士抓住一些领导干部怕出事、怕捅娄子影响自己的前途，对出的事捂着盖着，对出情况的人哄着、骗着不敢怎么样的心理，抱着不吵不闹领导干部不知道，偶尔出点"小情况"还能引起他们关注的想法，经常用点小动作去触摸条令条例的底线。对此，一定要用条令条例管严，时时让他们感觉到，条令条例就是一根高压线，从而自觉地把自己的思想管控住，把自己的行为管控严。

（原载2005年《基层政治工作研究》第九期）

发挥政治工作首位作用
为深化信息化条件下训练改革提供坚强保证

深化信息化条件下的训练改革，事关武警部队建设能否走在时代的前沿，事关战斗生成模式的转变，事关职能使命的发挥。作为政治工作，要在这场没有硝烟的"战争"中担当起历史的使命，就一定要发挥好首位作用，为训练改革提供坚强保障。

发挥政治工作"统"的作用，认清形势，聚焦使命。发挥思想政治工作统的作用，目的是帮助官兵克服模糊认识，排除各种杂念，把心凝聚在一起。一是形势所迫统认识。深化信息化条件下的训练改革是形势所迫。对广大官兵，要讲清敌对势力对我西化分化的演变加剧，刻意制造事端，挑起民族矛盾，把官兵认识统一到增强政治敏感性和辨别力上；要讲清信息时代的全球化引导世界军事革命变革已刻不容缓，把官兵认识统一到势在必行上；要讲清国家周边形势的复杂化对国家领土完整提出严峻挑战，把官兵认识统一到提高军事行动能力上。二是任务所催统思想。作为武警部队，我们的任务已由单一驻训向多元化转变，由驻地向全国机动，基本上形成了执行任务多样化、多样任务常态化的态势。在训练改革中，要注重把官兵的思想统到全面提升素质、完成多样化任务上，克服单打一思想；注重把官兵思想统到执行任务的长期性和复杂性上，克服临时观念;注重把官兵思想统到训战结合上，克服练为看、练为考的错误认识。三是职能所需统观念。武警部队的职能要求官兵必须具备较高的综合素质，才能在维稳和处置突发事件中打得赢、不变质、立得住。因此，在训改中，要纠正官兵对内维稳到位就是胜利的单纯军事思想，培养依靠法规制度和政策处置的观念；要纠正官兵一事当先、不计后果的盲目行为，培育警政联合、警地联合、警民联合的观念；要纠正官兵无原则退让给执勤目标造成重大伤害的后果，养成正当防卫、果断处置的观念。

发挥政治工作“领”的作用，扬声造势，引领主流。军事训练改革，自然是军事唱主角。作为政治工作，同样具有广阔的舞台和空间，大有可为，甚至可以在许多方面起到引领的作用。一是组织建设领方向。组织把关，方向不偏。组织建设要责无旁贷地在训改任务中负起三个方面的责任：要负起定向责任，发挥战斗堡垒作用，坚定主攻方向；要负起领导责任，重视发挥党员干部作用，利用好创先争优的平台，勇于担当；要负起组织责任，发挥群众的智慧，集体攻关。二是人才培养领头阵。国以才兴，军以才强。任何一项工作，都需要人才担当。作为政治部门，拥有培养干部的职责和许多得天独厚的优势。要充分发挥政治资源丰厚的优势，在培养人才中敢于领头；要充分发挥警地联合共建共育的优势，在培养人才时主动搭台；要充分发挥政治机关的职能优势，在选配干部时放手用人才，在培养干部时舍得送人才，在任务需要时全力推人才。三是氛围营造领主流。一方面，要大讲训改任务的目的、意义和重要性，营造深化信息化条件下训练改革是当前军事变革的主流、是提高战斗力的根本突破口，不训改就会落伍，不训改就会被动挨打，不训改就完不成党和国家赋予的职责使命，使官兵思想在训改上聚焦；另一方面，要建好激励机制，通过报上有名、广播有声、网上有像，胸前有花，大力表彰先进典型和事迹，营造当训改典型吃香、做训改标兵有位的氛围，调动官兵积极参与、主动作为。四是安全保卫领全局。训改任务涉及敏感性问题多，保密要求高；训改难度大，官兵负担重；时间要求紧，思想压力大。因此，作为安全保卫工作，一定要积极介入，按照“五个一遍”的要求，把周边环境查清，把重要岗位、重要人员审清，把安全措施定清，把心理疙瘩解清。

发挥政治工作“合”的作用，围绕中心，服务大局。军事训练改革是一个体系工程，从指导思想到组织分工，从目的意义到责任到人，都有一个由主到次、由总到分的体系。政治工作要坚持围绕中心，服务大局，主动不被动，能动不盲动，在聚中积能量，在合中显力量。一要在使命中合，防止喧宾夺主。军事训练改革改的是作战思维、训练模式、力量编成和作战方式等。政治工作要甘当幕后英雄，要坚决防止和纠正追求政绩工程、轰动效应站到前台，主次不分；要坚决防止和纠正为了突显自己的作用，与训练改革合不上拍，单打独斗。在使命中合，就是要政治搭台、军事唱戏。要围绕训改中的焦点、难点、模糊点主动做好思想引导工作，把官兵的思想理清，关系理顺，斗志鼓足。要围绕训改需要、官兵需求做好物质上、精神上和心理上的服务保障工作，调节好节奏和氛围。二要在任务中合，防止脱离实际。政治工作要围绕人来做，跟着任务走，立足现有实际。既不能好高骛远，也不能跟不上节奏，跟不上形势。比如在进行信息化条件下的“三战”研究时，要充分考虑到我们现在的装备水平、技术水准、官兵信息素养、任务对象接受条件和能力等，不能追求表面上的热闹，不切实际地编出多少种战法，而要落实在实际效果上。在任务中合，就是根据任务的特点、任务的发展和结果，讲清面临的形势，引导官兵思想，解决任务中的思想需要。三要在体系上合，防止各自为政。要以整体思维的方式推进政治工作。在与训改的融合、政治工作内部的协调上，要以任务为牵引，坚决防止各说各重要、各搞各一套，造成思维混乱、工作紊乱的现象。在与训改工作的反复推演中，时间节点上要搞好链接，工作节点上要搞好对接，人员节点上要搞好交接，形成体系，形成合力，坚决防止军事、政治“两张皮”，组、干、宣、保“四条线”。在体系上合，是指政治和军事要融合为一个体系，目标是完成使命；政治工作要融合为一个体系，目标是发挥政治功能的最大效应。

政治工作要为深化训练改革工作提供坚强保证，就要不断研究训改中出现的新情况和新问题，适应任务和青年官兵的需要，改进工作方式和方法，在强化官兵职能使命、践行当代革命军人核心价值观中开创出一片新天地。

（原载2013年1月8日《建言献策》）

在落实“三个环节”中抓出思想工作的成效

经常性思想政治工作，重在经常，难在经常。它所具有的长期性、艰苦性和反复性的特点，决定了它的功效和作用在于结合实际，贴近思想，解决问题。因而，在抓经常性思想政治工作中，要坚持在制度抓建、持续培育和环境熏陶“三个环节”上下功夫和使长劲，不断打牢官兵思想根基。

一、注重制度抓建，坚持在规范中促进落实

首先，用制度确保教育落实。教育是经常性思想工作的主要环节，没有制度作为保障，容易流于形式，甚至难以落实。因此，必须重视周集中备课、月思想调查、季授课评比的落实。特别是抓政治指导员的授课环节，要求课前必须备课、讨论发言必须参加、没有参加教育的战士必须补课，提高指导员队伍勤奋学习、深入调研官兵思想、理性思考问题的能力。作为机关职能部门，要坚持跟课、评课制度，每周听指导员一堂课，翻一翻战士的笔记、问一问战士的想法、看一看战士的言行、听一听战士的评价，并对授课情况在政工会上作出讲评，指导和促进教育的落实。教育中，要按照义务兵注重学基本理论、士官注重学基本法规、干部注重学政策和重大理论，区分好学习层次。按照机关重点抓干部、大队（营）重点抓士官，区分好教育对象。按照每月或一个工作阶段一分层，重要内容、重大课题必须分层，区分好时间阶段，确保教育的针对性，有效克服“一锅煮、一刀切”现象。要坚持评星奖优，大力营造争当先进的氛围。采取周放电影时播放每周之星、月评红星张榜公布、季奖学习标兵公开表彰等方式抓好教育的渗透。

其次，用规范制度处理敏感问题。经常性思想工作，要围绕思想来做，更要围绕敏感问题来聚焦。在干部使用上，要坚持做到“四个不研究”，即基层不推荐的不研究、考核不合格的不研究、群众意见比较大的不研究、业务部门不审计的不研究，真正让官兵在享有知情权、民主权和参与权中凝聚思想。在经费使用上，要每月有公示、大项物资采购有工作组评估、工程建设有集体招标，确保经费花在明处，用出效益，使官兵在享有知情权中净化兵心。在处理基层敏感事务上，坚持充分尊重基层官兵的意见建议，做到该基层决定的问题不越权、该基层享有的权利不侵占，该基层做主的事情不代办，对立功、入党等指标一次性发放到基层，始终做到条件公开，过程透明、纪委监督、结果公示，使官兵在公平办事、公正用权中享有归属感。

再次，用制度保障活动开展。每天坚持早间听广播、午间读报刊、晚上看新闻、每日浏览网页的“四个一活动”；每周播放一场电影、开展一次“三互”活动、周末文化育才；每月新歌会操、特色文化展示；每季组织一次游园、一次书香进警营售书活动，重大节日组织文艺晚会，用活动促进经常性思想教育的效果。

二、注重教育引导，坚持在持续培育中夯实官兵思想根基

首先，要把握教育重点。在教育中，始终贯穿“永远做党和人民忠诚卫士”这个根本，坚持把经常性思想教育与革命军人核心价值观教育、人生观教育和官兵养成相结合，形成一个整体。把教育抓小，坚持团专题辅导、营分层串讲、连结合工作，用小课题、小道理破解大道理。严格按照“每月一堂课、一年一周期、两年一轮回”的要求，持续抓好人生观、价值观教育；紧贴训改任务，进行“小岗位连着大使命”教育，增强官兵的使命感和责任感；紧贴干部队伍现状，从干部的理想观、权力观、交往观、职责观、大局观、婚恋观、学习观、爱兵观、苦乐观、法纪观、政绩观、金钱观等12个方面入手，解决好干部在工作、学习、生活、成长中的纠结情绪；紧贴日常行为，开展好“数米算账话节约”、“工资涨了怎么花”等大讨论，使教与养一致起来。把道理讲清。围绕今年开展的“坚定理念信念、铸牢军魂，永远做党和人民的忠诚卫士”教育活动的开展，善于通过工作环境看变化、装备更新看发展、生活改善看成果，坚定社会主义信念；围绕忠诚于党，开展学身边典型悟党性、析身边事物知党情、赞身边成就颂党恩，深悟革命军人的价值在奉献，革命军人的灵魂是忠诚，革命军人的荣誉在岗位。

其次，要运用载体。用活板报橱窗，要以星期刊、半月谈的方式，按照班、排办报及时更新调整黑板报内容，反映官兵的精神风貌。用活文化装备，通过营区内开通警营之声，营区外用好野战广播，搞好任务中的战地新闻，鼓舞士气。用活驻地资源，积极参加驻地政府举办的周末大讲堂和文化讲坛，开拓官兵的视野；参观驻地军史展和预防犯罪基地，深化教育效果。用活网络平台，在局域网开辟主题教育网、设立基层动态专栏，建好学习平台。

再次，将活动深化。用好小讲台，变一人讲为大家讲。要坚持日谈一兵、周谈一班、月谈一遍的谈心活动，利用营每月的官兵思想汇报会，团每季的官兵思想调查，把握好官兵的思想动态和现实想法，引导青年官兵在“三互”活动中校正理想信念、学习技术本领、鼓励开拓创新。用好小舞台，变灌输式为渗透式。结合主题教育，创办简报、撰写《传统故事集》和《英雄谱》，开展“当好忠诚卫士”演讲比赛、组织“读英雄故事，学英雄事迹，做英雄传人”体会交流，进行“谁让我扛枪，我为谁扛枪，怎样扛好枪”的群众性大讨论，活跃形式。

三、注重环境熏陶，坚持在人文关怀中营造健康氛围

按照胡锦涛同志提出的培养青年官兵理想远大、信念坚定的新一代，品德高尚、意志顽强的新一代，视野开阔、知识丰富的新一代，开拓进取、艰苦创业的新一代的“四个新一代”要求，围绕当代青年特征、部队现代化建设需求，积极转变工作思路，改进工作方法，营造官兵健康成长的良好环境。

首先，营造和谐的内部氛围。注重发挥“三互”、“双四一”、“三盯一到位”等有效载体作用，以密切内部关系为重点，大力营造和谐融洽的内部环境，不断创新工作方法，设立网上民主箱，安装连队连心箱，畅通官兵交流的渠道。开展“干部夸战士谈进步，战士夸干部说关心”、“老兵赞新兵讲进步、新兵赞老兵讲传统”活动，组织“说身边事、赞身边人”演讲比赛，用照相机和摄像机寻找生活中的“茄子”，融洽内部氛围。

其次，营造健康向上的文化环境。坚持以提升警营文化软实力为重点，加强营区政治氛围和特色队伍建设。在营区主干道，设置彰显警营文化特色的宣传灯箱；坚持开展“日唱一首红色歌曲、周看一部红色电影、月读一本红色书籍”的活动；组织特色文化队伍会操、“猛士杯”建制营篮球赛，节日主题文化等，丰富形式和内容。同时，要深入挖掘先进典型、宣扬先进事迹，激励和引导广大官兵把本职岗位作为践行当代革命军人核心价值观的基本平台，激发官兵的士气。

再次，关怀关心到位。要结合重大政策的出台，做好解难释疑工作，并积极创造条件，解决好官兵的实际困难。比如，随着随军政策的出台，大量的正连职干部家属随军，解决她们的住房和就业问题不失为稳定干部思想的当务之急。要结合官兵的成长需要，在提高干部能力素质上，采取送学培训、外请专家、开办夜校进行帮带，利用周交班会讲评教方法、月业务会交流理思路、季干部点名指方向进行指导，提高任职能力;在战士育人育才上，组织思想和心理骨干集训，新闻报道员、板报员、网络管理员、教歌员、篮球裁判员培训，开办士官轮训班轮训，鼓励参加自学考试，培育基层人才队伍，满足基层和个人成才需要。要结合基层单位建设，采取常委包营、股连挂钩方式，经常深入基层、沉到一线，一道分析问题、一道研究对策、一道狠抓落实；党委加大经常性指导帮带力度，对基层在按纲抓建中遇到的“困难事”、“挠头事”，靠上去积极帮；对连队工作中一些“看不到、想不透、抓不准”的问题，靠上去主动补。关心换真心，玛瑙换黄金。相信良好的人文关怀一定能驾起经常性思想工作对官兵行为指导的桥梁。

（原载2013年1月17日《政工之家》）

围绕主题主线加强思想政治教育

为贯彻落实主题主线提供强大的思想政治保证和精神动力，在新的起点上推动部队全面建设不断发展进步，是党中央和中央军委的要求，也是历史的责任。对于广大政工干部来讲，学习贯彻这一重大战略思想，是事关广大官兵政治坚定和思想道德纯洁，事关部队稳定和高度集中统一，事关部队能否有效履行职能使命的头等大事，必须抓紧抓好，抓出成效。

一、紧紧围绕主题主线加强思想政治教育，就是要不断增强政治敏锐性，掌握工作主动权

当前，从社会环境看，国际国内两个环境深刻变化，国际国内两个大局深刻互动，意识形态领域斗争异常尖锐复杂，“三股势力”（宗教极端势力、民族分裂势力、国际恐怖势力）干扰破坏活动不断加剧，经济社会发展中的矛盾问题突出。从官兵自身看，呈现出社会阅历多样、价值取向多元、现实思想多变的现状。从任务趋势看，作为武警部队，任务由单一向多元转变、由驻训向全国机动，基本形成了执行任务多样化、多样任务常态化的态势。作为政治机关和政工干部，有责任做到：对形势判断敏锐、冷静而不过激，积极、主动而不迟钝；教育官兵认清当前意识形态领域的复杂性、严峻性；做到引导官兵坚持用唯物辩证法看问题，注重从政治上观察、分析和解决问题。今年，结合复杂多变的国际形势和贯彻党十八大精神，应着重围绕贯彻主题主线、忠实履行使命，弘扬优良传统、坚决听党指挥，赞颂辉煌成就、增强发展信心，认清历史主流、坚定政治信仰等四个方面认真抓好中国特色社会主义理论体系和党史、军史学习，加强对重大理论问题的阐释解读。教育中，应突出以坚定社会主义信仰和党的领导这个主题，讲清中国特色社会主义巨大优越性，引导官兵坚定铁心向党的信念不偏移；讲清深化改革中凸显的各类矛盾的暂时性，引导官兵拥护党的方针政策的决心不动摇；讲清国内外敌对势力亡我之心不死的图谋，引导官兵保持高度戒备不松懈；讲清武警部队的神圣使命，引导官兵保持精忠报国的意志不弱化；讲清严守政治纪律的敏感性重要性，引导官兵保持政治思想纯洁不失贞，不断强化官兵警魂意识，进一步坚定理想信念，牢记职责使命，保持高度警觉，严守政治纪律。要重点围绕回答好“五个必须坚持”、面临的“四个考验、四个危险”等现实问题，以理论上的清醒保持政治上的坚定，进一步打牢官兵高举旗帜、听党指挥、履行使命的思想根基。

二、紧紧围绕主题主线加强思想政治教育，就是要大力培育当代革命军人核心价值观，抢占精神制高点

一个人精神的高度，决定了他胸怀的宽度、看待分析事物的深度，对待事业的忠诚度以及性格品质的纯洁度。因此，大力培育当代革命军人核心价值观，既是抓好教育官兵的根本，也是在抢占精神的制高点。首先，要铸好魂。要把学党史作为一项持续的教育常抓不懈，要似春雨润物于无声。通过学习，使官兵充分认识到党的性质，以实现共产主义的目标凝聚人；充分认识到党带领全国各族人民推翻“三座大山”建立新中国，走向民族复兴的伟大征程，以民族的自豪感鼓舞人；充分认识到党立党为公、执政为民的先进性，以全心全意为人民服务的宗旨感召人。其次，让官兵找到归属感。归属感是人们在思想、心理、情感上对单位产生的认同感、安全感、依赖感。有了归属感，就会把自己同单位结合成命运共同体，从而增强做好工作的责任感和使命感。因此，在教育中，要以人民军队“听党指挥、服务人民、英勇善战”的优良传统强化官兵的认同；要以“为谁当兵、为谁扛枪”的崇高追求校正官兵的人生坐标；要以“三个提供一个发挥”的职责使命催生官兵的奋斗方向。再次，积极实践。思想是实践的指南，实践是思想的升华。作为武警部队，经常性的实践活动为锻造官兵思想提供了广阔的舞台，要在站岗执勤中培养恪尽职守的优良作风，要在处突维稳中培养英勇顽强、敢于胜利的战斗精神，要在抢险救灾中培养“为人民利益而来，为人民利益而战”的崇高品质，要在为国把关中培养“拒腐蚀、永不沾”的忠贞气节，始终以实践引导官兵思想的主流。

三、紧紧围绕主题主线加强思想政治教育，就是要着力提升文化格调，守牢思想主阵地

新形势下，随着各种文化思潮对部队的影响，官兵精神文化需求呈现出多层次、多元性、多样化等特点，丰富警营文化、用当代革命军人核心价值观培养塑造官兵的工作重要而紧迫。在开展文化工作中，要坚持“教育针对主题讲、活动围绕主题搞、形式紧跟主题走、官兵参与都受益”的原则，弘扬起文化的主旋律。首先，要营造积极向上的政治氛围。按照每一面灯箱都是革命精神的凝聚，每一块展板都是优良传统的延续，每一句话语都是忠诚卫士的心声的主题，在灯箱的设计上，把上级的精神与部队建设相结合，把革命传统与部队官兵精神风貌相结合，把工作环境与生活环境相结合，使立荣誉石、修荣誉路、建荣誉室、挂英模像、设置宣传灯箱、班排里张贴管理格言等都达到教育人、鼓舞人、宣扬人和美化环境的目的。其次，拓展主流发声渠道。发挥部队局域网功能，开辟主题教育网；发挥小广播作用，开通警营广播之声；发挥黑板报作用，按照星期刊、半月谈的方式由班、排轮流办报，使主流的声音成为文化的主旋律。再次，突出“军味”。结合军营特点，建好红色书院、革命影视库；开展好“周播一部革命影视片，月读一部红色书、写一篇心得体会”，组织好参观红色基地、祭扫烈士陵园等活动，深化红色教育；指导好基层单位成立威风锣鼓队、武术队、舞狮队等特色文化队伍。要通过积极有效的文化活动，达到一元引导多元、主流引导潮流、高尚引领时尚的作用，促进部队现代化建设转型和官兵全面发展，为有效履行使命提供思想保证、精神动力和文化支撑。

四、紧紧围绕主题主线加强思想政治教育，就是要切实强化“三战”建设，确保作战功能

充分发挥舆论战、心理战、法律战的作战功能，是新《政工条例》赋予任务中政治工作的直接要求，更是武警部队在执行任务中打得赢的必然需要。结合武警部队担负处突维稳任务的需要，要不断在强化官兵的理想信念、战斗精神和战斗作风上下功夫，形成平时和战时有机统一的宣传教育、思想动员、文化心理服务等工作制度和具体措施。在维稳处突教育中，着重把握好四点，即把教育的立足点放在招之能来、来之能战、战之能胜上，把教育的着眼放在听党指挥、服务人民、英勇善战上，把教育的根本点放在革命军人核心价值观上，把教育的切入点放在政治特别坚定、军事特别过硬、反应特别迅速、作风特别顽强上。同时，要针对维稳任务的多样性、执行任务的突然性，完成任务的复杂性，组织力量完善各种预案，形成政治工作指导模块，采取分组研究、分批训练的方法，指导基层组织“三战”训练，为确保遂行任务的圆满完成发挥应有的作用。

紧紧围绕主题主线加强思想政治教育，还要进一步丰富内容形式、改进方法手段、拓宽服务领域，使思想政治教育更好地适应新形势、实现新发展。尤其要深入研究信息化条件下思想政治教育的特点规律，注重运用信息化手段开展工作，切实增强工作的时代感、影响力和实效性。

(原载2013年2月1日《政工之家》)

以理论的大众化
提高党先进理论在基层官兵中的宣教效果

马克思说：“理论一经掌握群众，也会变成物质力量。理论只要说服人，就能掌握群众；而理论只要彻底，就能说服人。”要让党的先进理论知识在基层官兵当中内化于心，外化于形，就必须着眼基层实际，强化对党先进理论知识的学习研究与部队建设的结合，与官兵思想面对面的碰撞，在易学、易懂、易思、易行上下功夫，以理论的大众化提高党先进理论的宣教效果。

一、当前影响基层官兵学习党先进理论效果的主要因素

当前，从基层官兵学习党的先进理论知识来看，之所以存在期望与现实的差距，其主要因素是：从基层官兵来看，一是政治素养偏弱。当前基层官兵的主体，从成份来看，农村居多；从入伍前经历来看，学生占大多数。对农村籍官兵来讲，他们注重传统的农耕文化，对政治理论缺乏兴趣。对从学生入伍的官兵来说，由于当前教育体制的缺陷，主打应试教育，他们对政治理论缺乏“爱心”。而对于经历相对丰富的打过工、经过商的官兵来讲，他们着重关注与己相关的民生政策。政治素养的先天性缺陷，致使大部分官兵对政治理论提不起神。二是理性认识不够。人们常讲，这世上最容易煽动起来的不是火，而是热血青年。因为青年不缺“勇”，敢为事业而献身，缺的是“理”，对什么是正当的事业、什么是不正当的事业没有辩证的认识。而部队基层恰恰是以热血青年组成的团体。三是自我意识较强。现在的基层官兵，入伍前基本上是在“家庭宠着、社会护着、别有用心的人教唆着”的环境中成长起来的，养成了以自我意志为意志、以自我需求为需求的行为习惯，相互交流、相互学习、相互帮助的意识较弱。

从对党先进理论的宣教来看，一是理论较为枯燥。党的先进理论是从实践中总结归纳或是对前沿探索研究出来的理论，思想性、指导性、严谨性很强，生动性、活泼性不够，没有一定的理论基础，学起来就较为吃力。而一些机关部门在对基层官兵的检查指导中，也存在着侧重对“条文”会不会背、“理论”会不会套、“语录”会不会用的关注，而不是关注道理懂不懂，致使部分基层官兵“嘴上所有，心中所无”。二是宣教队伍参差不齐。基层的宣教队伍，主体是政工干部。从政工干部的来源来看，一方面他们多半没有经过专业的、系统的政工培训，另一方面他们大多是从军事素质较弱的干部中产生，存在先天性的缺陷。从政工干部的经历来看，要么是出校门进军营，缺乏基层经历和感受，与基层官兵“弹不到一个调”；要么是由士兵提干，缺乏理论支撑。三是宣教不重实际。有的在宣教方式上存在“走过场”现象，集中官兵把宣讲内容读一遍就算进行了传达学习；有的出于应付心理，出块黑板报就算进行了宣传；有的为了出彩头，把官兵拉出营区转一圈，就算有了深化；有的讲排场，大搞现场签名活动，写个名字就算得到了落实。凡此种种，声势越大，官兵的心理落差反而越大，越觉得党的先进理论虚无飘缈。

二、实现党先进理论宣教大众化应处理好三个关系

所谓大众化，就是适合广大官兵需求。党先进理论宣教大众化就是要从适应广大官兵的需要出发，运用官兵容易接受的喜闻乐见的形式和手段，深入浅出地讲解和阐释党的理论体系，使之更好地为大家所理解、掌握、接受的过程。实现这一过程是一项知识性、系统性、指导性很强的工作，应着重处理好大众化与时代性、大众化与实践性和大众化与庸俗化的关系。

（一）大众化与时代性的关系。不同的时代面临不同的环境和考验，因而党的理论在不同时期具有不同的特点。当前对于宣教党的理论知识来讲，不能以现在的历史环境、世界体系来评判不同历史时期党的理论和方针政策，更不能用西方世界的观点来对党的理论作出评判，而是要站在历史的、发展的、中国的角度来解读党的理论。只有这样，才能理解党理论产生的根源、发展的曲折、成就的斐然;只有这样，才能始终走在时代前列，敏锐把握时代特征，准确反映时代要求；只有这样，才能用党的最新成果认识新情况、分析新矛盾、揭示新规律、解决新问题、总结新经验。不然，就有可能陷入历史和现实的误区。

（二）大众化与实践性的关系。理论的目的在于指导实践，党的先进理论具有实践性的本质特征，它从实践中产生，在实践中发展，以指导实践为目的。因而，在大众化的过程中，要做到“一个立足，四个面向”，即把立足点放在指导部队搞好现代化建设上，面向基层官兵的工作，面向基层官兵的学习，面向基层官兵的生活，面向基层官兵的成长。只有这样，才能发挥理论的指导功能，实现理论的实践价值，满足用党的理论体系武装广大官兵的实际需要。

（三）大众化与庸俗化的关系。大众化就是要以浅显易懂的语言、生动形象的事物、通俗具体的方式，使党的先进理论便于学习、便于理解、便于操作。但大众化绝不是庸俗化，不能以简单庸俗化甚至粗俗化降低党先进理论的科学性和严肃性，而应以军营的风格、官兵的语言、青春的味道、喜闻乐见的方式，保持党先进理论的基本原理和基本观点，使党的理论精神逐渐内化为官兵的观念、意识和素养。

三、以理论的大众化提高党先进理论宣教效果的基本途径

抓好党先进理论的大众化，提高宣教效果，就要架起理论与官兵、政策与官兵之间的桥梁，用理论赢得军心，把理论转化为思想和信仰，用于指导实践、推动工作。

（一）注重培养，加强宣教队伍建设。打铁先要自身硬，提高宣教队伍能力水平是推动党先进理论大众化的重要前提。党先进理论大众化的本质在于用党的理论体系宣传教育官兵、引导提高官兵，这也是宣教队伍的使命和职责所在。因此，在基层宣教队伍建设上，一是要在选人用人上下功夫，确实把一批有一定党务知识、宣教能力、想干愿干的人充实到宣教队伍；二是要在培训上做文章，通过选学深造、日常培养、工作实践等方式提高宣教队伍的工作能力；三是要立足实际做好保障，让宣教队伍在时间上有基本保证，在工作中有基本场所，在物资上有基本设施。只有这样，宣教队伍才能经常深入官兵，及时掌握官兵在实际工作中创造的新经验，进行理论上的概括和升华；及时把握官兵对现实理论的新期待，进行有针对性的解惑释疑，特别是把理论宣传与官兵的实际问题和困难联系起来，让官兵从内心感到党的理论就在他们身边、感到党的理论能帮助他们解决实际问题。

（二）区分层次，做到因人施教。宣教的目的是为了得到受众的认同和响应。党先进理论大众化的对象，也就是教育的对象，而教育对象在社会认知、文化程度、家庭环境、生活状况、工作阅历、兴趣爱好等诸多方面存在着差异。因此，在宣教中，不能“上下一般粗，左右一样平，集体‘一锅煮’”，应该对官兵区分层次，区别不同的对象，采取不同的教育模式和内容。在政治面貌上，应该区分党员和群众；在身份上，要区分干部、士官和义务兵；在知识结构上，要区分不同学历、不同经历的群体。

（三）搞好贴近，实现内容的大众化。理论一旦贴近实际就具有了生命力。因此，贴近实际、贴近生活、贴近官兵是实现宣教内容大众化的一条重要途径。贴近实际，就是理论宣教要贴近基层官兵的实际工作，解答实际问题。贴近生活，就是宣教要贴近基层官兵的实际生活，采用官兵所喜闻乐见的形式，用官兵的语言来阐释理论。贴近官兵，就是理论宣教要关心官兵所关注的问题和切身利益。简单地说，就是要采用适合军人、通俗易懂的语言把理论阐述清楚，把军人所关心的热点难点问题解答清楚，把军人的切身利益问题解决清楚。

（四）多措并举，充分运用各种传媒。媒体是一个信息交流的平台，更是一个宣教的阵地，用主流引领潮流的战场。作为理论宣教者要充分考虑时代条件下广大官兵的心理特点和接受习惯，不断改进理论宣教的形式，充分运用社会和部队的各种传媒，让党的先进理论不仅在语言文字上得到官兵的喜爱，而且在形式上也受到大家的欢迎，以此来增强吸引力、战斗力和感染力。为此，一定要充分发挥报刊的阅读功能，在理论解读上引领官兵；充分发挥广播电台的感知功能，在叙述事实中感化官兵；充分发挥文体活动的聚众功能，在欢快的氛围中熏陶官兵；充分发挥黑板报等小载体的灵活性功能，在一问一答中引导官兵。特别是在网络时代，我们一定要摒弃那种“闭关”思维，采取把官兵与“网”隔离开来的错误做法，而是要主动占领阵地，充分发挥网络的参与功能，把理论宣教融入网络文学、网络游戏、网络艺术、网络信息等之中，做到寓教于学、寓教于乐、入心入脑，让广大官兵在学习工作、生活休闲中潜移默化地接受党的先进理论知识。

（五）就近取材，结合好身边事物。党先进理论演变的过程，也是事物不断演变的过程；党先进理论大众化的过程，也是不断与事物结合的过程。科学实验表明，人对周边事物感知的灵敏度和认同感远高于非周边的事物。在宣教中，还应就近取材，挖掘身边资源，请出官兵身边的人，用自身的感受来阐释理论；讲出官兵身边的事，用自己的事来说明理论；摆出官兵身边的物，用自己的物件来证明理论。

（2013年2月12日）

随笔

美化市容 重在维护

11 月 24 日和 26 日，驻锡某部共投入 7000 余人次对无锡市一些重要路段的环境卫生进行了一次整治，使无锡街道的市容有了较大改观。

然而，在进行环境整治的同时，记者又寒心地看到，刚打扫过的路段，很快又扔上了橘子皮、烟头、塑料袋、废纸，栏杆又蒙上了灰尘、粘上了浓痰和鼻涕。面对如此情景，记者不禁要问：“这样不讲卫生，如何对得起亲人解放军？”

一座城市，不管经济有多么发达，如果让你每天都生活在脏乱差的环境里，你觉得舒服吗？美化市容，重在维护。那么，怎样才能维护好市容，使她“容光焕发”呢？首先，要有全民意识，人人动手打扫，个个自觉维护，养成不随手乱扔垃圾的好习惯。路段上设置的废物箱并不少，几乎每百米就有一个，可里面的垃圾却很少，周围倒有一大片垃圾。这说明市民们还没有“争创双拥文明卫生城”的意识。其次，公路上应增派洒水车。公路上车辆流动大，尘埃乱飞，如果每天洒上两三次水，并且增加清扫次数，会不会好一些？第三，应该加强卫生监督。对破坏环境卫生的人，不能只是简单地罚款了之，对有些人来说，仅靠罚款是达不到目的的。罚他扫大街，擦栏杆，责令其卫生值勤若干时间，是不是可以强化一下他的卫生意识呢？

（原载1995年12月4日《无锡日报》第三版）

警惕“黄毒”下乡

2 月 28 日晚，有位朋友来家中做客。寒暄之后，便到附近某村一个体录像带店租带子。走进去一看，在柜台上摆着的近百盘录像带中，竟有诸如《应召女郎》等 20 多盘“黄带”公然出租。国家三番五次下令“扫黄”，无锡公安等部门也曾多次采取行动，收缴了不少“黄带”，关闭了一些非法录像带出租点，在无锡城里“黄带”

已很难公开见到，可为何乡村倒有如此兴旺的“市场”？记者有意和这个出租点的老板攀谈起来，他不无得意地说：“我们这里不碍事，你们尽管放心看！”

如此看来，农村“扫黄”刻不容缓。出现这种情况的原因，一是大多数农民富起来后，希望满足文化娱乐需要，一些不法经营者便借此推销“黄货”牟利；二是主管部门“扫黄”侧重于城市，而对于农村则没有全面整治、一追到底。因此，出现了“你紧我下乡，你松我回城”的恶性循环，没有从根本上堵源截流，扫除“黄瘤”。

“黄毒”下乡所造成的危害不容低估，清扫下乡“黄毒”，堵截浊流，必须抓紧。

（原载1996年3月18日《无锡日报》第六版）

坚定信念走人生

落榜不可怕，怕的是失去信念。

与一些考生相比，我的经历略有不同。1990 年，我初中毕业时，考上了地区中专。这对于能跳出“农门”的我来说是一个莫大的喜事。可是，由于家境贫寒交不起昂贵的学费，家里又缺少劳动力等诸多原因，我没能走进学堂。上学是为了学知识，不上学难道就学不到知识、成不了才吗？悲痛之余，我抱着一股不服输的劲头，参加了文学函授。在以后两年多时间里，我外出打过工、收过破烂、做过小买卖，但始终没有放弃学习，最终以优秀的成绩获得了函授中专毕业证书，被一家单位聘任为宣传干事。

1993 年 12 月，我抱着考军校重圆读书梦的愿望辞职入了伍。3 年里，我不停地写报道，在经历了一次次失败的挫折后，终于在军内外报刊、电台刊用稿件 100 余篇。第三年，当我满怀信心报考南京政治学院时，却因没有名额而落了空。改报指挥学院，又因心里紧张，射击测试不及格，连考场的大门都没有迈进。3 年的努力付诸东流，马上又面临退伍，就这么回去，怎么有脸见父母？一种羞愧感使一向雄心勃勃的我变得消沉起来。“坚定信念，就能成功！”这时，指导员王天军对我说，“与其消沉让人笑，不如继续奋斗让人看。”指导员的话正中我的心。我想：以前自己无钱上学时尚能发奋苦读，难道现在反而服输了吗？既然向成功迈出了第一步，为什么不坚持走下去？

我重新振作起来，拿起了久违的笔。年底，部队考虑到我的实际情况，破例把我这个既不是班长也不是党员的战士留了下来。准备今年再考警校的我，却由于超龄连报考的资格都没有了。这一次，值得骄傲的是我不但没有气馁，反而激起了拼搏的勇气：我利用3天业余时间学会了微机操作；与部队新闻干事一起创办了部队第一张《卫生报》；几次荣获全国征文奖，成了部队和驻地小有名气的“小秀才”。一些用人单位得知我的情况后，纷纷发来了聘书。

我这一生也许再也跨不进大学的校门，但我坚信，上大学是通向成功之路，但绝不是仅有的一条。只要有坚定的信念和追求，成功的大门始终是敞开的。

（原载1997年9月13日《人民武警报》第三版）

不敬，何以为孝？

近日，在一辆公共汽车上，遇见一老翁指责儿子不尽孝道。儿子大呼冤枉：“我怎么就不尽孝了？我每月都给你一千元钱的生活费，这可不是一笔小数目啊。”父亲气愤地说：“可你从来就没有到我住的地方看过我，就是每月给我的钱，也是我站在你的别墅区铁栏外，你叫一个保姆送出来，从不让我进你的家门，这是一个儿子应尽的孝道吗？”车到一小站时，我下车了，而父子俩还在争吵，也不知是父亲说服了儿子，还是儿子说服了父亲。

给钱就是孝，这是目前大多数年轻人，也是少数中老年人的观点，他们甚至为之四处宣扬，唯恐别人不知。这不禁让我想起了小时候母亲对奶奶的孝道。我出生于20世纪70年代，从我记事起也就是仅仅能吃上饭。那时，奶奶已有70高龄，牙齿基本上都已脱落，吃东西都是要很软的。虽然奶奶有三个儿子、四个女儿，可她仍然坚持要自己单独做饭吃，为的就是自己吃什么就烧什么图个方便。奶奶一个人，没有时间观念，烧饭总是比别人晚。因此，每遇家里做的饭菜比较松软，母亲总要叫我给奶奶盛一碗，尔后她亲自送过去。如果奶奶还没生火，就请奶奶到我们家吃饭。几年后奶奶去世了，临终时她对我说：“你母亲真孝道，你要好好学着。”我那时尚小，不明白什么是孝道，心想，不就是一碗米饭吗？现在，我明白了，奶奶之所以感动不仅是因为母亲的一碗米饭，而是因为母亲时刻想着她、敬着她。

《论语·为政第二》里面记载着这么一件事：一日，子游问孝，子曰：“今之孝者，是谓能养。至于犬马，皆能有养。不敬，何以别乎？”意思是讲现在所说的孝，主要是指能养活父母，但狗和马也能得到饲养，如果不尊敬父母，区别在哪里呢？可见，古人对尽孝道早已有了深刻的体会和理解。而环顾我们身边的一些人和事，却不得不让你惊奇。一些无论是“发”起来的人家还是正准备“发”起来的人家，家里养着宠物，清晨要早起陪着它到公园里溜溜，生气了要抱在怀里亲亲，喊半天的“乖乖”，吃的是几家专卖店择优选购的精致食品，还尤恐有差错，冷了要给它穿上保暖服，热了要放在空调房，脏了要洗洗澡，夜晚要抱着睡觉，定期为其体检。为免其孤独，还得煞费苦心为其找一个称心的配偶，真是殚精竭虑，乐此不疲，可谓视之如“再生之父母，人生第二伴侣也”。

对宠物如此，对待自己的父母更应忠孝有加吧？且慢，“我没空，忙着呢。”“太累了，随便吃一点吧。”“啥，还要找老伴，简直人老心不老，还这么花心，让我们做儿女的怎么见人。”“都这么大岁数了，还要叫我们晚辈的操心，你就不能知趣点。”充斥于耳的此类话语恐怕并非一两处所闻吧？人有别于动物是因为有感情，需要理解，需要精神上的抚慰。动物之所以为动物，是因为有吃就是主。而这种将父母与动物倒置，不尊重父母意愿，“敬”而远之的做法，真不知是为谁尽孝，又该为谁悲乎！也难怪《常回家看看》唱得最动听者老年父母，眉开眼笑者年轻人啊。

（原载2002年11月5日《江南之声》）

我们需要什么样的“开放”与“隐私”？

在当今媒体和老百姓当中讨论得最多的无外乎两点：性开放；隐私。

无可否认，改革开放使我国步上了繁荣昌盛之路，但性开放思潮的涌入给我们带来了什么？打倒了枷锁在妇女头上的贞节牌坊，讽刺了坚贞不屈的烈女们，又失去了梁山伯与祝英台的爱情佳话。随之而来的是坐台小姐、三陪女、情妇、二奶、性伙伴开始流行。白领人士首开了男女合租套房的先例，一夜情也成为津津乐道的时尚。无才无能之女也跟随而进，让笑贫不笑娼成为社会风尚。有人觉得似乎还不够开放，又大爆儿童恋、师生恋、同性恋、婚外情、性生活手记，并以此为荣，大加炒作。又有裸体表演艺术、美女身体写作为之助阵。这些好像还没有引起足够的轰动，与世界接上轨。于是又有人说，这主要是因为缺乏大师级的人物为之宣扬，要求有风流艳史方能与古之贤人齐名。让人遗憾的是如今我们什么也没有看到，得到的却是几百万的艾滋病感染者和逐年递增的离婚率，这大概是性开放带来的最为辉煌的战果。无需去指责，因为我们现在处在与国际文明接轨的时代，需要太多的人文关怀。我们可以给嫖娼者免费发放避孕套，可以让艾滋病人享有正常人的权利不受歧视，以让我们的性更加开放乃至“发扬光大”。与之相对应的是，不少有识之士每日振臂高呼保护儿童的隐私权。因为儿童处在成长期，需要有自己的秘密方能健康成长，方能得到作为一个人的尊重。于是，当儿女发现自己的日记被父母看过后，就感到受到了极大的耻辱和委屈。与父母反目成仇者有之，离家出走者有之，将父母告上法庭者有之，自杀者也不时见诸报端。此时，每每必有人站出来高呼几声。儿童究竟有多少不能让父母知道的隐私有如此之重？我不知道。当儿童都把自己的秘密锁进日记，不告诉父母，不告诉老师，我们这些做父母与为人师表者还怎样去开导、去引导、去教育他们？一方面我们在呼吁培养好我们的下一代，一方面却不让我们去了解他们，而是去放纵他们，这也真难为了我们的教师和父母。

大人在开放不该开放的东西，儿童在保守不该保守的隐私，谁之过？媒体？名人？还是当今自我标榜、盲目跟随、没有底蕴的流行文化？

（原载2002年12月3日《江南之声》）

突出一个“军”字

军队是由不同地区、不同职业的公民组成的一个特殊团体，军营文化作为部队建设的一部分，应该具有独特的魅力，突出一个“军”字，赋予特有的阳刚之气。

从开展军营文化的目的来看，应该体现在为战斗力服务上。打仗时，它应该是鼓舞士气的号角；和平时，它应该是陶冶官兵情操的烛光；紧张时，它应该是调剂官兵情绪的良药；顺境时，它应该是警醒官兵的钟鼓。

从军营文化的特点来看，军营文化应该注意适应青年官兵富于思考、活泼好胜的性格。军营文化要顺应青年人的天性，就要积极排演一些竞争性强、拼搏性强、进取性强、容易激发官兵集体荣誉感的节目。特别是要与时俱进，紧密联系实际，举办一些既讲知识、讲团结，又能张扬个性的文化。

从军营文化的群体来说，它应该利于大多数官兵的参与。只有这样，军营文化才具有活力。如果一项活动仅有少数人参加，大多数人当观众，这种表演式的文化一次两次也许还可以，多了大家就会产生厌烦感。因此，除一些专业性比较强的文化活动外，军营文化的开展应当把参与官兵的多少作为参考系数。尤其是基层单位，应该多搞一些人人可参与、人人都能露一手、人人都能学一点的文化活动，尽量少搞一些作秀式的、只有极少数人才能参与的活动。

从军营文化的出发点而言，也要劳逸结合，利于休养。休养有精神上的放松，也有体力上的恢复。军人长期处于一个严肃、紧张的环境，体力消耗强度大，精神长时间处于兴奋状态，容易产生疲劳。如果将文化活动见缝插针地贯穿进去，进行调剂，不仅能活跃气氛，使官兵在体力劳动后全身松弛，脑力劳动后思想放松，也能展示官兵良好的精神风貌，为更好地工作积蓄力量。

（原载2003年1月24日《解放军报》第二版）

守住自己的精神家园

“一个人一定要守好自己的精神家园。”这是丁晓兵经常告诫官兵的一句话。为了守好自己的精神家园，保持共产党员的本色，这位从老山前线下来的战斗英雄，经常来到烈士陵园，面对为了祖国、为了人民群众而长眠于此的革命前辈和战友，一遍又一遍地追问自己：对党是不是尽忠，对事业是不是尽责，对官兵是不是尽心。在烈士面前，金钱的诱惑，工作的困难，人生的挫折，此时都豁然归于平静。他说：“我们要像守阵地一样守好自己的精神家园。”

守好自己的精神家园，一句很朴实的话，却不是每个人都做得到。胡长清、陈希同、王宝森、王怀忠，这些受党教育多年的高级干部，就是因为没有扎紧自己精神家园的篱笆，最终由人民的公仆蜕变成人民的“主人”，由人民的功臣沦为了人民的罪人，不能说不可惜，不能说不让人感到震撼。一杯酒、一支烟、一顿饭，这些看似不起眼的小事，往往会成为打开我们精神家园大门的敲门砖，招来苍蝇和臭虫。

要守好自己的精神家园，就必须有能受益一生的精神支柱。丁晓兵忠贞为国的奉献精神，李国安一心为民的服务意识，柏耀平积极适应新军事斗争需要的使命感，郑培民把党的事业看得高于一切的崇高追求，汪洋湖工作就是人生的坚定信念，如同擎天大柱撑起了他们坚强的脊梁。这些精神支柱，虽不能像“超女”一样受人追捧，也不能像明星一样时刻成为焦点，但是它们却是人生的根基，是立身做人的根本。失去了这种精神支柱，我们的人生将变得平庸；失去了这种精神支柱，我们的工作就失去了向上的动力；失去了这种精神支柱，我们的生活将黯然失色。

要守好自己的精神家园，就必须分清什么是对精神家园的不良侵蚀，什么是对精神家园有益的更新。如果说，人的精神家园好比是一台电脑，那么，当我们接上互联网的时候，面对五彩缤纷的信息，就应该有选择地储存内容。有的文件包看似很精彩，比如泡沫影视、流行音乐、虚拟游戏，等等，实质占用空间大，留之并无益处，有的甚至还带有病毒。而有的文件包看似很平常，甚至难以经常浏览，却是维持电脑正常运转的必备程序，有的还是提升电脑功能的升级产品，对于这样的信息，不仅要及时吸收，还应搞好备份，建立好防护栏，防止感染病毒。

守住自己的精神家园，守住自己的人生，守住自己的信念，你的人生不一定很精彩，但必定是满眼的鲜花。

（原载2006年8月1日《江南之声》）

把一滴水融入大海

“我们每一个人好比一滴水，而部队好比是一片大海，你不能只把自己放入大海，而要把自己融入大海，这样你才能真正做到与大海同频共振。”这是丁晓兵对一位指导员说的话。

这位从地方大学入伍的干部担任指导员之初，卷起背包就住进了班排，与战士实行“五同”。可是，两个月过去了，他上的教育课大家不爱听；他找战士谈心，战士不愿说心里话；劳动施工，大家不愿意与他共抬一担土。官兵说，他上的课旁征博引却说不到大家的心里去；与他交流，听到的都是他一个人在高谈阔论；同他搞个小比试，他非要赢了才罢休。

这使我想起了前几年的一个话题：一滴水怎样才能不干涸？当时，很多同志在经过一番论证之后终于得出了一个共识：把它放入大海。然而，放入大海的水果真就不会干涸了吗?

这位指导员把自己放在兵中，犹如把一滴水放进了大海。然而，他身在兵中，却融不进兵中，不知道官兵在想什么，需要什么，以自己的意志行事，致使官兵很难在思想意识上接纳他，造成了心理上的疏远。

心理上的疏远是最大的疏远，世上从来没有因为心理上的抗拒而真正融合在一起的事物，即使貌合也会神离。像这名指导员一样，刚毕业的排长、新任主官，甚至刚上任的班长都或多或少、时间或长或短地存在着在单位我是主角，大家是配角，是大家适应我而不是我适应大家的错误思想认识。

存在这种错误思想的原因看似多种多样，但归根结底只有一个，就是官本位思想：在单位谁都不大我最大，谁都不对我最对，谁都不能我最能。因此，看待事物，不走群众路线，而是一语定音；主持工作，缺乏大局观念，“运动、跟风”思想严重，总想一蹴而就、一夜成名；开展工作，不统筹协调，处处显得高人一等、出人一头，急于得到大家的认同，树立自己的权威。结果，往往是搬起石头砸自己的脚。

把一滴水放入大海，只不过是一个前提，而不能融入大海，停留在大海的表面，在日晒风吹下，它能支撑多久?如果把它融入大海，它就能与大海成为一个整体，与之共存，形成生生不息的力量。丁晓兵在各个时期都能够被官兵称为时代的英雄，正是因为他从不把自己当做一个战斗英雄享受“特权”，而是把自己作为一名时代的军人融入到部队这个大家庭当中，所以才赢得了官兵的信任和爱戴，取得了骄人的成绩，官兵们甘愿与他在建设部队中同甘苦共患难。一滴水是这样，带兵是这样，为人、做事同样是这样。在生活中，群众就是大海，无论你身居何位、官居何职，只要权为群众所用，利益为群众所谋，情为群众所系，群众就会接纳你、支持你。反之，谁把自己凌驾于群众之上，谁就会失去群众提供生息的“源泉”，被人民群众所抛弃，最终从群众的心目中“蒸发”。一个人是这样，一个群体也是如此。纵观我党的发展历程，党之所以能从弱到强，无不是紧密联系群众，表达人民的意愿，反映人民的心声，始终与中国人民融合在一起。正是这种融合，才使我们的党走过了辉煌的岁月，也正是这种融合，才能成就我们党更加灿烂的明天。

（原载2006年8月2日《江南之声》）

做一只辛勤的蜜蜂

战士孙瑞金从医科大学毕业后到了部队，他想到卫生队工作，发挥自己专长，更好地为官兵服务。连队干部批评他不是一块革命的好砖，是利己主义。小孙背上了沉重的思想包袱，意志消沉。“是不是好砖，要看有没有放对位置，瓷砖好看只能做装饰用，火砖粗糙却是建高楼大厦的好料。”在丁晓兵的建议下，小孙如愿以偿地当了一名卫生员。小孙不孚重望，成了全师第一个拿到全国医师执业资格的战士，成了一名技术骨干。“带兵人不要做苍蝇，总盯着战士的缺点不放，而要做蜜蜂，善于发现战士的闪光点。”在丁晓兵的关心下，又有十几名官兵到了能够发挥自身专业和特长的岗位工作。

人，都是有缺点的。眼下，不少干部之所以感到兵难带，就是自觉不自觉地把自己当成了一只苍蝇，总是盯着战士的缺点不放，对战士表扬得少，批评得多，对战士肯定得少，否定得多，结果战士越干越没劲，越干越郁闷，本是鲜鸡蛋，结果也给盯成了腥臭源。

作为带兵人，就是要把自己当成一只蜜蜂，把每一个战士当成可以酿出蜜的鲜花，不停地去采撷、去酝酿。这种采撷的过程，其实就是对战士激励的过程。“水激石则鸣，人激志则宏。”唐代李筌在《太白阴经·励士篇》中也讲到，“激人之心，励士之气，发号施令，使人乐闻；兴师动众，使人乐战；交兵接刃，使人乐死；其在以战励战，以赏励赏，以士励士。”这种激励其实就是对战士的肯定和表扬。社会心理学家在对表扬的作用作了实验调查后认为，正常情况下，一个人没有受到表扬，个人能力的发挥仅达到20%—30%，在受到表扬的情况下，能力的发挥将达到80%—90%，甚至更高。可见，鲜花因为蜜蜂不停的采撷而开得更艳，战士也将因为价值的被承认而干得更好。

蜜蜂之所以受到鲜花的欢迎，不仅仅是它肯定了自己的价值，酿出了大家都喜爱的蜂蜜，还在于蜜蜂为鲜花授了粉，才使得花凋零之后，还结出了累累的硕果。作为带兵人，在带兵的过程当中，也不能仅仅停留在表扬上，还应经常为战士“授粉”，提高战士的工作能力和作战水平，提升战士的思想觉悟和生活修养，使我们的战士在工作、生活和学习当中也孕育出有自己特色的果实。

（原载2006年8月3日《江南之声》）

在一滴水中审视自己

有首诗这样吟："锄禾日当午，汗滴禾下土。谁知盘中餐，粒粒皆辛苦。"有首歌这样唱："勤俭是咱们的传家宝，社会主义建设离不了。"有句话这样讲："克勤于邦，克俭于家。"勤俭是一种素养，一种美德，一种品质。

2003年，在安徽寿县抗洪大提上，经历了一场奋战的官兵又累又渴。一名战士抓起一瓶矿泉水喝下一大半，随手把瓶子扔在大堤上。站在一旁的团政委丁晓兵看见了，没有接通讯员递过来的水，而是径直拿起战士扔弃的矿泉水一饮而尽。

一名团政委，喝一名战士扔弃的矿泉水，在别人看来无论是从矿泉水本身的价值，还是从政委的行动来看似乎都有辱自己的"尊严"。然而，丁晓兵在这一口水中看到的却是肩上的责任。正如他所说："我们的战士扔掉的不是一口水，而是尊重劳动人民、尊重劳动成果的传统美德，扔掉的是勤俭节约的革命传统，战士没有教育引导好是我的失职。"

在这一口水中，丁晓兵审视了自己的职责。面对出现的问题不回避，不推诿，而是思己之过，从群众的问题反思自己的不足。然而，有多少时候，我们共产党员、我们的人民公仆在一举手、一投足中审视过自己？

不拿群众一针一线，群众拥护又喜欢。历史一再证明，无论是集体还是个人，谁维护群众的利益，群众就拥护谁。作为一名党员、干部，尤其是基层的党员、干部，在生与死的考验中我们或许都能站在第一排，可是在日常生活中，我们却做得怎么样呢？在伙房拿点东西，叫炊事班炒个小菜，用公费购买私人小物品，在我们党员、干部身上还是屡有发生。可能有的同志会说："这算什么呀？哪个单位每天倒掉的饭菜还不够我拿呀。"的确，有的单位每天浪费的东西是不少，但不正是由于我们党员、干部没有带好头，群众才跟着"跑冒滴漏"吗？不正是因为我们党员、干部履职不力，才没有树立起良好的风气吗？不正是因为我们的党员、干部自身要求不严，才欲问罪而羞于言吗？群众关心国家大事，但更关心事关己利的小事。他们正是从这些吃一点、拿一点、浪费一点的小事中来观察我们的党员、干部，又通过身边的党员、干部来看我们党和国家的方针政策。所谓一滴水见阳光，我们不仅要让群众从这滴水中见到阳光，自己更要在阳光的照射下反观我们身后的影子。

（原载2006年8月4日《江南之声》）

彰显共产党人的人格力量

胡主席在十八大报告中语重心长地说："教育引导党员、干部模范践行社会主义荣辱观，讲党性、重品行、作表率，做社会主义道德的示范者、诚信风尚的引领者，公平正义的维护者，以实际行动彰显共产党人的人格力量。"

胡主席的这段讲话，深刻揭示了人格力量的重要性。从南湖红船到十八大召开，从南昌城头的枪声到天安门城楼的庄严宣告，从民族独立到复兴之路，共产党人正是凭借着人格力量，凝起民心，聚起力量，取得了一个又一个胜利。然而，在党的事业继往开来之际，我们也要清醒地认识到，在当前国际国内形势发生深刻变化的时代背景下，胡主席提出彰显共产党人的人格力量，不仅是对共产党员最根本的政治要求，更是增强党性、保持党的先进性和纯洁性的重要措施，是实现党所肩负的历史使命的现实需要。

彰显共产党人的人格力量，就得有精神。毛主席说："人总是要有一点精神的。"这种精神是信仰的坚守，是事业的进取，是人格力量的基因。"空谈误国，实干兴邦"。正是有了这种精神，延安窑洞的灯光才照亮了中国；正是有了这种精神，小米加步枪的装备才挺起了中国人的脊梁；正是有了这种精神，中国的声音才引起了世人的关注。作为新时期的共产党人，继承这种精神，我们就要始终把组织的需要当成个人的追求，把上级交给的任务当成自己的义务，把工作赋予的职责当成自己的事业；发扬这种精神，我们就要始终在学习研究中不断提高理论修养，在履职尽责中不断丰富实践经验，在创新进取中不断完善工作方法；贯彻这种精神，我们就要始终脚踏实地，为部队建设出更多的力、流更多的汗、奉献更多的岁月，实践自己在党旗下的誓言。

彰显共产党人的人格力量，就得重品行。品行决定道路，道路决定命运。11月15日，习总书记在十八届中共中央政治局常委同中外记者见面会上讲："全党必须警醒起来。"17日在十八届中共中央政治局第一次集体学习时再次说道："我们要警醒啊！"习总书记三天内两次提到警醒，要我们党员、干部警醒什么？党的十八大报告提出："精神懈怠危险、能力不足危险、脱离群众危险、消极腐败危险更加尖锐地摆在全党面前"；"朝气消而暮气生，锐气遁而惰气深、清气降而浊气升"。精神家园的失守，导致了品行败坏，致使陈良宇、薄熙来等一批共产党人走到了党和人民的对立面；精神家园的坚守，胸怀为国为民的理念，成就了杨善洲为民做事的宏愿和王伟愿将此身献边陲的理想。人都是有欲望的，然而，人的欲望是无止境的。我们每个共产党人面对自己的欲望和个人手中的权力，都要常扪心自问自己是否正确处理了“到站”与“到位”、“年限”与“奉献”、“名利”与“名声”的关系，思想上是否产生了生活待遇上比好不比差、职务提升上比快不比慢、工作任务中比轻松不比辛劳的想法，从而时刻警醒着自己去思索和领悟为草当如兰、一尘不染香到骨的品质，为木当如松、两袖清风照汗青的品格。

彰显共产党人的人格力量，就得做奉献。如果你是一盏灯，你是否照亮了前行的路？如果你是一堆篝火，你是否温暖了周围的人？如果你是一棵小草，你是否固守了脚下的一寸土地？对共产党人来讲，与其说这是对人生的追问，倒不如说是对共产党人是否敢于牺牲自己、奉献他人的考量。

11 月 25 日 9 时，在我国制造的舰载机歼 – 15 在“辽宁”号航空母舰上成功降落和起飞后，中华儿女无不拍手欢庆、倍感自豪。然而，作为歼 – 15 舰载机研制现场总指挥的罗阳却因劳累过度牺牲在岗位上。才见霓虹君已去，英雄谢幕海天间。罗阳留给亲人最后的一句话是：“任务都已完成，很欣慰。”他以年仅 51 岁的生命，铸就了“国有重器，以命铸之”的铮铮誓言，打破了西方“五年内中国战机上不了舰”的预言，使中国人又一次挺直了腰杆。百万网友自发在网上设置灵堂，用根根白烛寄托哀思，点亮自己爱国奉献的心。

毛主席在《为人民服务》中说：“‘人固有一死，或重于泰山，或轻于鸿毛。’为人民利益而死，就比泰山还重；替法西斯卖力，替剥削人民和压迫人民的人去死，就比鸿毛还轻。”作为一名基层党员，我们或许做不成罗阳耗尽毕生心血成就的伟业，但我们可以像张思德那样，在自己的岗位上“多干让人民满意的好事实事”，散发自己的一分光、一分热，让老百姓真真切切地感受到中国共产党始终是全心全意为人民服务的党，共产党员始终是“春蚕到死丝方尽，蜡炬成灰泪始干”的奋斗者。

彰显共产党人的人格力量，就得讲团结。曾经有这么一幅关于《拉车》的题字画，画的是大雁把车往天上拉、马把车往前拉，鱼把车往水里拉，牛把车往后拉。结果，尽管大家尽心尽力，车却一动也不动。这幅画深刻地揭示了一个道理，团结是干事、成事的根本前提。对党的组织来说，团结是党领导各族人民取得事业成功的秘诀；对于党的领导干部而言，懂团结是大智慧，会团结是大本事，真团结是大境界；对于党员来讲，团结是“海纳百川，有容乃大”的开阔心胸、是有修养的表现，是为人处世的睿智，是衡量综合素质和党性修养的一个重要标志。所以说，作为一名共产党人，团结是一种本领、一种修养、一种胸怀、一种品德。讲团结，首要的是贵在一个“诚”字。就是要真诚相处、坦诚相见，做事就能享受到成功的喜悦，做人就有一个和谐的环境。关键的是要学会“包容”。要有“宁可人负我、不可我负人”的气量，以责人之心责己，以恕己之心恕人。主要的是敢于“坚持原则”。把原则作为团结的基础，作为团结的根本保障，让清风正气始终成为工作的“主旋律”、生活的“营养餐”和学习的“主基调”。

彰显共产党人的人格力量，是每一个共产党人的终身课题。这个课题需要我们用行动去破解，用一生来完成。

（原载2013年1月23日《部队之窗》）

送你一颗平常心

不想当将军的士兵不是好士兵，将军梦使得热血男儿豪情满怀；边关的冷月，金戈铁马，驰骋沙场，激情与拼搏使得青年人为之向往；自动化、信息化、科技化，建设强大国防使不少有志青年为之振奋。

有理想、有抱负、有追求，希冀在军营这片热土实现自身的人生价值，是青年人的骄傲，也是我军勃勃生机的发展之源。然而，事有所分。军营毕竟是一个有着特殊需要、特殊要求的特殊集体，服从是军人的天职，也许因为工作岗位的要求，你的才能无法得到发挥；也许因为任务的需要，你的愿望无法得到实现……也许，太多的也许都可能阻碍或是击碎你的梦想。因此，带着理想进军营，在军营保持一颗平常心，顺境中不自得，逆境中不沮丧，会使你始终保持一种理性的思维，扬起前进的风帆。

保持一颗平常心，有助于在生活中冷静地看待事物，不埋怨、不迷惑，克服盲目攀比带来的精神压力。虽然同在军营，但有的战士来自沿海开放城市，有的战士来自较为闭塞的地区。家庭收入的差距、地域文化的差异，思想意识形态的差别，会使你发现周围的战友有各种各样的生活表现及方式。有的善言而灵活，有的循规蹈矩；有的花钱用物从不计较，出手阔绰，有的则勤俭节约，看重一分一毛；有的朝气蓬勃，尽显青年人朝气，有的较为粗犷，不合礼仪。这些都是军营中存在的现象。有了一颗平常心，你就会觉得其实军营就是一个缩小的社会，你就不会再为此而困惑，也不会因为人与人之间的差别而感到不解了。这样你就会保持一种无而不丧、有而不恃的心态，在生活中处理起事来才可能信近于义，言可以复，恭近于礼，而远羞耻。

保持一颗平常心有助于正确对待革命分工，专心致志干工作，克服急功近利、一蹴而就的急躁情绪。军营是一个汇集各种岗位的大集体，就基层连队而言也有近10种岗位。不可否认，有的岗位由于其特殊性，容易引起领导的重视和关注，甚至得到领导的直接指导和帮助，也容易出成绩。而有的岗位由于人数众多，相同的岗位也多，相对难以突出。但是，在部队无论哪一个岗位都是历经寒暑方闻梅花香，想举手就能干出成绩来是不现实的。何况，三百六十行，行行出状元。而有的战士却没有认识到这一点，一旦发现军营不是自己所想象的那么理想，一旦觉得部队的岗位根本不适合自己，一旦感到自己的才能得不到发挥，便心生退意。甚至当许多高学历的战士在训练场上不如低学历的战士时，他们常会感到英雄无用武之地，失落感常会袭上心头。其实，部队每一个岗位都是不可或缺的，都需要优秀的人才。只要你能保持一颗平常心，把心思用在工作上，而不是怨天尤人；把精力用在提高上，而不是安于平平淡淡；把苦功下在突破上，而不是抱残守缺，相信我们的领导是有识才之眼、用才之能、荐才之德、容才之量、护才之魄的。

保持一颗平常心有助于在学习上谦虚谨慎，丰富各类知识，克服心高气傲和浮躁心理。随着兵役制度的改革和社会前进的浪潮，大学生当兵、带着一技之长入军营已不是什么新鲜事，而有才就傲、有能便骄却是时下许多人常犯的一个通病。有的人瞧不起身边战友，一意孤行；有的人妄自尊大，自以为是。其结果往往便是失去身边战友，造成德孤无邻的尴尬境地。其实，三人行，必有我师。拥有一颗平常心，你会发现，知识是你的专长，体能又何尝不是人家的看家本领。你打得准，口才难道就不是一种制敌的武器？不为自己的知识所累，不为自己的特长所累，不为自己的小获所累，你会感到军营的天地一片宽广，每一个人身上都有你所不具备的优点，都有你可以学习借鉴的地方。博学而笃志，切问而近思，采众人之所长，补自身之所短，学问都在其中啊。

（原载2013年2月22日《警营文学》）

讲稿

在服务集体中实现个人价值

这是一张相机存储卡，它因为能够储存数据而发挥了自己的作用，从而实现了自己的价值。大家想想，这张存储卡一旦脱离相机，会是什么结果？它不但失去了应有的地位和作用，而且还成了影响环境卫生的垃圾。这张存储卡是这样，我们人也是这样，如果犯个人主义，离开集体怀抱，也容易失去自己的地位和作用，很难实现自己的人生价值。今天,我就“在服务集体中实现人生价值”和大家共同进行探讨。

一、人生价值在集体主义中得以体现

《士兵突击》在电视台播出后，在社会上流行一种现象叫“许三多现象”。是什么让许三多成为大众的焦点？

应该说是许三多“不抛弃、不放弃”的集体主义信念感动了我们。那么，这和他人生的价值在集体主义中得以体现有什么关联呢？有一个故事可以说明一些道理。这是一张 5.12 汶川大地震后得以生还女生的照片。地震后，在四川广元市的木鱼镇，五位女同学被压在了天花板底下，她们大声呼喊着“许三多”的名字等待救援。大家想一想，为什么这五名女生不是在叫聪明帅气的成才，而想到的是许三多呢？面对媒体的采访，她们是这样说的：“我们相信‘不抛弃、不放弃’的集体主义信念，它给了我们精神上的支撑，许三多是值得信赖的人。”许三多是值得信赖的人，是因为他为了集体的利益可以牺牲自己的一切，所以，他成为了五名女生心中集体主义的象征。人的价值还需要多大呢？信任的价值是无法用金钱去衡量的。而这种价值还给人以生存的希望，这是最大的真、最大的善、最大的美。由此可见，弘扬集体主义，不仅是体现人生价值的需要，更有着无穷的社会价值。接下来，我们就来分析一下弘扬集体主义精神与人生的关系。

二、弘扬集体主义精神与人生的关系

什么是集体主义？集体主义体现了社会主义生产关系，反映了劳动人民的整体利益，是国家利益、集体利益和个人利益的有机结合，保证了个人正当利益和个人才能的充分发挥。通俗一点说，集体主义就是把个人的利益与集体的利益相挂钩，共进退、同荣辱。

（一）集体主义精神使人生得以健康成长。人生的理想好比是一粒种子，这粒种子播在什么样的环境中，决定了它吸收的营养成分，营养成分决定了这粒种子能否发芽和今后的成长状况。我们都熟悉“孟母三迁”的故事：孟子幼时父亲就去世了，他的母亲为了让孟子有一个好的学习成长环境，三次迁居，孟子最终在良好的学习环境中成长为一个大学问家。这说明环境对一个人成长的影响很重要。集体主义也是一种环境，它是一种精神环境。在一个集体主义精神很浓厚的环境里，我们能够得到滋养和熏陶，有助于个人的健康成长。我们特勤连战士陈群入伍后，班长告诉他：“我们连是个先进连队，争第一、扛红旗是我们的传统，我们每一名战士绝对不能给连队抹黑。”于是陈群暗下决心，自己也一定要争第一，扛红旗，绝不给连队抹黑。军事训练他发奋刻苦，军事素质突飞猛进。四百米障碍训练过高墙一般的程序是加速、起跳、踏蹬、双手扒墙、挂腿，然后翻身过去。而陈群呢，只见他一个纵步，右脚利用左脚踏蹬的弹力踩上墙头，“嗖”的一下踏墙而过。年底，参加集团军侦察尖子比武，他夺得了第一名。第二年当上班长后，他同样教育本班的战友要用自己的行动为连队争光，绝不能给集体抹黑，年底，全班参加军事比武，获师侦察专业第一名。第三年，他代理排长，带领全排参加集团军侦察专业考核，5 个专业 5 个第一。他所带的兵先后有 15 人当了班长、入了党，立了功，自己也荣立个人二等功提了干，连队不断涌现着争先进、赶先进的热潮。陈群在排长的位置上工作了 4 年，排里 3 次荣立集体三等功，1 次集体二等功，先后有 8 名战士考上军校或破格提干。陈群的事迹说明，在一个先进的集体，战士成长相对较快，进步就大。同样一个道理，只有我们大家都为集体着想，以集体的利益为自身的利益，以集体的奋斗目标为自己的奋斗目标，以集体的荣誉为自己的荣誉，时刻想着集体，集体才会有所发展；而在集体发展的同时，他自己也在发展，在集体获得荣誉的时候，荣誉同样也降临到他的身上。所以说，一个人只有将自己融入集体之中，时刻想着集体，关心集体的利益，才能使自己成为一个有用的人。

（二）集体主义精神使人生价值得以升华。一滴水怎样才不会干涸？有人说把它放在瓶子里，有人说把它放在真空里，但最后这滴水都干涸了。那要怎样才不会干涸呢？要把它放在大海里。只有它与大海成为一个整体，与之共存，才能形成生生不息的力量。一滴水是这样，人生也是这样。只有在集体中，个人的力量也才会像一滴水在波涛汹涌的大海中一样得以体现，实现自己的价值。雷锋，一名只走过了22个春秋的年轻战士，为什么会成为一代又一代人学习的楷模？为什么雷锋能成为解难救困的代名词？为什么国家会把3月5日定为“学雷锋日”并号召人们身体力行地对他进行纪念？雷锋甚至于还走出国门，登上了崇拜英雄的美国西点军校的大堂。雷锋没有做过惊天动地的大事，他所做的都是一些端茶倒水、打扫卫生、扶老携幼之类的日常小事。但是在这些小事当中却蕴含着雷锋“为人民服务”的人生理念，并使得雷锋的人生价值在为人民服务的集体主义精神中得到了体现，实现了“我要把有限的生命用在无限的为人民服务当中”的人生追求。因此，一个人，只要把自己融入到集体当中，利益为集体所谋，情为集体所系，集体就会接纳你、支持你，为你实现人生的价值提供广阔的人生舞台。相反，如果谁把自己凌驾于集体之上，犯个人主义，不但实现不了自己的人生价值，还有可能被钉在历史的耻辱柱上。去年3月25日，原中央政治局委员、上海市委书记陈良宇在天津受审。是什么让人民的一位公仆沦为人民的罪人？让我们以两个小故事来回顾一下陈良宇的人生轨迹。陈良宇刚任区委书记时，父母“文革”时被没收的公寓楼没有按照政策得到落实，一家人仍然挤住在68平米的筒子楼里。他对父亲说：“我的权力是人民给的，你们不要找我办私事，也不要打着我的名义找组织解决困难。”当了市委书记后，儿子所在单位上海足联请陈良宇吃饭，饭后用的是单位特办的金卡结账，陈良宇就问对方：“我儿子是不是也有这样的金卡？”对方立即给他儿子办了一张。原来是主动提醒家人不要打着自己的旗号找组织解决困难，陈良宇为集体的利益着想获得了人们的肯定，这是他进步的阶梯；后来他主动伸手捞取利益满足个人和家庭的私欲，陈良宇又为自己打开了耻辱的大门。可见，集体主义精神的强弱与人生价值的大小是成正比的。

三、弘扬集体主义，抵制个人主义的影响

（一）什么是个人主义？

个人主义，是以个人私利为根本出发点和归宿的思想体系及道德原则。个人主义与集体主义是相对的，它认为个人先于社会和国家而存在，个人是本源，社会和国家都是为个人服务的，都是保障个人利益的。

个人主义的特征是：一切以个人为中心，从个人出发，把个人价值看得高于一切，把个人的特殊利益凌驾于公共利益和他人利益之上，甚至为达到个人目的，不惜损害和牺牲公共利益及他人利益。某电子对抗团正连职参谋叶某，过分看重物质待遇，不安心部队工作，擅自到地方兼职捞“外快”。从2003年7月起，他先后将8份绝密文件、8份机密文件、34份秘密级文件资料通过互联网出卖给了境外某间谍机关。电子对抗团是高技术一线作战部队，然而，他为了个人的私利，置国家的安全于不顾，置战友的生命于不顾，在他的心中，只有一个概念，那就是：老子天下第一。

那么，弘扬集体主义，抵制个人主义的影响，它的意义有哪些呢？

（二）弘扬集体主义与抵制个人主义的意义

1、有利于正确理解个人价值与集体的关系。有的同志可能会讲："在集体里面，我的目标与集体是一致的，但是我并没有达到个人的目标，我的价值在哪里体现呢？"的确，在集体这个环境里，并不是每一个人都能达到自己的目标。是不是人生达到了一个目标就算成功，人生的价值就算得到了体现，而达不到人生的目标就是失败，就没有了人生的价值呢？我想，答案是否定的。我认为，一个人有没有达到个人的目标，并不是衡量一个人价值的唯一标准。关键是要看他为集体做了什么。我们大家所熟悉的革命烈士夏明翰，从小就立下了要推翻旧社会、建立新中国的理想，但是，直到他英勇就义，中国仍处在水深火热之中。那么，大家想想，夏明翰在去世时新中国还没有建立，难道他的人生是失败的人生，是没有价值的人生吗？当然不是。夏明翰虽然牺牲了，他却唤醒了更多的革命群众；夏明翰虽然牺牲了，他却为战友们建立新中国凝聚了一份精神力量。他的价值体现在用"砍头不要紧，只要主义真。杀了我一个，还有后来人"鼓励人们不懈的追求，他的价值在"中华人民共和国中央人民政府今天成立了"的宣告声中得到了升华，他的价值在我们今天坐在这里对他进行追忆中得到了沉淀。

世界上有很多的人没能实现自己的人生目标。有的在征程中倒下了，成了一块石头；有的中途牺牲了，成了一块路碑；他们的人生价值在哪里？他们的人生价值就在于为后来人指明了前进的方向，为后来人又铺平了一块前进中的鹅卵石。夏明翰是这样，所有为集体做出过贡献的人都是这样。所以说，一个人的价值并不能只用成功与否来衡量，而是要看他所做的事是否是有利于集体的崇高事业。

2、有利于树立正确的人生观。人生观是总开关，人生观是生命关。那么什么才是正确的人生观呢？以人民群众的利益为根本出发点，认为人生的目的和价值在于为人民服务的人生观就是正确的人生观。这种人生观认为：人生的意义在于忠诚于人民群众的共同事业，全心全意为人民服务，对无产阶级和人类解放事业做出无私的奉献。这种人生观是人类历史上最进步、最高尚的人生观。而这种人生观与我们弘扬集体主义精神是相一致的。大家所熟悉的丁晓兵，抱着"俯仰无愧天地"的人生观，顽强拼搏、不懈奋斗、开拓进取，始终做有利于团队全面建设的事，始终做有利于官兵健康成长的事，始终做有利于升华个人精神的事，被中央军委授予“保持英雄本色的忠诚卫士”荣誉称号。他这种“俯仰无愧天地”的人生观是从哪儿来的？是在“忠诚于党、服从人民、热爱国家、献身使命、崇尚荣誉”的革命军人核心价值观中培育出来的。

3、有利于集体的建设。在一个集体里面，如果大家都有较强的集体主义观念，心中想到的是这个集体，所做的也是为了这个集体，自然就会形成一种“人人有事做，事事有人做；人人是主人，事事要做好”的氛围。以连队为例：连队就好比是一座房子，连队的官兵就好比是构成这座房子的每一根柱子、每一块砖瓦、每一根钉子。单独的一块砖瓦或一根柱子，好像无足轻重，但对于整个房子来说，少了哪块砖瓦、缺了哪根柱子都会造成不良的影响。弘扬集体主义精神，就是要求每一块砖瓦定好自己的位，每一根钉子使出自己的劲。一根钉子铆不上劲，就可能使一根梁出现松动，一根梁出现松动，就可能塌下一片瓦，塌下一片瓦就会漏雨，潮湿的屋子就可能因此而腐蚀并倒塌。因此，连队中的每一名官兵，无论是连长、指导员，还是排长、班长或普通的士兵，都是连队的主人。只有心往一处想，劲往一处使，一心一意为了连队建设挥汗出力，连队的建设才能蒸蒸日上。

通过上面的讲述，我们可以得出这样一个结论：集体主义是崇高的，个人主义是自私的；集体主义以奉献为荣，个人主义以索取为荣；集体主义提倡团结协作，个人主义夸大个人作用；集体主义提倡整体向上，不让一个战友掉队；个人主义讲究小团体利益，只追求个人目标。同时，我们也明白了这样一个道理：只有大力弘扬集体主义精神，推动集体的发展，才能使自己得到进步和提高。因此，我们基层连队的官兵要牢固树立主人翁的意识，当好连队的主人。

四、弘扬集体主义，当好连队的主人

1、要时刻想着集体的利益。作为连队的主人翁，就要树立以连为家的思想，时刻把连队的利益放在心上，时时处处为连队着想。确定个人的奋斗目标，要以整体的努力目标为自己的努力目标，要和连队的大目标相一致。干工作要把集体的事情当做自己分内的事主动去做，爱护集体的利益甚至就要像爱护自己的眼睛一样，凡事要多替集体考虑，要有大局观念，要考虑全局利益。红军过草地时，有个连队的 9 名炊事员把战友的生命看得比自己的生命还重，宁愿自己饿肚子，也要让战友吃上东西。部队到达陕北时，这 9 名炊事员全牺牲了，而连队的其他战友除了战斗减员外，没有因饥饿而牺牲一人。这9个炊事员为什么宁愿自己饿死也要让战友填饱肚子？是集体的利益使他们作出了舍我的抉择。

2、要处处维护集体的荣誉。作为军人，我们无论处在什么样的场合，都代表着一个整体。在连队的时候，我们代表所在的班和排。到了团里，我们代表的就是我们所在的连。而一旦走出部队的大门，我们代表的就是整个军人的形象。所以说我们无论在何时何地都要注意自身的形象，把握自己的一言一行，尤其是在身关自身利益的事情上要维护集体的荣誉。侦察排战士程国民是值得大家学习的榜样。今年6月他休假在家，在接到紧急战备的命令时，已经是下午7点多钟。他家在浙江富阳农村，赶到城里已经没有了公共交通工具。于是，他花1200多元钱坐出租车在规定时间内赶回了部队。这种不以任何理由和借口，想方设法完成任务的行为就是在维护集体的荣誉。

3、要立足岗位为集体服务。当好连队的主人，不仅仅要维护好连队的荣誉，还要立足岗位，主动作为，为集体服务。我连工兵班长周改革入伍以来，一直把岗位当做为集体争取荣誉的平台。2008年，武警总部到我团检查战备工作，在4个军事汇报课目中需要布设100多个炸点，每一个炸点要求都很高，炸早了，影响训练效果；炸晚了，危及战友的安全。演习的地点地形复杂，有树林、有山地，还有水域。时间紧，要求高。周改革接受任务后，带着班里的战士上山下水，一个点一个点仔细勘察，精确计算药量，并根据不同地形的要求分别采用电起爆法和导火索起爆法。没有合适的起爆器，他把自己关在工具房，画图纸，找就便器材，这名只有初中文化的战士利用平时积累的知识，在半天的时间里，做出了一个可以随意控制无限数量起爆点的起爆工具，比起只能控制一个起爆点的制式起爆器先进了许多。为了确保万无一失，1000米的引爆线他用手来回捏了三遍，双手都磨出了血泡。总部领导来到演习现场，看到模拟的航空轰炸、炮火袭扰等现代战场环境后，予以了高度评价。岗位成才、岗位奉献、岗位服务，对于我们每一名官兵来说，这是首要的选择。

4、要团结互助共同进步。大家都会唱《团结就是力量》这首歌："团结就是力量，这力量是铁，这力量是钢，这力量足以让法西斯灭亡。"可见，团结就有凝聚力，团结就有战斗力。弘扬集体主义精神，要的就是这种凝聚力，要的就是这种战斗力。我深信，只要我们都有"连队是我家，建设靠大家"的集体主义思想，只要我们都有"我为人人，人人为我"的集体主义观念，只要我们都有"连衰我耻，连兴我荣"的集体主义精神，就一定能够在工作面前向前一步走，在荣誉面前后退一步走；在困难面前伸出一双手，在战友需要关怀时送上一句问候；就一定能够手挽起手，心连起心，在建设过得硬的连队中奏响人生的强音。

（原载2008年《政工导刊》总第265期）

让荣誉在岗位飘香

同志们，胡主席在军队一次重要会议上明确指出，要大力培育“忠诚于党、热爱人民、报效国家、献身使命、崇尚荣誉”的当代革命军人核心价值观。崇尚荣誉是一个民族强大的精神支柱，有了它，一个民族才能是有旺盛生命力的民族；崇尚荣誉是一支军队强大的精神支柱，有了它，一支军队才能是具有亮剑精神的军队；崇尚荣誉是一名军人强大的精神支柱，有了它，一名军人才能是忠于职守、不辱使命的军人。

让荣誉在岗位飘香

在这里，我给大家介绍一个人：照片中这位警官是我们连队的副连长汪三毛。去年12月，他赴海关上勤不到一个月，母亲摔断了腿，手术治疗后躺在病床上一个月不能动弹。一星期后，他新婚不久的妻子又夜半突发疾病，疼得从床上滚落到地上，身在异乡，无人照料。母亲需要儿子，妻子需要丈夫，但作为一名外驻点的责任干部，他知道，此时更需要他的是岗位。因为，他所负责的这个外驻点与我们基本驻点有75公里的距离，地处肇庆市与佛山市的交错地带，外来人员就占了75%，黄、赌、毒现象十分严重。也就在这个点，刚刚查获了一起200亿的走私大案，已牵扯出60余名关员和地方人员。复杂的社会环境和执勤环境需要他投入全部的精力，这种投入叫做热爱，这种热爱叫做责任，在这责任的背后，是十几名战士的政治安全，是武警部队的形象和声誉，是一名党员干部对事业的无比忠诚。是汪三毛不热爱自己的亲人吗？让我们来看一看汪三毛在日记中是怎么写的：我热爱我的家人胜过爱我自己，但是要让我在家人和岗位之间取舍，我知道岗位无可代替。既然我身处这个岗位，就要为这个岗位争光。

“身处这个岗位，就要为这个岗位争光。”在汪三毛的内心世界里，流淌着对荣誉的执著和渴望。这就是今天我要和大家学习的主题：让荣誉在岗位飘香。

一、崇尚荣誉是军人的最高境界

（一）什么是荣誉？有位战士说，荣誉就是立功、受奖，入党、当班长。对他这种勇于发表个人意见的行为我表示赞赏，那么我的这种赞赏对他来说是不是一种荣誉呢？

《现代汉语词典》对“荣誉”是这样解释的：荣誉：光荣的名誉；名誉：名声；名声：在社会上广泛流传的评价。可见，荣誉的落脚点在于评价。通俗地讲，荣誉是指人们对正确行为的褒奖和自我意识，是个人对自己正确行为所感受到的一种光荣感和自豪感，也就是个人的自尊、自重和自爱。通过解释，我们可以得出这样一个基本结论：荣誉，它包括两个方面，一方面是社会评价，另一方面是自我评价，这两者的统一结合就是对应的定位。

由此可见，荣誉是一个十分广泛的范畴，荣誉并不仅仅是指各种立功和称号，最主要的是获得别人的尊重以及自重。那么，刚才我对那名战士的赞赏是不是一种荣誉呢？当然是，因为其中包含了荣誉的两个因素：社会评价和自我评价。

这就是说一个人所做的工作，不一定能够获得形式上的荣誉，如立功、受奖；但一定会获得一个与之相对应的无形的荣誉。我们所敬重的周总理，一生未获得多少形式上的荣誉，但当他去世时，联合国第一次为一位国家领导人去世降半旗致哀，此举寄托了世界人民对他的缅怀和哀思。这种荣誉不是任何一种证书和勋章所能容纳得下的。

自古以来，军人因为追求荣誉，就有“封侯非我意，但愿海波平”的理想；因为追求荣誉，就有“青山处处埋忠骨，何须马革裹尸还”的洒脱；因为追求荣誉，就有“醉卧沙场君莫笑，古来征战几人回”的豪迈。作为一名军人，我们的荣誉是什么？

（二）什么是军人荣誉？马克思在《马克思恩格斯全集》里是这样阐述的：军人荣誉，是对军人道德行为的社会价值所作出的公认的客观评价和主观意向。客观评价是指社会对军人履行义务的德行和贡献给予赞赏，是道德行为尺度或价值体现。主观方面是指它反映了军人的自尊心和自爱心，是军人意识中履行义务的道德责任感和自我评价能力的体现。

胡主席在阐述当代革命军人核心价值观时针对崇尚荣誉明确指出：崇尚荣誉就

是要自觉珍惜和维护国家、军队、军人的荣誉，视荣誉重于生命，自觉践行社会主义荣辱观，弘扬革命英雄主义和集体主义精神，提高素质，全面发展，争创一流、建功立业，贞守革命气节，严守军队纪律，不断创造荣誉。

由此可见，军人崇尚荣誉，实质上是对和平的追求，是对国家的忠贞，是对人民的热爱，是对职业的崇敬。所以说，崇尚荣誉是军人的最高境界。那么，什么样的行为才是崇尚荣誉的行为呢？

从胡主席的讲话中我们可以解读出三层意思：崇尚荣誉要自觉珍惜、自觉维护、自觉践行。这三种自觉战时体现在争取胜利，平时体现在岗位履职。

现在我们在海关执勤，把守着国家的经济大门。为国把关，既是我们要自觉珍惜、维护的荣誉，同时又是我们打击走私，维护良好的经济秩序，提供热情周到的服务，获取荣誉、实现更高价值追求的岗位。

二、立足本职岗位是获取荣誉的最基本途径

人生获取荣誉的机会有很多，但最基本的一条就是要立足本职岗位，因为岗位是我们学习和工作最为丰富、实践最多的舞台。如何立足岗位获取荣誉？我想有这么三个因素。第一个因素就是：

（一）情真意切的爱。有些同志初到部队时踌躇满志，一心想在军营干出一番大事业，可一深入岗位却又嫌岗位平庸、难有作为，经常抱怨自己没有用武之地。真的是没有自己的用武之地吗？我想，首先你要有一颗热爱的心。

“当我把满腔的热情，装入枪膛，轻轻地扣动扳机，望着它向着目标执著地飞去。在旅途中，或许会有风雨的阻挡，或许会有阳光的炙烤，或许还会有小鸟的嘲笑。但我不会回头，因为在我的心中，我热爱的只有前进的坐标。”这首名为《子弹》的小诗清楚地表明：只要你拥有一颗热爱的心，你就会点燃心中创业的激情；只有拥有一颗热爱的心，你才会经受住挫折的洗礼；只有拥有一颗热爱的心，你才会创造出属于自己的天地。时传祥，北京市的一名淘粪工人。他的工作是现今社会中最平凡的工作，有的人甚至认为有些低贱。然而，就是这样一名普通的淘粪工人，在自己平凡的岗位上兢兢业业工作了近 30 年。当我们漫步于北京街头，享受着清新的空气和鸟语花香时，大家没有忘记是时传祥和他的工友们用自己一身的脏为我们带来了身心的愉悦。毛泽东在人民大会堂亲自接见了时传祥，授予他“全国劳动模范”荣誉称号，国家主席刘少奇还同他一道背过大粪。从掏粪岗位到“全国劳动模范”荣誉称号，这里面看起来好像有千万里的路程，其实，只有一步之遥。消除这一步之遥的就是一以贯之的热爱，时传祥做到了，他受到了广大人民群众的敬佩。在我们连队，也有很多同志做到了，他们同样受到全连官兵的敬重。课前讲到的汪三毛就是其中之一。汪三毛给了岗位一份热爱，岗位给了他一个热烈的拥抱。他所在的执勤点被评为“一季度红旗执勤点”，他负责的驻点团支部今年 5 月被师评为红旗团支部。

热爱是最好的老师，身体力行是最好的途径。立足岗位获取荣誉的第二个因素就是：

（二）脚踏实地地干。荣誉和进步是不会从天上掉下来的，只有在自己的本职岗位上尽职尽责地工作，才能创造真正的荣誉，赢得大家的尊敬。

大家都看过电视连续剧《士兵突击》。许三多刚到钢七连的时候，无法胜任岗位的需求，所以在班里乃至在连队都抬不起头，是一个爷爷不爱、姥姥不疼的人物，副班长伍六一对他更是恨得牙痒痒。不信，让我们一起来回顾一下其中的几个片段。

片段一：现在大家看到的是许三多在做器械体操，他一个动作都完成不了，重重地摔在地上，伍六一和班里战士看他的眼神是一种无奈。

片段二：这是许三多进行搭乘装甲车训练时，由于忍受不了强烈的颠簸，从装甲车中跑出来呕吐的场景，绝大部分战友的态度是围观。

片段三：现在大家看到的是由于受许三多工作的拖累，一直挂在班里的先进班集体流动红旗被成才班夺走，成才前来取旗的场面。面对荣誉的流失，伍六一非常难过，甚至不忍心看一眼红旗被摘走的情景。可是面对荣誉，他又是如此的崇尚，要求成才必须双手举旗。大家注意看，在成才走后，他这一顿拳脚不是针对成才的，而是在发泄他对许三多的不满。

可以想象，许三多器械摔屁股，乘车要呕吐，工作又落伍，他无法胜任岗位的需要，作为一名战士，他没有得到与岗位对等的尊重。

然而，从红三连五班来到钢七连，许三多并没有因为岗位转变造成的一时落后而就此消沉，而是脚踏实地从头干起。经过刻苦的训练，他不仅提高了军事素质，更是以作风严谨、工作高标准赢得了大家的尊敬。大家再来看这个片段。

片段四：现在大家看到的就是许三多在器械训练中超过了纪录保持者伍六一的画面。大家听，班长与他对话时抑制不住内心的激动。就在他落地的一瞬间，战友们纷纷围了上去，大声呼喊着他的名字，忙前忙后，这不仅仅是一种战友间的关爱。大家注意看这两名战士的表情，那不是在看天，而是对许三多的一种仰视。

脚踏实地地干使许三多胜任了岗位的需求。胜任岗位的需求是对武警官兵的基本要求。就像学生以学习成绩好坏、工人以产品质量高低来作为评价标准一样，我们每一名武警官兵只有完成岗位的需求才能获得良好的社会评价和自我肯定。今年被师荣记个人二等功的葛东洋，岗位需要他坚守岗位，他始终瞪着一双警惕的眼睛；岗位需要他拒腐蚀、永不沾，他拒收监管对象贿赂 10 万元；岗位需要他对组织无比忠诚，他随时向组织反映监管对象的动向。葛东洋胜任了岗位的需求，也完成了荣誉对他的跨越。

（三）心无杂念地守。在海关执勤，我们都有一定的权力，都要面对许多的诱惑。心无杂念地守，是每一个革命战士有无革命气节的直接体现。《我的士兵兄弟》一文对军人是这样评说的："不向东，不向西；不向南，不向北；使命，一如你的军姿，脚立于大地，头顶着国徽。为什么，不为什么；做什么，不做什么；立场，恰似你手中的钢枪，目标明确，执著坚定。啊，我亲密的战友，年轻的士兵，风雨中的跋涉，一条淡淡的轨迹，把奉献与索取，划得比天还蓝，比水还清。"

"把奉献与索取，划得比天还蓝，比水还清"，是因为我们忠贞地守着自己的岗位，努力保持无产阶级的坚定性，在独立活动中或在危险关头，不为恫吓所吓倒，不为金钱所心动，不为美女所诱惑，甚至不为表扬所迷茫，随时保持一颗警惕的心。2008 年 12 月 28 日，我连张赛和郎兴华两名战士在三榕卡口担负执勤，一位司机对他俩说："你们两个是我见到的工作最认真、礼貌最周到、服务最热情的工作人员，感谢你们。"说完，放下两支香烟后转身就走。面对两支感谢的香烟，两名同志首先想到的是岗位纪律的要求，立即打电话向我报告，询问如何进行处置。面对两支香烟，他们俩为何如此警惕？在每晚例行的体会交流中，两名战士是这样说的："一支香烟是小，但革命气节是大；一支香烟本身的毒害并不大，但对思想的腐蚀不可小视；今天是一支香烟，明天就可能是一幅锃亮的手铐。他们看中的是我们的岗位，而不是我们。"

"他们看中的是我们的岗位，而不是我们"，正因为有这样的认识，所以他俩始终保持着清醒的头脑和警惕的心。我们是平凡的执勤官兵，平凡意味着简单，但简单中有责任；平凡意味着简约，但简约中有奉献；平凡意味着简朴，但简朴中有忠诚。那就让我们勇敢地接受岗位的考验，把责任浇铸在平凡的岗位上。

通过上面的讲述，我们知道要立足岗位获取荣誉有三个方面的因素：情真意切地爱、脚踏实地地干、心无杂念地守。这三个因素就像三根柱子一样把荣誉高高地举过头顶。

前两天，有名战士对我说：指导员，我当兵快两年了，自问立足于岗位干工作，这三个方面做得也不差，却没有获得什么荣誉。每当家人问起我在部队的成长进步，我都十分苦恼。我该怎么办？

这名同志的苦恼，可以说也是我们官兵经常遇到的苦恼。在荣誉的问题上，我们大多会面临三种情况：一是没有获得荣誉；二是面对获得荣誉的机会；三是获得荣誉。当面临这三种情况时，我们该怎么办呢？下面，我就这个问题谈谈自己的看法。

三、能否正确对待荣誉是对军人健康成长最基本的评判尺

有的官兵一时没有获得荣誉，从此意志消沉、一蹶不振；有的官兵面对荣誉玩弄手段、身败名裂；有的官兵获得荣誉却从此再无建树、甚至一败涂地。是什么原因导致了这样的结果呢？我从三个方面来表达自己的观点，供同志们参考。

（一）没有荣誉并不等于没有进步。刚才讲，有名战士干工作也不差，却没有获得什么荣誉，因此而感到苦恼。的确，同样是执勤，同样是顶风冒雨的工作，同样是经受着枯燥、耐受着寂寞，为什么别人获得了荣誉而自己没有呢？我想说，荣誉是有限的，而进步是无限的。荣誉有限是指名额有限，评价的时间段有限；进步无限是指进步不受任何名额、条件的限制，只要你努力，就会不断进步。我们在海关执勤，对于不注重学习的人来说，日子一晃而过。对于注重学习的人来说，可以在与关员、客户、司机、战友的交流中学会人际关系的处理，在封闭式管理中学会心理调节，在严格的纪律面前学会自律，在寂寞中学会忍耐，在挫折中学会自强。荣誉不能代替你行走人生，能力和素质才是你一生享用不尽的财富。我师副师长宋小忠，从一名普通战士到走上副师职岗位，连一个嘉奖都没有获得过，但有谁能说他没有进步？

（二）面对荣誉要勇于谦让。在现实工作中，有很多同志有获得荣誉的机会，但往往由于名额有限，或是时机等方面的原因，与荣誉失之交臂。面对获得荣誉的机会我们该怎么办呢？

英国生物学家达尔文早在19世纪30年代就创立了自己的进化论理论，40年代写出了进化论的初稿，但他一直不准备出版。1858年夏天，英国另一位科学家华莱士给达尔文寄去一封信和一篇稿子《论变种无限离开原始型的倾向》，请达尔文看看有无发表价值。他提出的进化论的观点与达尔文的观点是一致的，这时达尔文却决定单独发表华莱士的论文。最后在朋友的劝说下，才同时发表了两个人的论文。这种尊重别人成果的高尚品格，主动把荣誉让给他人的精神，值得每个同志学习。

列宁说：谦虚是一种美德。拥有这种美德，同样是拥有一种荣誉。

（三）获得荣誉要保持清醒。通过努力奋斗，扎实工作，我们或多或少地取得了一些成绩和荣誉。但一个人的荣誉，仅仅是对过去功绩的评价，并不能代表未来。

大家所熟悉的丁晓兵二十几年前就因作战勇敢获得了全国边陲优秀儿女金质奖章，荣立一等战功，受到党和国家领导人的亲切接见，这对于一名战士来说已经是莫大的荣誉了。当时，安徽省残联请他退伍担任副理事长，部队首长也纷纷关心地问他有什么要求。他说："我一要学习，二要工作。"二十几年来，他先后在五六个岗位上工作过，在每个岗位上他都是勤勤恳恳、兢兢业业，留下了一串闪光的足迹。二十几年后，他被国务院、中央军委授予"保持英雄本色的共和国卫士"荣誉称号。之后，他又风风火火地投身于火热的部队建设中。丁晓兵的事迹告诉我们：事业是第一位的，荣誉是第二位的，荣誉是奋斗的结果，而不应该是奋斗的根本目的。

战友们，荣誉是可贵的，但荣誉不是自我欣赏的装饰品，是把它背在身上，成为负重而行的沉重包袱，还是把它作为助推器，成为攀登的又一个起点？你的选择决定了你前进的速度，也决定了你人生的高度。

（2009年总部优秀讲稿）

在平凡中成就人生

大家看见的照片上的这个人叫胡盛，是我们连队的侦察班长。这个同志有一个很大的"毛病"，什么"毛病"呢？我还是给大家讲一件事吧：连队到海关执勤两个月后的一天下午，胡盛和另外一名同志在关员的带领下对一票货物进行查验。在审核单证时，他突然对带班关员说："过磅单上两名战士的签名是假的。"过磅单上面的签名又不是自己的签名，他凭什么说是假的呢？关员满脸疑问。报关员声色俱厉地嚷道："不要乱说话，当心我控告你。"驻点值班室接到报告后，立即协同海关进行调查，果然，过磅单上面的签名是报关员冒充执勤战士签的。胡盛为什么就知道过磅单上的签名是假的呢？这是因为上勤

平凡岗位大有可为

后，根据所有执勤单证都需要当班战士签名的规定，胡盛就把驻点所有战士的签名收集起来贴在自己的执勤本上，认真研究每个战士签名的特征。正是他做事认真细致这一“毛病”，让不法分子现出了原形。他的这一做法很快在全部队推广。也正是这个“毛病”，促进了他执勤业务的提升。上勤一年来，他查获的违规案件案值 700 余万元。也就是这个“毛病”，促进了他人生的成长。作为一名大学生士兵，胡盛入伍 3 年来，不仅入了党、当了班长，两次荣立个人三等功，去年 8 月，还被武警总部评为“执勤先进个人”；今年 6 月，获武警部队士官人才二等奖。当大家问他是什么促进了自己的成长进步时，他说：“我的岗位与大家一样都是平凡的，但是平凡的岗位并不是碌碌无为的岗位，我只是尽力把它做好，在岗位上实现自己的人生追求。”今天，我就以《在平凡中成就人生》与大家共同学习。

首先我们要明白一个概念：什么是平凡？《现代汉语词典》将之解释为：平常，不稀奇。平凡岗位也就是平常的岗位、普通的岗位。

我们应该怎样看待平凡的岗位，把平凡的工作做好？我感到可以从三个方面来学习思考。

一、平凡的岗位连着崇高的使命

大家知道，一滴水是平凡的，汇集起来却造就了大海的浩瀚；一块砖是平凡的，垒积起来却造就了长城的壮观；一粒沙石是平凡的，堆积起来却造就了高山的伟岸。我们每一名士兵也是平凡的，但我们默默无闻的付出却关系着祖国的安宁、连接着人民的幸福。

（一）平凡的岗位同样神圣。战友们，当我们怀着美好愿望跨入军营时，谁不想干一番轰轰烈烈的事业，谁不想成为惊天动地的英雄呢？可对绝大多数同志来说，直线加方块的生活空间，紧张艰苦的军事训练、枯燥寂寞的巡逻站哨，是军营生活的主旋律。就拿我们海关执勤官兵来说吧，我们每天的工作就是一个数字一个数字审核，一件物品一件物品核对，岗位普通得不能再普通，工作平凡得不能再平凡。但正是在这种枯燥乏味的工作中，我们打击了走私，维护了国家健康的金融秩序，使海关税收占中央财政收入的三分之一。在这次金融风暴中，国家就是拿着这些钱扩大内需，造福人民，救国家和人民于危难。所以，岗位小，作用不小，工作轻，贡献不轻。只要在自己的岗位上尽职尽责，这个岗位就会因你的执着而神圣，因你的奉献而不再平凡。

（二）平凡的岗位富有价值。工作岗位是施展才华的最佳阵地，是体现人生价值的最佳舞台。从这个意义上讲，岗位可以平凡，但工作不能平庸；分工可以不同，但人生价值相同。你能说站岗放哨没有价值吗？如果没有他们日日夜夜的守护，我们的安全谁来保证？你能说烧火做饭没有价值吗？如果没有他们起早摸黑的劳作，大家的生活谁来保障？因此，摸爬滚打搞训练是为提高战斗力作贡献，烧火做饭和执勤站哨同样是为提高战斗力作贡献。岗位虽然不同，但目标是一致的。这就告诉我们，军人的价值不都体现在轰轰烈烈的岗位上，也体现在默默无闻的工作中。雷锋，在他短暂的22个春秋人生旅途中，用什么感动了一代又一代的人？是什么让他超越国界，让一向崇拜神的西方国家提出了“雷锋与上帝同在”的口号？他没有壮士断腕的壮举，也不是科技带头人，他只是在平凡的工作岗位上做了一颗永不生锈的螺丝钉。但雷锋带给我们的是精神上的追求、工作中的执着、生活中的快乐、学习上的钻研，像一缕春风涤荡着我们浮躁的心灵。亲爱的战友，难道你能说平凡的岗位没有价值吗？

（三）平凡的岗位责任重大。一架再精密的机器只要一个环节出了问题，就会影响到整体功能的发挥。大家看到的这张照片不是绚丽的焰火，而是1986年1月28日象征着人类探索宇宙、征服太空的美国“挑战者”号航天飞机在飞离地面73秒即发生爆炸的场景，这次事故造成7人死亡，直接经济损失达12亿美元。谁是罪魁祸首？就是它，一个价值不到1美元的橡胶环，是它质量不过关，造成推进剂泄露而酿成的灾难。一个橡胶环对一架航天飞机来讲是微不足道的，但它的作用仅仅就值1美元吗？同样的道理，作为士兵，如果你不愿站岗放哨，他不愿操枪弄炮，我不愿执勤巡逻，大家都因岗位平凡而不认真履行职责，那么部队的战斗力从何而来？就拿我们目前的执勤任务来说，岗位看起来很普通，但肩头的责任却很重大。如果工作稍不细心，就可能造成重大失误，甚至是案件。大家所熟知的93师253团战士刘飞就是在查验中对报废的铁皮柜被焊死这一细节产生了疑问，要求剖开检查，从而查获了案值亿元的毒品走私案，荣立一等功并被武警部队树为“十大忠诚卫士”。大家想一想，如果刘飞因为岗位的平凡而责任心不强，让这些毒品流入社会，将对国家和人民带来多大的危害！所以说，无论我们在什么岗位、干什么工作，都必须始终牢记“责任”二字，都要有一种老老实实的工作态度和踏踏实实的工作精神，千万不能因为岗位的平凡而产生松懈心理，甚至玩忽职守。

二、平凡的工作可以造就精彩的人生

对于成功者来说，每一个精彩的片段，都蕴藏着平凡的付出；每一个辉煌的亮点，都包含着艰辛的劳动。叱咤风云的将军，也是从普普通通的岗位成长起来的。可以说，没有平凡的经历，就很难有辉煌的人生。

（一）平凡的工作是通向成功的阶梯。有的同志讲，我每天在岗位上日复一日工作着，我怎么没有看到成功？在这里，我也想反问一下：你在工作中是否尽心？你是否持之以恒？你是否把工作当成你的事业？在这里我想讲一讲我团军械股长徐铁强的故事。徐铁强人送外号“徐三郎”。在他担任军械助理员时，发生了这么一件事：有一次他到老连队检查，发现一支武器枪管没有擦拭干净，当即进行通报。一小时后他又去检查，发现还没有进行整改，再次进行通报。又过了一小时，他再次去检查，发现仍然没有整改，第三次发了通报。这三次检查通报弄得老连长面红耳赤。徐铁强只要不是休假，每天晚上至少对全团的枪械点一次名。在遇到夜训忙的时候，基层干部好不容易躺上床，求爷爷告奶奶地对他说：“徐助理，你放心，我们自己都查了三遍了，绝对不会少一个零部件，你就让我们多睡一会儿觉，明天一大早还得起来跑五公里呢。”徐铁强坚持说：“不行，我必须亲自看过才放心。”在对子弹的管理上，他更是苛刻，要求必须打出一发子弹，回收一枚弹壳。开始，许多官兵不理解，认为他是故意刁难，显摆自己的威风，背地里骂他神经病、一根筋、徐铁蛋。面对大家的不理解，他笑笑说：“每晚，我到一个单位检查武器，只占用他们10分钟，但整个部队查下来，我至少少休息两小时。我为了什么？为了对得起这个岗位，为了让全团的官兵都睡一个放心觉。”他在助理的位置上工作了5年，这是风雨无阻的5年。5年来，全团枪械没有丢过一颗螺丝钉，没有流失过一发子弹。5年后，他成了全团官兵工作上争相学习的榜样，师“十大忠诚卫士标兵”之一。正是由于他这种工作的拼命精神，他后来才有了“徐三郎”的雅号。他的事例让我们懂得，平凡的岗位也是通往成功的阶梯。对于在平凡岗位上努力工作还没有获得成绩的战友们，让我们用这样的一句话来相互勉励：成功不是不愿意光顾我们，它在来的路上遇到了交通堵塞，我们必须得坚持走过去，而不能坐等它的到来。

（二）平凡的工作是磨砺品质的宝石。今年5月，跟我一块入伍的战友、我们特勤连侦察战士廖青虎，又新承包了重庆市到开县的高速公路工程。从一名普通的农村退伍战士到年收入上百万的老总，谈起入伍三年的体会时，他深有感触地讲了自己的“四大收获”：一是思想素质提高了，知道什么是对与错，什么是荣与辱；二是社会阅历丰富了，知道了如何处事、怎样做人；三是进取精神增强了，知道了苦尽甘来、付出与回报的道理；四是团队意识强化了，知道了团结共事的重要性。的确，军营生活虽然平凡，但它可以丰富我们的人生经历、锤炼我们的思想品质、开发我们的聪明才智、提高我们的全面素质。比如：持之以恒的政治理论学习，培养了我们坚定的政治信念；经常性的思想教育，塑造了我们自觉奉献的可贵品质；紧张艰苦的训练生活，铸就了我们强健的体魄；严格有序的一日生活制度，磨砺了我们雷厉风行的良好作风。实践证明，岗位越是平凡，工作越是艰辛，任务越是繁重，环境越是艰苦，对我们的锻炼也就越大。

（三）平凡的工作是编织生活的主页。战友们，平凡和辉煌是人生的不同状态。人的一生大部分时间都是在平凡中度过的，辉煌总是短暂的。有的战友也懂得“一屋不扫，何以扫天下”的道理，但落实到具体行动上却好高骛远、眼高手低，对身边细小的工作瞧不起，看不上，总想着有朝一日干一番惊天动地的大事业。还有的战友对未来满怀憧憬，渴望有一番作为，但却不知从现在做起，从点滴做起，从本职岗位做起。海尔集团总裁张瑞敏讲过一句名言：“把每一件简单的事做好就是不简单，把每一件平凡的事情做好就是不平凡。”大家一定要着眼长远，立足当前，做好每一件事，过好每一天，不因岗位平凡而漫不经心，不因事情琐碎而丢三落四，不因任务繁重而怕苦怕累，不因一时挫折而心灰意冷。

三、平凡的士兵可以大有作为

古语说，千里之行，始于足下。本职岗位就是我们履行神圣职责、实现人生远大目标的起点，只要我们立足本职，脚踏实地，不懈努力，同样可以在平凡的岗位上做出不平凡的业绩。

首先，要破除“小角色”的心理。士兵是部队建设大舞台上最小的角色。论年龄，我们大多是二十刚出头的小伙子；论资历，我们当中最短的才迈进军营一年半载；论工作，我们部队战士大都从事执勤站哨、训练处突等普通岗位。然而，正是因为有了我们这些“小角色”，人民军队的绿色方阵才更加绚丽多彩，共和国钢铁长城才更加坚不可摧。被四总部表彰为“全军十大学习成才标兵”的广州军区某部士官宗道辉，就曾是连队里的一个“小角色”，他一开始就承担着我军最简单的飞行器试飞任务，这种飞行器没有升速表、没有弹射器、没有降落伞，与威猛的苏 -30 歼击机相比，它只不过是一只“丑小鸭”；与图 -160 巨无霸相比，它也不过是个“小不点儿”；但宗道辉从未因为角色小、危险大去消极对待，而是不断向人生的极限冲刺，终于练就了一身过硬的飞行器试飞本领。他曾冒着生命危险完成 130 多次高难度试飞任务，被大家称为“空中雄鹰”、两种飞行器的“飞行之父”。他还 20 多次参加大型运输机、武装直升机、改良动力伞等新科目的试跳，被誉为“跳伞王子”。目前，这个小士官当上了大教练，已为全军和武警部队培养出300多名技术精湛的某新型飞行器驾驶员。宗道辉有句名言是这样说的：“英雄出自平凡，平凡成就非凡。”由此可见，“小角色”同样可以创造绚丽多彩的人生。

其次，要冲出“小天地”的圈子。现实生活中，我们个别战友小事看不上，大事干不好，还整天埋怨没有用武之地，总感到站岗执勤，空耗青春；审单验物，大材小用；身处基层，难有作为。究其原因，是“小天地”的思想在作怪。我刚入伍时，也曾有过后悔的想法。本来想在部队干一番事业，却天天是白天兵看兵、晚上数星星，有啥出息。就在这时，连队一名战士休假途中见义勇为，我写了一篇稿子发到报社，居然刊登了出来，受到了领导和战友们的表扬。我非常高兴，一种成就感油然而生。从此，我就迷上了新闻写作。17年来，我一直工作在基层，却在军内外发表各种体裁的文章200余篇，先后20多次获奖，3次荣立三等功。我也从当初的一名初中生到自学中专、考上大专，如今成长为一名警官。回想这些，我最深的体会就是：现实的“舞台”很小，但思想的天空很大，只要辛勤耕耘，也同样能取得丰硕的成果。

第三，要有有为的思想。这一点在开篇时胡盛的故事就是很好的例证。

战友们，工作岗位可以平凡，人生的追求却不能平庸。我们不能左右天气，但我们可以改变心情；我们不能预知未来，但我们可以把握现在。平凡的工作对于我们来说，已是既定的现实，那就让我们守住这片平凡的天地，用我们的双手，用我们的汗水，用我们的智慧，在平凡的工作岗位上奋发有为，在为军队建设作出应有的贡献中，成就自己的人生。

（2010年师授课比赛第一名）

善谋弈者谋全局

所谓大局，《现代汉语词典》解释为：整个的局面，整个的形势。对于军人来说，就是要服从和服务于部队的建设，不为个人私利斤斤计较。

一、当前干部大局观念不强的表现及危害

（一）过分注重小集体。这种小集体主要分为两类。一类是本单位的小集体，还有一类是同类小集体，就是以老乡、同学、同事、同年兵、同爱好等因素聚在一起的小集体。他们主要表现为：我考虑全局，谁考虑我们？有的干部不管别人怎么说，只要本单位不说我；不管整体有什么困难，只要本单位不困难；不管整体需要什么，只管本单位有什么需要。我不说话，谁给我们说话？这主要表现在两个方面：一方面是有利益时绝不回避，不管条件够不够表态先争取，争到了回去摆谱，争不到回去“剑”往上指，有的还借此机会向组织上提出无理要求，要平衡，要照顾；另一方面有任务时绝不当头，不管能不能完成先讲理由推辞，推掉了皆大欢喜，推不掉敷衍了事或者是趁机“开价码”、讲条件。我担责任，谁替我们担责任。有的干部，单位出了问题，把单位问题往个人身上推，说成是个人问题，竭力维护本单位的面子。结果，问题解决不了，还造成新的矛盾。有的干部不愿承担责任，不敢承担责任，相互推脱，你说这是我管，我说是你在位；我讲这是你单位的问题，你说原因不在我们这儿；你说我是主管，我说你是领导，到处喊冤叫屈。最好能大事化小，小事化了，不了了之。这种小团体主义、小团体思想，很容易形成不良风气，影响部队凝聚力、战斗力的提升，影响内部和谐团结向上的氛围，导致“人心散，队伍难带”。

（二）过于强调自我。你的地盘你做主。有的干部强调个人分工，在对待工作上各人自扫门前雪，不管他人瓦上霜。认为多一事不如少一事，你的工作当然是你自己完成，凭什么要我去干，又不多给我发一分钱。你的爱对我很重要。有的干部在对待个人困难时对别人是马列主义，对自己是国际主义。在别人有困难需要他帮助时，他强调要克服困难，勇往直前，敢于在困难面前摔打自己，磨砺自己。在自己有困难的时候，希望大家发扬国际主义人道援助精神，伸出一双手，捐出一份爱心，要共克时艰。我的奶酪我的粮。有的干部十分强调个人利益，斤斤计较，横攀竖比，付出一点汗水就要求组织上给予一点回报。要他个人付出一点利益，那是坟墓里找出路——门都没有；要他让一点利益，那是钢琴师缺钢琴——没得弹（谈）；要他有付出没回报，那是癞蛤蟆吃天鹅肉——妄想。

（三）过于注重现实。当前，有的干部过于注重现实，影响了自己工作的精力和心情。算大小多少账。比收入、把收入的高低当做履职的高低：我收入少为什么要付出那么多？比住房、把住房的大小当做责任的大小：我住房这么小心思为什么要费这么大？比生活、把生活的丰富当做工作的多少：我生活这么单调任务为什么要干这么杂？把进退走留关。算兵龄、兵龄长职务小心里烦恼；算年龄、年龄大后劲小干着没劲；算位置、人员多位置少难挤独木桥。号利益得失脉。现在很多干部整天关注的不是工作，而是热衷于政策调整消息的传播。听说转业不安置改应金制了，考虑现在回去还能不能安置一个公务员，应金制后能拿多少钱，是现在走还是等等看；听说解放军大裁军了，考虑的是干部走职业化道路后提升会不会受限，待遇会不会增加;听说转业名额少了，考虑究竟是提升走得快还是在岗位等走得快，心情摇摆不定。拉家庭亲情理。父母养育我为了敬孝，妻子跟着我为了依靠，儿女是我一辈子的骄傲。家庭少了我就缺了支柱，军队我少一点力微不足道。我在部队是一阵子，我在家中是一辈子，我的家庭我不管谁管？我在部队工作是为了家庭生活得更好，而不是让家庭生活得更糟，我不顾家谁顾家？少来夫妻老来伴，年轻力壮和妻子分居常年不相守，老来谁守我？子不教父之过，子女没出息受的是别人的白眼、痛苦的是自己的家庭，我不操心谁操心？这种现实利己主义很容易使干部颓废掉精神、消磨掉意志，陷入个人的欲望和痛苦中不能自拔。

二、影响干部大局观念的原因

（一）只见树木不见森林。有的干部常讲：没有人记住你的成绩但会记住你的失误，干得越多失误的机率越大，我为什么要主动作为？没有人说你的事业但会说你的事故，事业越发展矛盾越大，我为什么要费那个心思？没有人讲你的原则但会讲你的态度，原则坚持不坚持不重要，态度不好不得了，我为什么要自己折磨自己？

（二）只有阴影没有阳光。有的干部常拿身边的一些人和现象说事：你看，老实干的是老黄牛，日晒雨淋鞭子抽；不愿干的是卧槽马，哪有好处奔向哪；不会干的是哈巴狗，好吃好喝一肚子油。这种人往往没有明白一个简单的道理：这个世界上是阳光多还是阴影多？

（三）只看眼前不看未来。一些干部只注重分析眼前的现象，不看未来发展趋势。认为：干得好不如考得好，考不好进不了公务员队伍；有能力不如有文凭，没有文凭进不了机关；懂基层不如懂领导，懂基层只能下苦力；荣誉多不如年龄小，年龄小转业单位争着要。

（四）只有自己没有集体。有的干部常把工作上的事和自己的事纠缠在一起，造成心理上的不平衡：工作有矛盾时让我们发扬奉献精神；晋升有矛盾时让我们服从安排，家庭有矛盾时让我们正确对待。

三、树立大局观应克服三种模糊认识

（一）讲大局必然要强调牺牲奉献，这和发展市场经济的要求不合拍。这种说法是不符合实际的。大局是关系总任务总目标的战略布局，是全党全军全国人民的整体利益、根本利益之所在。不能顾全大局，局部的发展也要受到影响和限制。在革命、建设和改革的各个历史时期，重视并善于从整体、大局上考虑问题，在工作中坚决做到把握大局、服务大局，为了大局和整体利益舍得牺牲个人和局部的利益，一直是我们党和军队夺取胜利的重要保证，也是我们在长期实践中形成的政治优势。在改革开放、发展社会主义市场经济的新形势下，一些同志感到，市场经济通行的原则是等价交换，讲究的是利益驱动，再讲服从大局、牺牲奉献就有点不符合潮流了。因而在现实生活中，一些人往往把局部的、个人的、眼前的利益看得过重，而对全局利益、整体利益、长远利益有所忽视。究竟应该怎样正确看待这个问题？一方面要认清，市场经济并不意味着唯利是图，它也要求与之相适应的以“为人民服务”为核心的道德规范；市场经济是法制经济，它要求所有的参与者必须依法经营、诚实守信。坚持按照这些要求去做，实际上就是对建设有中国特色社会主义大局的支持，完全符合全国人民的根本利益和整体利益。同时还要看到，社会是一个包括政治、经济、军事、文化等系统在内的广阔领域，等价交换原则只适用于经济领域，只能在涉及经济活动的范围内起作用，不能不加区分地搬到社会所有领域中来，更不能运用于部队建设。战时勇于流血牺牲，平时勇于无私奉献，是人民军队固有的本色。如果把市场上讨价还价那一套搬到部队中来，平时站一班哨给多少钱，战时消灭一个敌人给多少钱，那还能叫军队吗？

（二）我是做具体工作的，管好自己的“一亩三分地”就行了，讲不讲大局关系不大。这种认识是片面的。一些同志工作质量不高，一个重要原因就是往往以“埋头拉车”自居，对全局不重视、不关心。而没有战略眼光、政治头脑，就会迷失方向，陷于事务主义，落得个事倍功半甚至事与愿违。高级、中级领导干部 要有大局意识，基层官兵对大局也应该了然于胸，不可降低要求。因为军队的基础在士兵，基层干部占部队干部的大多数，如果作为部队主体的基层官兵不了解党、国家和军队的大局，不清楚自己担负的任务在战略全局中的地位和作用，就不可能有完成任务的高度自觉性，也就难以高质量地做好所从事的具体工作。党的三代领导核心都一再强调，不论高级干部还是基层的同志，都必须重视大局问题和战略问题。1962 年，邓小平同志在一次讲话中说：“毛泽东同志多次讲过这么一个例子：在红军过草地的时候，伙夫同志一起床，他不问今天锅里有没有米煮，却先问向南走还是向北走。向南走向北走是当时最重要的战略问题。这说明我们军队里的战士都是关心战略的。”战争年代，普通士兵都重视战略问题，今天，我们面临的问题比过去复杂多了，这就更需要全体官兵牢固树立全局观念，服从大局、服务大局。在学习贯彻科学发展观重要思想的过程中，在实现我军“打得赢”、“不变质”的庄严使命过程中，增强大局意识更应该成为所有官兵必须着力解决的共同课题。

（三）增强大局意识就是无条件地按照上级要求办，用不着自己动脑筋想点子。这种想法是幼稚的。在大局下行动，固然应该坚决贯彻执行上级的指示和统一的部署，但是，这决不意味着可以不顾自己的实际情况盲目行动。那样做，只不过是对上级指示怠工的一种“巧妙”方法。全局和局部都是包含众多层次和要素的系统，局部固然不能离开全局我行我素，但全局脱离了局部的支持也会成为徒具形式的空中楼阁。服从大局不是空泛的政治表态，出色地、创造性地做好本职工作，就是对大局最实际的支持和维护。邓小平同志早就指出：“路线正确并不等于解决了一切问题，还要看党的各级干部和党员是否正确执行这个路线。中央的路线、方针、政策正确，如果下面不很好执行，那有什么用呢？”江泽民同志在谈到军队建设时多次强调，军队今后一个时期建设和改革的方向已经明确，各项大政方针也已确定，对事关全局的重大问题也有了统一的认识，关键是要结合实际抓好落实。当前在一些同志中有一种很不好的倾向，就是他那个局部工作没做好，出了问题，就怨天怨地，怨社会环境的不良影响，怨上级支持帮助不够，怨政策不到位，但就是不愿多从自身查原因、找教训。如果抱着这样的态度，不仅做不好局部工作，还必然会拖全局的后腿。所以，在科学发展观重要思想指导下，以富于创造性的工作精神、扎扎实实的工作作风，把各自负责的局部工作做好，保证自己分管的工作随时经得起党和人民的检验，经得起完成各项急难险重任务的考验，经得起历史和时代赋予的庄严使命的检验，才算真正有大局意识。

四、最好的大局观就是心中要常存责任感

南宋爱国诗人陆游的一句“位卑未敢忘国忧”一直被人们传诵至今。它的意思是说，一个人不论何时，无论何职，无论何能，都要胸怀祖国，为国家的兴衰尽到自己的一份力量。陆游在仕途失意、壮志难酬的时候，仍不忘关心国家，表现出了强烈的责任感。对照这句诗，我们干部要树立好大局观，心中就要常存责任感。

一是重事业，对工作负责。在新的历史时期我们要履行新使命，更需要有强烈的责任感。军人的使命和责任是辩证统一的，责任需要使命来赋予，使命需要责任作支撑。军人缺乏强烈的责任感，就会昏昏度日，不思进取，缺少动力。导弹司令杨业功将军视责任重于泰山、胜于生命，用毕生奋斗铸“神剑”，把使命看得比天还大，把工作看得比生命还重。“宁可身体透支，绝不欠使命职责账”，时刻牢记部队打赢之责从不懈怠。

我们作为一名军人就要对部队未来负责，军人是军队的基础。如果我们现在不注意提高自己的素质，不学无术，整天混日子，什么都拿不起来，将来我们用什么对部队负责？能不能担当起本职岗位的责任？能不能担当起带兵打仗的重任？关键时刻能否拉得上去，完成好党和人民赋予的光荣使命？试想，如果我们只抱着个人目的，不爱军、不尚武、不精武，那就会持枪打不死敌人、操炮打不中目标、配发给你先进的武器装备不会使用，即使满怀壮志豪情，也会因缺少本领而有辱使命；如果我们没有责任意识，不去培养自己的能力素质，不仅要影响部队未来的建设与发展，而且也完成不了党和人民赋予我们的任务。因此，我们要对部队未来负责，从现在开始就必须积极储备知识和能力，时刻以一名优秀军人的标准要求自己，以强烈的责任感认真工作，努力把自己锻造成懂技术、能打仗的高素质新型军事人才。

二是重全局，对集体负责。对军人而言，要具有“天下兴亡，匹夫有责”的担当精神和责任意识，具体而言有这么三个方面。一是保卫祖国。我们入伍时都要进行宣誓，其中有一句是：“保卫祖国神圣领土，捍卫国家领土完整。”这就是我们应当承担起的责任。如果有外敌侵略侵犯我们，国家安全受到威胁，或是敌对势力妄图分裂祖国，我们就应当义不容辞地站出来。抗日英雄吉鸿昌“恨不抗日死，留作今日羞；国破尚如此，我何惜此头”的慷慨就义诗，对越自卫反击战中边防前线官兵“祖国受欺，男儿蒙羞；边疆不宁，战士有愧”的铮铮誓言，都深刻揭示了革命军人视祖国利益高于一切的崇高责任。二是维护人民群众的利益。军队的宗旨就是全心全意为人民服务，和平时期军队的一项职能就是支援和参加地方经济建设，担负起保卫人民和平劳动的使命，也就是当人民群众的生命和财产受到威胁时，要挺身而出。“98 抗洪”、抗击“非典”、抢险救灾，我们军人始终战斗在第一线，较好地履行了军人的职能。三是维护军人的形象和荣誉。一直以来，我们军队在人民群众心目中的形象都非常好，人民群众发自内心的“关键时刻还是要靠解放军”的感言，都充分反映了人民群众对我们军人的信任和尊敬。这就要求我们要自觉维护军队和军人的社会形象。因为“军人的个人言行与军队的整体形象是紧密相连的，军人无论出现在什么场合，后面都有许多双眼在盯着你，你穿不穿军装都是军人。形象好，为军队争光；形象差，为军队减分”。因此，我们要时刻保持清醒头脑，注意我们的一言一行、一举一动。

三是重人格，对自己负责。人格是立身做人之本，作为一个个体的人必须要对自己负责。有的同志可能把责任看做只是对他人的，觉得对自己就无所谓责任不责任了。实际上一个对自己都不能负责的人怎么能担当起对他人的责任？要做到对自己负责，必须要能做到在什么情况下都能战胜自我，把握自我，珍惜自我。因此要重视自己，要珍惜我们现在所拥有的，做什么都要三思而后行，切不能我行我素，随心所欲，所作所为要对得起自己。任何时候都要讲人格，不讲不负责任的话，不做不负责任的事，经常看一看自己的行为是否违规、是否符合道德规范，学会自重、自信、自警、自励。

（2010年干部人生观教育12课）

散文

为了供儿子们上学，父亲下井挖煤、拉车挑担，在清贫和困苦中过早地衰老了。然而，抚摸着儿子递上的军功章，他自得的脸上绽开了孩子般的笑容……

只要娃儿有出息

有人说，大凡喜文弄墨的孝子，都要写一写自己的父亲。我不知道自己是否属于孝子，身在警营，极少能在父亲面前尽上一份孝心，常用“自古忠孝不能两全”来开脱自己，而我的父亲总是淡然一笑：“干吧，娃儿，只要你有出息。”

只要儿有出息，天下父母的心愿。也终于懂得了父亲为什么起早摸黑，扛着锄头、佝偻着背在田间不停地耕耘；懂得了父亲为什么上街宁愿饿上一天也舍不得花一毛钱买个大饼充饥；懂得了那次我偷家里买谷种的钱参加自学没有受到父亲的责备，而他却噙着泪说：“娃儿，爹对不起你。”

为了挣钱供我和三个哥哥上学，父亲干过不少的行当。下井挖煤、种植蔬菜、做小买卖、拉车，甚至挑着担子下乡收购破烂。能干的都干了，家中仍是清贫。愁闷与困苦使得父亲过早地衰老了。才五十岁呵，背就已像湖堤的杨柳。在父亲沉重的叹息声中，我感受到了他用手抚摸我头的分量。而我能做的，只能是担担水、烧烧饭、拾拾麦穗。父亲说：“娃儿还小，别误了他们的学习。”

在我的记忆中，父亲很少有笑的时候。而自我当兵后，母亲说，父亲脸上经常挂着笑容，为我在部队取得的成绩。有一次，家乡报纸以近半个版面的篇幅报道了我在部队勤奋工作、立足岗位成才的事迹后，父亲戴着老花镜在母亲和乡亲们面前念了五遍，实在念不动了才罢休。我不知道父亲当时激动的心情是什么样子，自己的这点努力为父亲送去快慰是否也算尽了自己应尽的一点孝心。但这次回家，父亲那悠然的神情却令我难忘。

那是我回到家的第一天下午，老远就看见做小买卖的父亲挑着一副担子回来，赶紧跑过去接到自己的肩上。分别几年，从父亲惊喜的眼中和昵称里分明感受到一种慈祥的父爱。到了家中，为父亲泡上一杯清茶，点燃一支香烟，恭敬地递上一枚三等军功章和一枚优秀士兵证章。在淡淡的烟雾中，我看见父亲眯缝着眼，手在证章上不停地抚摸，脸上绽开了孩子般的笑容，那自得哟……

我就要归队了，母亲在一旁暗自垂泪。父亲又重复着那句永恒的话："让他走吧，只要娃儿有出息。"父亲没有为我送行。而母亲在来信中说，我走后，父亲独自一人站在村口，日落了也迟迟不归。

呵，父亲。

（原载1998年8月14日《无锡日报》第六版）

无名的小花

如果不是在那个雨后的夏天，如果不是我遇到那位老人，也许我永远都不会在意那种花。那种小得像火星儿，连放牛娃都会毫不怜惜地在上面踩上一脚的小花。尽管它每年都会在这个时候，在那个地方默默地开放，从不奢望有人为它施上一点肥，抑或是浇上一点水。哪怕是有人能多看上它一眼，也许它都会开心一个夏天。我常这样想。

那年我十八岁，正处于梦幻的季节。如果说有什么花能吸引我目光的话，那只有玫瑰。这不仅在于它有诱人的芬芳，我更希望它能给我带来一位漂亮的新娘。于是，在那个夏天，在那个雨后的下午，当天空挂上一道绚丽的彩虹时，我就向门正前方远处的青山跑去。因为我知道，那个地方的悬崖边有一片野生的玫瑰花，每当天空出现彩虹时，那里的玫瑰花开得特别鲜艳，闻起来特别香。小时候我就常听老人们说，这时候去采花，很容易遇上仙女，遇上的仙女就会成为你的新娘。

看看天色不早，我决定不走人们常走的那条大道。翻田埂、涉小河、穿竹林……终于，我来到了青山脚下，看到了不远处一簇簇的玫瑰花红得像一团团火焰。我按捺不住心中的激动，撒开双腿就直奔过去。"当心！别踩着花了。"突然，从旁边传来一位老人的声音，一下子把我给怔住了。花，哪来的花？我疑惑地看了看四周，又扭头看着坐在旁边大青石上的老人。他看上去有七十多岁了，花白的胡须飘在胸前，就像传说中的仙翁。"再仔细看看你的脚下。"我睁大了眼睛在脚下搜索着，终于看见有一朵、两朵，不，是一片淡黄色的小花。“我还以为是草哩。”我笑着对老人说。“是呀，它太小，太普通了，不招惹人的眼，所以很多人都以为它是草，可它不是草，是花。”“它也太小了，谁会在意它呢？”面对我的提问，老人沉思了半晌，意味深长地说：“我会。”

老人告诉我，四十五年前，这一带的村民染上了一种瘟疫，眼看着一个一个地死去，十分可怕。后来，是一名红军战士为了救村民们的命，冒着危险到敌占区去找这种小花。在回来的途中，不幸遇上了鬼子，就牺牲在这块大青石上。为了纪念那名红军战士，活下来的村民们特地去找来这种花，种在大青石旁。“你看，如今已是一大片了，相信以后会更加茂盛。”

“这花叫什么名字？”我问。

“我也不知道叫什么名字，就像那名红军战士一样，谁也不知道他叫啥。但都是实实在在对人们有用的。”

“我怎么没有听说过这个故事呢？”

“平时人们当然不会想起它，因为它没有前面的玫瑰花让人充满欲望。”

不知道为什么，那天当我采到一大把玫瑰花时，没有一点喜悦感。

第二年，我参军了，不知道是否与那不知名的小花有关。这一走就是近十年。

春节，母亲打来电话，说那片大青山在搞开发，要建一个旅游度假区。那一夜，我失眠了，又想了起那位老人，那不知名的红军战士，还有那不知名的小花。

其实，对于许多人来说，人生不就如那一片不求浮名的无名的小花，在某一个地方默默无闻地生长着。也许这一生都不会有人去欣赏，但他清楚自己的价值，并因此而快乐地活着。

（2002年“无锡市花杜鹃花节”征文优胜奖）

爸爸要远行

女儿，爸爸就要走了，到一个五千里外的地方。尽管在我们的家乡还是风寒雨冷的冬日，而爸爸要去的地方早已是遍地花香。但爸爸不稀罕那儿的温暖，你知道吗？能时时看见你——我的女儿，爸爸心中就有一颗不落的太阳。可我不得不走，因为作为一名军人，在那温暖的地方，还有爸爸的使命担当。

女儿，我知道你听不见爸爸的话，而爸爸是多么想与你咿咿呀呀地比划。爸爸回家时，你已呱呱坠地，而今，爸爸要走时，你才来到世上60天，既不懂得相逢的喜悦，也不懂得分离的滋味。只要在饿时有妈妈的一口乳，在冷的时候有妈妈的一个吻，你就甜甜地笑。你似乎在爸爸身上感觉不到需要的东西，可你知道爸爸的心是多么想时刻与你在一起。

女儿，爸爸总忘不了你的哭。你目不转睛地盯着爸爸，眼窝里溢满着泪水，如同两眼清泉，似乎要溶解你心中所有的不平和委屈。可你知道，每当你哭的时候，爸爸的心是碎的，因为爸爸不懂你为什么哭，就如同你不懂爸爸不愿意离开你而又不得不离开你一样。

女儿，来，让爸爸再看你一眼，你熟睡的样子是多么幸福啊，连嘴角都挂着微笑。可是，在你醒来的时候，发现爸爸不在身边，你会笑吗，女儿？唉，即使你笑的时候，爸爸又怎么能知道。

女儿，再见了，在爸爸归来的时候，你还会认得爸爸吗？真希望你能跳着蹦着滚入爸爸的怀抱。

（原载2003年2月26《江南之声》）

新战友

新战友，多么惹人的字眼；新战友，多么动听的词汇。像夏天的一缕清风，冬天里的一堆篝火。

时光飞逝，岁月留痕。叫一声新战友，禁不住心潮澎湃，热泪滚滚。从将军到士兵，一声“新战友”，要勾起多少回忆。

第一次穿上新军装的喜悦，仿佛成了时光的焦点，连忙向老兵讨借一副军衔，扎上腰带，往枪杆子旁一站，“咔嚓”下第一张方方正正的军旅照，那得意劲哟，恨不能马上寄给远方的亲人。

第一次参加训练时的神气，甩胳膊，踢腿儿，把浑身的劲儿弄得无处发泄，扭腰、耸肩、甩头，最具有军营特色的大秧歌，班长高兴得直乐：元旦文艺联欢这个节目准有门儿。

第一次整理内务，左掏右捣，上蹿下跳，又搓又压，从未想过叠被子还一身的汗水。好不容易往那儿一放喘口气，司务长路过忙叫来炊事员：今天甭烧饭了，大家伙儿吃花卷。

第一次站岗情景至今不忘。班长说，站岗时，哨兵就是部队的形象，形象就是声誉。寒风凛冽，大雪纷飞，冰冷的钢枪紧贴着胸膛。下哨了，绷直的双腿挪不下岗台，冻硬的军衣像一件雪雕品。

啊，第一次，多少个第一次像一串串跳动的音符，奏出连绵不绝的乐曲。也许它不那么动听，甚至有一点晦涩。但正是这第一次，让我们树立了一种信念，坚定了方向，扬起了风帆。

以后的岁月，也许刀光剑影;以后的征程，也许腥风血雨。第一次，是一次磨砺;第一次，是一次试刃，只有钢铁的男儿才能勇敢地向前，只有共和国的卫士才经得起生与死的洗礼。

啊，那一声“新战友”，只有为人民服务的人才承受得起。

（原载2012年12月26日《警营文学》）

没有荣誉的士兵

“我服役是尽一名公民应尽的义务，我努力工作，是为了尽好一名战士的义务。”站在眼前的这名小个子战士，话语如同他人一样充满着朴实。

翻开他两年军旅的行囊，没有一项荣誉的光环，无论是立功、受奖、优秀士兵还是各类标兵。然而，战友们都说，他是一名真正的战士。

战友们清晰地记得，今年 6 月，他在连队组织的 400 米障碍考核中，在最后一百米冲刺时不慎扭了脚，成绩只有良好。连队要求没有达到优秀的战士再跑一次，他第一个站了出来，战友们都说，你平时成绩都是优秀，现在脚扭伤了就不要跑了。他说：“既然连队做出了决定，作为一名战士，就只能是服从。”当他以顽强的意志冲到终点时，战友们都鼓起了热烈的掌声，把他抛向了空中。指导员还亲自用野花编了一个花环戴在他头上，算是对他的奖赏。这也是他军旅生涯中获得的最高荣誉。

士兵的心总是充满着阳光，在温暖着自己的同时也温暖着他人。国庆长假，从未请假外出过的他刚走出营门不远，就遇见一位来自2000公里外路过此地的老大娘，想顺路看看驻地马山区有名的灵山大佛。他对老大娘说自己也不认识路，看着老大娘失望的神色，决心帮她一起询问。无奈老大娘不识字，怎么也没弄明白。为了圆老大娘一个心愿，他二话没说，拎起老大娘的包，领着老大娘就走。上车、下车、问路、转车，他又是扶，又是帮，那亲热劲儿，别人还以为是母子俩呢。到达目的地后，老大娘拉着他的手说："孩子，你让我看到了真正的佛啊。"

人一天做一件事并不难，但要每天做同一件事，不仅需要毅力，更需要一种精神。连队的战士都知道，他每天要做的同一件事就是擦拭连队悬挂的七位英模画像。擦拭时，他是那么专注，那么细心，仿佛忘记了周围的一切。刚开始时，大家都不理解。直到有一天排长问他为什么这么做，他说："这些英模都是我们军人的骄傲，他们为我们做出了榜样，我们不能让他们蒙上一丝灰尘。"

让我们记住他吧，一名从上海大都市走到武警8722部队五连的战士彭允伟，一名没有荣誉的士兵。

（原载2013年1月6日《警营文学》）

窗外的雨

窗外又下起了小雨，飘飘洒洒，淅淅沥沥，似有一段不了的情缘，在诉说着一段尘封已久、而又难以忘却的往事。

那也是一个烟雨朦胧的早晨，我穿着儿时梦想的新军装，背上刚发的被包，带着一种憧憬中的豪壮和梅走在弯弯曲曲的乡间小路上。"梅，我这一去至少就是三年，我走后你怎么办？""你就放心地走吧,有这雨给我做伴呢。"梅调皮地扮了一个鬼脸，又认真地对我说："只要你能实现当军旅记者的梦想，不管发生什么困难，我都会全力支持你。"望着梅深情而殷切的目光，我不仅心里一颤："我们的事，你爸还没有同意？"梅张了张嘴，最终什么也没有说。伴随着梅一个深情的吻，我心里就像这初冬的雨透着一种不可名状的凄凉。

梅的父亲是我们山区里新近出现的一个勤劳致富的模范。开山办厂,养花种果树，一年能赚好几十万，县委书记还同他合过影。也因为此，他一直想给他的独生女儿找一个能吃“皇粮”的丈夫。用他的话说，有了钱，还要有一个靠山，这个家才算得上稳固。而我呢，一个区区农村初中毕业生，只因同梅是同学，是同桌，是同村儿时一起长大的伙伴，尔后再发展到从无话不说到偷偷摸摸找话说的乡间恋人。初中毕业后，我干了一年农活，在建筑工地上滚了一年的烂泥，只因无法割舍儿时心中的军旅记者梦，便回乡报名参了军。

火车启动了，透过厚重的玻璃窗，我看见雨中挥动着手的梅像一棵羸弱的小草忽地消失在我的视野里。

到了火热的军营，我浑身透出一股使不完的冲劲和创作的激情。在梅每周一封信的鼓励下，我参加了新闻函授自学，并拿到了中专文凭；在梅不断的企盼中，我的新闻稿件如同山区里雨后的春草在报刊不断地冒出“新芽”；在梅不断的鞭策里，我几乎忘记了什么是挫折、什么是枯燥。伴随着字里行间蹦出的快乐，一本本获奖证书连同优秀士兵证章、军功章塞进了我的军旅行囊。每当天空下着小雨的时候，我喜欢坐在窗前，把这些要带回家献给梅的礼物拿出来好好地抚摸一番，期冀着一种属于我和梅的生活。

五年的春秋，只为一个痴心的梦想。1998 年，在抗洪前线的我收到了武警上海指挥学院的录取通知书，开始了梦寐以求的大学生活。严肃活泼、紧张激烈的校园生活并没有抹去我对梅的日思夜念。我期待着寒假的早早到来,好回去与我的梅团聚。

冬天的雨，透出微微的寒意，而我的心却热血沸腾。当火车徐徐驶入家乡的车站时，老远，我就伸长着脖子，在人群中搜索着梅的身影。终于，在五年前梅送我的地方，我看见了那一棵让我魂牵梦绕的“小草”。火车刚停稳，我就急不可耐地冲了出去，把包甩在身后，张开我的双臂，随时准备迎接扑上前来的梅。

“你回来了。”随着梅一声轻轻的问候，我才发现在她的背后还站着一个四十来岁的男人，为她撑着一把雨伞，手里还牵着一个约莫两三岁的小女孩。“这是我的丈夫和孩子。”梅平静地介绍着，仿佛在说一件与自已毫无相干的事情。我愣在那里，不知所措，望着梅和她的丈夫，还有孩子，慢慢地消失在雨中，头也不回。

当晚，梅的一家，包括她的父母一起搬到了她丈夫单位所在地——省城。从此，就再也没有了她的消息。

母亲告诉我，我当兵一年后，梅终于拗不过她的父亲，嫁给了比她大二十岁的一名丧偶的处级干部。为了支持我的理想，她坚持在这里住了四年，只为了一星期为我写一封信，谁说也不理。她对母亲说，她怕，她怕我发现地址的改变而多疑，她怕我因此而分心，她怕我的理想半途而废……

窗外，又飘起了小雨，捧读着梅以往一封封热情洋溢的信，我难以按捺心中的激动，禁不住轻声地呼唤：梅，你在哪里？

（原载2013年1月7日《警营文学》）

爱的随想

当我把满腔热情的子弹装入枪膛，扣动扳机，望着它轻盈地向着靶心飞去，禁不住心里一颤：我是否也该被爱的神箭瞄准？

这一定是一个十分令人神往的爱情，也许在千百年后，还能让人想起那一幅让岁月铭刻的场景：边境旁、国门下，一名哨兵手握着钢枪，宛如一棵挺拔的白杨。风雨中，一位姑娘正为他撑着一把雨伞，不让风雨侵蚀他那威严的军装。飘洒的雨，淋湿了姑娘红色的连衣裙，那多像一支带露的红玫瑰。不，那哪里是一支红玫瑰，那分明是一团燃烧的火焰，用热情温暖着战士身心。不，那又岂止是一团火焰，那是用理想支撑起来的爱的宣言，不然，战士刚毅的眼睛里怎能涌动着温情。

曾经无数次想过，在一个有风有月华灯初上的夜晚，我拎着一个用思念填满的旅行包，静静地走在回家的路上。我不告诉你——我可爱的姑娘——我回家的日期，为的是聆听脚步离家越来越近时心房跳动越来越快的颤音，而就在我推门的一瞬间，正看见你在橘黄的灯光下一手端着饭碗，一手拿着笔，在信纸上倾吐着思念时的心情。

那是一个怎样的日子哟，窗外轻扬着细雨。在山色空濛、湖光暗淡里，我们坐在窗前，在摇曳的烛光中，伴随着萨克斯独奏《回家》的旋律，抚育着我们可爱的小天使。看他叫一声“爸爸”，又扭头抱着妈妈的脸亲吻。

也许有一天，我会脱下绿色的军装，离开心爱的军营。让我们一起回故乡吧，那儿有山有水，还有我朴实的父老乡亲。我喜欢，迎着朝阳，踩着露珠，在田间地头刨回童年的乐趣；我喜欢，在夕阳里，数着晚霞，赶着牛羊，听着牧童的歌声回家；我喜欢，在袅袅的炊烟中，嗅闻你用柴禾烧煮出来的米饭清香；我喜欢，就着灯光，坐在床头，抱着儿孙，数着你头上慢慢变白的青丝。

又是一夜春风，把满世界吹得姹紫嫣红，望着一群群活泼可爱的姑娘从我身旁飘过，真想拉一拉她们的手：你们谁来做我的新娘，谁来做我的妻子？

（原载2013年1月7日《警营文学》）

观海

你想过海吗？那烟波浩渺宛若仙境的图画使多少梦幻者流连忘返；你听过海吗？那气势磅礴万马奔腾的疾鸣让多少懦弱者胆战心寒；你见过海吗？那惊涛裂岸卷起千堆雪的雄姿令多少英雄扼腕长叹；你下过海吗？那顽强拼搏战风斗浪的不懈追求写出多少壮丽诗篇。

观海，一直是我儿时的梦想。尽管我的家乡在远离大海的大西南，连海的腥味也闻不着。但在我心中，海是辉煌事业的标志，是永远也读不完的书本，更是人生的象征。因此，打儿时起，在我的歌声里飘有大海的浪花，在我的作文里留有大海的沙滩，在我的语言里带有大海的腥味。

参军后，终于有了与海第一次亲密接触的机会。那是2000年的一个冬天，军校组织野营拉练，把我们拉到距东海不远的外三灶。得知第二天早晨要去东海边，我兴奋得一晚上没有睡着，尽管白天背着三十斤重的物资，徒步行军了五十公里的路程。

凌晨五时，一阵急促的哨音把我们从睡梦中惊醒。作为一项训练，也作为一次野外活动，队伍全副武装向东海出发。

天还没有亮，一弯残月挂在天边，周围是闪烁的群星，缀在蓝色的夜幕中。由于前几天的阴雨，路滑，泥石多，在急行军两公里后，改为缓步前行。一路上，队伍始终保持一股肃静，宛如一条夜行的蛇蜿蜒着向前游动。淡淡的薄雾开始升起来，飘缈得像嫦娥的轻纱。有的老百姓已开始起床，透过雾气，一盏盏橘红色的灯光在水光的辉映下，衬托着温馨、宁静的早晨。

海堤上已经有了渔民的身影。这条用石块砌成的海堤是从纵深插入海的。几小时前，这里刚退过潮，海堤上留下一小圈一小圈的水洼。在入海堤的两侧，是望不到头的芦苇丛和泥滩。

渐渐地，我们听到了海的浪涛声。尽管声音不是很大，但它告诉我距离海已经不远了。果然，只一会儿工夫，我们就看到海水慢慢地向我们扑了过来。又涨潮了，但这只是小潮，渔民告诉我们，不用担心，这水不会漫过海堤的。

“快，前面就是海了。”也不知谁叫了一声，我抬眼望去，真的，在我们前面三四百米的芦苇尽处，水天相接，白茫茫一片，有几艘轮船正来回穿梭着。于是，我加紧了脚步，冲了过去。此时的海堤由纵向向两边延伸，仿佛一对粗壮的臂膀，要将海抱在怀里。

终于见到了海。此时的海像一个调皮的孩子，不停地用手拍揉着海堤，并不时发出快乐的笑声。天，已完全亮了，太阳从云层里露出了半个脑袋。雾也渐渐散去，真是苍天有眼，难得一个晴日。阳光倾泻在波光粼粼的海面上，如一件抖动的羽翼，金光闪闪。部队开始活跃了。有的忙拍照，有的放开嗓门吼叫，有的拿着望远镜四处张望，也有的在相互交流，谈着自己的感受和发现。我静静地站在一旁，看着大海，看着朝思暮想的大海，心，也随着波浪掀起一层层的兴奋。有人说，见到大海，除了一片茫茫的水还是水，没有什么感觉。是的，对于见到大海只能叫“海，真他妈的大”的人来说，他当然不懂得海不择小流方能成其大的道理，不懂得海胸怀万物、吞吐日月的气魄，也不懂得海不欺小更不惧大的正义。也有人说，看到大海，你会觉得自己是多么的渺小，自己的心胸是多么的狭窄，自己的生命是多么的脆弱。不，我想说，那是因为他们只有眼中的海，没有人生的海。眼中的海虽然宽广，它有一定的地域；眼中的海虽然雄壮，它没有奋斗的目标。而人生的海虽然是短暂的，却是拼搏和奋斗的海；人生的海虽然不是壮丽的海，却是有着憧憬和梦想、有着追求的海。

在海边完成训练后，部队开始带回。此时，潮水已将来时所见的泥滩大部分淹没，并还在上涨。光线好起来了，小鱼、小虾、小蟹也纷纷钻出了洞，游着、跳着、爬着，潮水又给它们带来了欢快的游乐场。

潮起潮落，有的人体会着欢乐与悲哀。

人生起伏，有的人领悟着收获与失落。

（原载2013年1月10日《警营文学》）

长征对我说

长征对我说，如果困难是那皑皑的雪山，你就要用你的热情去点燃一堆熊熊的篝火；长征对我说，如果生命是那漫漫的征程，你要有坚定的追求才能永恒地跋涉；长征对我说，如果信仰是那滔滔的江水，你就要让它向着东方奔腾，美景不要留恋，峻岭不要退缩。

79 年了，长征栉风沐雨，牺牲与奉献在她的身上刻下累累伤痕。

79 年了，长征还是那么年轻，生机与活力激励着她代代的儿女不懈拼搏。

长征对我说，她很累，因为她曾经迷惑；长征对我说，她很苦，因为她曾饱受饥饿；长征对我说，她很自豪，因为她坚定了航向；长征对我说，她很骄傲，因为她的毅力让人们有了正确的选择。

长征对我说，她没有重要的财产遗留给子孙，但有一个道理要让自己的儿女明白：两占遵义，四渡赤水，她没有丝毫的犹豫，因为她明白，坚定党的指挥才使自己走出了困惑。

长征对我说，她走的只是一个起点，如果说有什么需要，她需要自己的儿女要清醒、要奋斗、要站得稳脚跟，要经得起诱惑。

长征对我说，背井离乡、艰难困苦、流血牺牲不是她心中的意愿。团结、自主、英勇、富强才是阳光大道，才能保家卫国。

凝望着长征那双深邃的眼睛，那里透露出对子女的关爱，对美好生活的憧憬，更透露出睿智与执着。我知道，我无法用自己的双手去抚平她身体曾经遭受的创伤，但我知道，在她的心灵深处，渴望着我们用心血、用汗水、甚至是用生命去延续她的梦想。为了这位慈爱的母亲，为了母亲心中的梦想，我们还能驻足观望，还能只为了营造自己的安乐窝而满足于现状吗？

不，我们需要的是自强不息，战时忘死、平时忘我！

（原载2013年1月20日《警营文学》）

我的美丽乡愁

我的家乡算不得美丽。面包似的小山丘把村子里一户户人家撕裂得星星点点。那儿也没有绿水青山，只有一簇簇的竹子围在房前屋后。不是乡亲们不喜欢树，树能给村民们带来夏的阴凉还有秋的果实。可是树太爱出风头，吸取了太多的阳光雨露，致使生活在它下面的庄稼地老是秃着个脑袋。爱打抱不平的乡亲们不答应了：凭啥就你能享受阳光？于是，在农业学大寨时不敢做的事在田土分家到户后村民终于找到了复仇的机会，把树统统给“销”了户口。一口曾经很清澈的池塘也因为承包给养鱼专业户而变得混浊，再没有人下池塘游泳了，那种曾经夕阳西下，小孩子骑在牛背上在金波粼粼的池水里潜行的美丽画景也成了老人们永远的回忆。有的老人为此很想不通，为啥有的东西从公家的变成私家的就那么美好，有的东西从公家的成为私家的就成了梦中回想的往事？然而，想得通也好，想不通也罢，家乡并没有因为树砍了、池塘养了鱼就富足起来。那傍晚时炊烟笼罩的村子传出的呼儿唤女、驱鸡赶鸭的纯朴的乡音似乎要永远定格而且还要世代传承下去。

现在的小孩子已没有了我们儿时的快乐。儿时的我们扒下桑树皮搓成一根绳子系在腰间，一手拿着大人用剩的竹子削成的竹剑，一手拿着用软泥做成的手枪，冲山丘、藏竹林，玩着无穷无尽的“抓特务”游戏。季节的变化也使游戏的内容不断翻新。夏天的观音竹又韧又硬，我们便砍下一节来，削去两头的竹节，做成竹枪。子弹是用浸过水的纸揉成的，在竹枪的前面塞上一团纸，再在后面塞上一团纸，然后拿根硬竹棍把后面的纸往前捅。竹筒里的空气被压缩后产生的动力把前面的纸团弹射出五六米开外。那时，我们除了比谁打得远、打得准外，还比谁的打得响。我做的竹枪发射时总是发出“噗”的一声闷响，伙伴们都说跟放屁一样。我就红着脸说：“你们懂个屁，我这是无声手枪。”话虽这么说，为了弥补不响的缺点，我努力使自己的竹枪打得远、打得准。我想，我入伍后能成为一名狙击手肯定与儿时玩这个游戏有关。秋天到了，收割后的谷草被我们排成一个个“敌人”，用自制的火弓箭一个个消灭；灯泡坏了，灯芯又被我们捣鼓成小火炮；即使一截烂木头也能用来雕个小鸟、旋个陀螺什么的……似乎随手拈来一样物品，我们都会把它变成使自己尽兴的玩具，只要自己高兴。大人们也总是任由我们去玩，只要不掏他们口袋里的钱就行。

很难想象，现在村里的小孩子是种什么样的心情。他们不像城里的孩子能玩碰碰车、过山车，也不能参加夏令营、特色班，更不知道科技馆、博物馆是啥样。他们也不再像父辈们一样玩自制的玩具。街上卖的两三元一件的会跑的汽车、能跳的青蛙、眨眼的布娃娃既省力又卫生，也更能吸引他们的眼球。而他们又总是玩不到两个小时就把这些玩具踩得一塌糊涂。他们不想也不愿知道汽车为什么会跑、青蛙为什么能跳，他们只是觉得即使是花钱买的，好像也不是自己的，反正自己又没有付出过心血和汗水。父辈们总是埋怨孩子们太会糟蹋钱，一点也不知足。孩子们不会明白父辈们的爱心，不会理解儿时的父辈们抱着个竹剑也能做个美梦的心情，就像父辈们同样不明白现在的孩子们究竟需要什么才会快乐，为什么做事总是那么浮躁一样。

地里始终刨不出多少钱，读了几年书资金投入了不少也终究没有挖掘出一座“黄金屋”。于是，青壮年们、少男少女们终于忍受不了现代化的阵痛纷纷背井离乡。从西边的新疆到东边的上海，从北方的沈阳到南方的广东，几乎都有村民们的足迹。开饭店、搞建筑、进工厂，也包括经受不起诱惑当了二奶或做了三陪的，该涉足的和不该涉足的，都有了村民们的身影。

村民的外出总算给村里注入了一些新鲜的气息。不管找到钱的，还是没有找到钱的，一年到头难得回来一次的村民们出现在家乡的时候总是穿着一身时髦的服装，讲着一口只有他们才知道含义的时髦用语。他们很少谈到自己的辛酸遭遇，也很少说出自己上当受骗的苦楚。再苦的水经过他们喉咙的酝酿，流出来总是甜甜的，偶尔甚至还散发着诱人的芬芳。村民们并不去分辨他们的真假，只是当成谈资一个一个地传播开去。

汇款单开始从全国各地飞进村里，村里人陆续推倒了茅草屋、土房，建起了二层小楼。彩电、冰箱、空调、电话也都在各家落了户。即便如此，他们也丝毫不敢怠慢，明儿正月十五了，该今天离家的还得离家，奔回属于自己挣钱的地方。要不然就得被辞工，没工作就得“断奶”，“断奶”口袋就会干瘪。

也并不是所有的外出村民都过得那么辛苦。张家的女儿在歌舞厅当了领班，回乡后，大大方方地拿出十万元人民币给丈夫，然后离婚远走高飞；李家的儿子包工地也发了财，觉得与妻子没有了共同语言分道扬镳，在城里买了房与女大学生结了婚。让人惊讶的是，以前谁死了丈夫改嫁都让人往家扔臭鸡蛋的村民们现在有了惊人的宽容心。一些长舌的人还传出，在张家女儿回来的那些日子，有好几个女孩子夜晚去敲她的门。于是，终于有两个老光棍站出来恨恨地说：“现如今，漂亮姑娘都被狗 × 了。”

村子的落后与前卫曾经让几个热血青年愤慨不已，发誓要改变这一切。然而，当他们怀着志气，也饱受了外出的窝囊见了世面、积了点资金回来准备大展宏图时，看着九曲回肠的乡村小路，望着没有一点资源的土石山丘，想着跑了十几趟也跑不来一个本本，跺跺脚、咬咬牙不得不再次离家出走。

临出门时，大人们总是再三叮嘱自己的孩子要努力学习，没知识、没文化只能下苦力，受白眼。小孩们对这些话不爱听，他们感兴趣的是大人们带回来的肯德基、电动车和各种款式的时髦衣服。有的甚至渴望能早点像大人们一样，去体验一下城市里的夜生活。对父母们说的“好好读书，好好听话，将来才能好好生活”只是一边听着点着头，一边做着自己想做的事。他们并不明白，或许他们的大人们也不明白，学习不仅是为了自己的体面，更是一种责任。没有责任做支撑，自己是否体面关别人屁事。

老人们在家带着小孩子，守着几亩薄地，能收一茬是一茬。闲时他们都聚到村里的几个小茶馆，一边打着小麻将一边盘算着子女的汇款单还有几天到家。下次，哪位菩萨过生日时又该捐几个香火钱，写上谁的名字。这就是他们的生活，也是他们的全部。至于什么是小康、什么是和谐社会他们根本不去、也懒得去想。有饭吃，有衣穿，有电视看，古时的皇帝也未必就有此享受，他们这样想着，心里坦然得没有一丝纤尘。

千里离家，穿了二十年的军装，还没有穿够的意思，虽然肩上仅仅是个双杠一练习。闲时常与妻子谈着转业后的事，妻子就说，好不容易洗净脚上烂泥穿上皮鞋，咋啦，腿毛又发痒没处蹭了？这儿安置多好，一个月接近上万呢，不为自己想还不为女儿想想吗？是啊，这儿的确是美丽的，碧水连天，花灯如昼，但毕竟不是我的故土。我总觉得，有一个属于自己的地方，有一个神圣的使命在等着我。

（原载2013年1月26日《警营文学》）

快乐的妻子

妻子 25 岁时还没有男朋友，父母急得不行。她说 :“好花自有蜜蜂采，好姑娘自有好人追，早采的花早凋零，早嫁的女人早丢青春。”

妻子和我相识时，我已是一个入伍四年的超期服役战士，既没有什么技术特长，家庭也很贫困。面对众多亲友的好意相劝，她说 :“当兵的思想好、品质好、身体好，人好比什么都好。”

妻子和我结婚时，没有戒指、没有婚房、没有婚纱、更没有婚车、甚至没有新衣服，有的是父亲去世时留给我们的两千多元债务。姐妹为她打抱不平。她说 :“父母给的有不是真的有，自己创造的有才是真的有，我们有一双勤劳的手，一切都会有。”

妻子随军后与许多家属安排在一个小工厂工作，每月只有 600 元钱。工作时间长，任务繁重，一起去的家属都打了退堂鼓。她却乐呵呵地说："有了工作生活就充实了，钱多钱少不是问题，闲散在家什么事也不做那才是问题。"

妻子对我和女儿爱吃的菜从不先伸筷子，总是笑眯眯地看着我们争抢的样子。当我们吃够了不想再吃的时候，剩下的她一个人包圆了。她说："看着你们吃比我自己吃还享受呢。"

妻子唯一要跟我和女儿争的东西是看电视。她最爱看的电视栏目是法制频道，常为别人不幸的婚姻遭遇唏嘘不已。她说："没病的人比有病的人快乐，没麻烦的人比有麻烦的人开心，我看这些个栏目，就是提醒自己不要犯别人犯的错误。"

物欲的世界，清贫的生活。妻子却非常满足："人生最大的愿望是什么？'五子'登科嘛，我们都有了，房子（90平米还没装修）、车子（电瓶车）、位子（入伍二十年的副营职干部）、女儿、还有票子（2100元存款）。"

有一天，我忍不住问她："你最大的愁是什么？"她沉思了半晌说："我最大的愁可能就是没有愁吧。"

（2013年4月18日《警营文学》）

诗词

风　尘（作于2003年11月2日夜）

千里离家，十年难归，思绪未生愁更深。本自横行从军旅，匣中龙凤空自鸣。待何时，血溅三尺。　　彤云紧逼，日月隐形，江南一夜寒风起。残花败叶随风舞，向阳小枝独自怜。无眠夜，深山小营。

送战友（作于2003年11月25日）

战鼓催，鞭炮鸣，男儿西辞别军营。别军营，晚风含泪，泪如潇湘水。

这一别，千万里，报国之志壮如云。壮如云，鲲鹏展翅，边关捷报回。

黄昏恋（作于2004年4月12日）

彩霞收，云游无是处。群山黯，两三光枝兀。　　烟波凝，水际无归舟。立斜阳，一腹经纬，执笔向天书。

南飞雁（作于2004年10月12日）

一别三年，了无音讯，风飘柳絮时。暖树下，雀垒昵巢，尽惹蜂蝶飞。

思念之处，雨打梧桐，春烟笼村落。今日去，明日还是，雁往梦处归?

秋　韵（作于2005年10月3日）

枫叶红，远山重，云淡白鹭踪。秋风有意舞秋叶，秋叶无意随秋风。

独行客，立桥头，秋雨点点愁。繁灯烁烁缀江水，江水无言向东流。

望 乡（作于2006年3月9日）

崎岖山中路，异客独自行。红花翠叶带露娇，一心只登峰。　　登峰不为高，西望远山重。长风荡谷南飞雁，残云月如钩。

将士欢（作于2006年5月8日）

戍边关，卫国土，风霜雪雨浸发肤。父母盼，妻儿呼，心有万般苦。一家分离万家聚，休说男儿不丈夫。　　越昆仑，渡龙潭，回首一笑二十年。卸战袍，归故土，壮志如昨初。击剑闲谈军旅事，犹言沙场擂战鼓。

中秋感怀（作于2004年9月27日）

去年中秋无明月，亲人相聚，一盏红烛。今昔皓月当空，万里江山如华，唯有茫茫秋水东。　　扁舟归处，酒旗不展，相思慰何处？若得红烛换明月，何须问，客乡人，琵琶弹何处？

长征颂（作于2006年10月1日）

阴云渡，秋风横，十万大山马不停。马不停，度山若飞，剑指苍穹。

征东西，战南北，夙兴夜寐人未歇。人未歇，精神抖擞，天下大白。

军旅男儿（2009年11月作于广东肇庆）

大雁归去，去意难留，黯山薄雾落日愁。
旧曲新唱，青丝竹缶，残菊秋水新月幽。
一曲唱尽鸟飞绝，再曲唱罢悴巾袖。
三曲四曲西江咽，五曲风雷怒端州。
男儿自是多情种，奈何胸中有苍穹。
纵横驰骋为天下，明日挥剑啸秦风。

清明祭（作于2013年4月2日）

鼓令如雨，旌旗翻飞，一骑轻骑破敌阵。一声吼，雷霆万钧；一杆枪，狂蛇吐信。纵横里，血溅长空，马踏百万军。英雄处，目视苍穹，红日西沉。　满腔热血，义胆忠魂，军民同擎民族旗。冷眼看，美日菲越，四魍魉，恣意自淫。今且是，华夏子孙，十四亿赵云。海波处，荡斩风浪，四播恩威。

四十赋（作于2013年4月4日）

一壶酒，饮不尽二十年故土情；一首曲，弹不破二十年江南梦。回首来时路，半是坎坷，半是离愁。　困且守，仁义礼信劲卷千古势；贫且坚，诗书骑射铸男儿兵锋。放眼云端时，朝霞满天，鹰击长空。

忆子敬（作2013年4月12日）

皓皓明月，赤壁流光，雄兵百万列大江。执槊赋诗，杯酒欲定，帝王千朝。一时间，江东多少豪杰，竟思归乡。　滚滚江水，风疾舟忙，子敬笑谈孙刘帐。廿年天机，一壶清茶，皆已洞晓。天下事，乾坤自有定数，非亮非曹。

寄友人（2003年11月7日于无锡闻北京、天津突降暴雪）

风起霜降叶落秋，
日出冷水依山愁。
断鸿一声惊天起，
千里飞雪知寒否？

自家乐（作于2005年7月11日）

梅时细雨飞，
闲时一杯茶。

就着窗前烛，
同妻挽乌发。

自勉两则（作于2005年5月31日）

（一）
头顶日月立神州，
腹孕天地育春秋。
胸中起伏皆正气，
吐纳都是为民忧。

（二）
三间茅屋一杯酒，
半部诗书研到头。
纵使布衣成蜉蚁，
朽骨也要为国丢。

寒 梅（作于2010年2月12日）

风一更，雪一更，
梅花一笑立风尘。
桌上书简，窗前孤灯，
一杯清酒醉寒梅。

半山荆棘半山石，
半江风雪半江冰。
踏破风雪三千里，
笑看梅花化蝶飞。

寒 秋（作于2004年9月14日）

云雾拨不去，终难见青山。
青山终究在，游人恋山前。
贤人如奇木，山中成良才。
深山路崎岖，几人肯攀缘？
四季一时过，良才腐萤火。
空叹庙堂上，微风折梁椽。

一日闲（2010年11月1日作于清远）

日出东山隅，
月悬西江畔。
闲庭听鸟语，
何花飘发端？

开门行万里，
闭门思云烟。
山水花间照，
秋深壶中浅。

桃花缘（读《题都城南庄》有感）（作于2003年4月24日）

桃花三月依旧开，
人面是否已回来？
不谈今生重逢事，
共忆当年初相识。

我知桃花续新芽，
桃花可知我是谁？

年年此时相守候，
今年莫又空手回。

父故五周年祭（作于2006年3月15日）

年少从军千里外，
娶妻添子仍未还。
慈父村口望秋水，
思儿如日行中天。
鬓霜佝偻扶拐杖，
封封家书报平安。
抱病卧榻犹东望，
片语不传儿孙探。
农夫不识《示儿》句，
临终拉妻留遗言：
男儿四海有事业，
不愧苍生不愧天。

能 力（作于2006年8月7日）

有的人能力在腿上
有的人能力在嘴上
有的人能力在手上

能力在腿上的人历经艰辛、一路跋涉
能力在嘴上的人骑在他人肩上
享受着手提供的给养

腿有时难免绕两道小弯
嘴批评他思想不够成熟

时常动摇原则和立场
手偶尔也会摘到酸果
嘴骂他怎么笨得跟猪一样

嘴永远不会犯错误
他从不曾做哪怕像针尖一样的小事
他在训导中
树立起伟大的形象

流 星（原载1996年《扬帆》诗刊第六期）

流星
我心中无法弥合的创伤

你的出现
给我 一个黑暗中摸索的孩子
多么明丽的希望
辉煌的光耀
如一把锋利的激光刀
切割着黑夜阴森的外罩
让我
在迷途中找到了奋斗的方向

然而
仅仅一瞬
你在空中划破的血液
就流淌在了我的心上

我是墙角的一棵小草（作于2004年8月9日）

我是墙角的一棵小草
只有日落西山时
才能得到一线阳光

黑暗，总是过早地降临我的头上
我曾奋力地呐喊
得到的，只是风的嘲笑

心酸
不仅仅是一脸的泪水
还有月光下
树荫的笼罩

惠山冬雨（作于2004年3月18日）

也许是有太多的委屈，
你才会如泣如诉。
也许是有太多的愁苦，
你才挥之不去，
深锁山谷的云雾。
也许是有太多的相思，
你才让飘零的梅如此孤苦。

我坐在窗前，
拥一盏寒灯，
看着你尽情地宣泄，舞暗黄昏。
飘飞的思念，
今夜，
又将在何处安身？

哨兵的爱情（作于2008年2月28日）

仰望天空，
繁星点点，
哪一张是你
对我的笑脸。

那一年，
七月初七的夜晚，
两颗行星偶然的相遇，
撞击的火花
便在我俩心中腾起熊熊的火焰。

枪刺上的冷月，
冰情玉洁。
无言地诉说着
一生一世，那年那天。

雪花的爱情（作于2008年2月29日）

驾着北风，
我飘到你窗前。
熟睡中的你，
宛如荷花浮在水面。

千百年的等待啊，
心上的人，
我许下一个又一个心愿：
愿你的梦中充满阳光，
愿黑夜永久存在。

天，
毕竟亮了。
在你惊喜的目光中，
我，却消失在了人间。

渴 望（作于2008年8月30日）

我渴望，
有一天，
流星降落在我的跟前。

既然，
我留不住你的脚步，
宁愿，
和你化为一团火焰。

女儿的心愿（原载2013年1月11日《警营文学》）

女儿的心愿，
是用一根长长的竹竿，
套上自己的小袜子，
网下无数颗星星。
女儿要用星星，
做成一串串项链。

一串送给起早摸黑的妈妈，
妈妈的世界里就不再有黑暗。
一串送给守卫边疆的爸爸，
只要一抬头，
就能看见爸爸站在雪山之巅，

而不是
一年一张照片。
还有一串要送给自己，
一个人在家的时候，
就会有萤火虫儿和蝴蝶前来相伴。

女儿的心愿受到妈妈的批评：
星星是大家的，我们不能独自占有。
爸爸说：如果天上没有了星星，这世界会更加黑暗。
女儿噘着小嘴：我只是想找一个话题，
让你们陪我聊一聊天。

故乡的夜（作于2010年12月8日）

月圆的光辉，
遮住了满天星辰。
桂花树下，
一只蚂蚁在默默前行。

小草的思念，
凝成了水珠。
湿透的蛐鸣，
落地无声。

木桥的怀抱，
牵住了小船的脚步。
金黄的稻子，
簇拥着夜鸟，飞过山的脊梁。

惜春（作于2013年3月31日）

罢，罢，罢！
既然花已逝，
何必恋青枝。
苦等春再至，
人生有几春？
山河九万里，
繁花候知音。
惜春更知追春去，
且行且留且惘惜。

野 草（作于2006年2月24日）

原本不是栋梁材，
生根不在富贵家。
些小狭隙立锥地，
染绿山川锁黄沙。
春生秋衰历寒暑，
牲啃车压万人踏。
位卑犹以天下任，
无愧天地笑兰花。

江湖（作于2010年3月1日）

一夜江南梦，
十年烟雨中，
花也朦朦，雾也朦朦。

故乡千里，

峻岭万重，
走也匆匆，驻也匆匆。

思秦商营国，
后主偎楼，
来也空空，去也空空。

叹草屋激扬江山，
帷幄苦心运筹。
人生何处不江湖？

进则汗青丹心写，
归则世间结人庐，
国也隆隆，家也隆隆。

读 史（作于2010年10月8日）

青山青，绿水绿，
青山绿水寺林立。
僧人不种五谷粮，
香火供奉受人敬。
征四方，卫社稷，
有志男儿为苍生，
功高遭人恨。
为君分忧忧更忧，
替民解愁愁更愁。
自古良将难善终，
名士多为流放人。

素衣吟（作于2010年10月19日）

名利如水东流去，
人生如歌大风起。
冷看古今五千年，
谁主沉浮天地间？
始皇已去长城在，
大唐盛世百花残。
仲尼青衣游列国，
七十二贤弟三千。
夜空仰望几多星，
一声素笛四方静。

战士之歌（代后记）

我不是一个功成名就的军人，
但我是一名忠于职守的士兵。
二十年的军旅岁月，
我从不曾忘记肩负的使命。
每当集结号吹响的时候，
我总是以最快的速度奔向自己的岗位。

我曾梦想穿一辈子军装，
战死在炮火硝烟的战场。
正因为有了和我一样的兄弟，
才有了，
祖国蓝天上欢快的鸽哨声。

那就让我做一块无名的鹅卵石吧，
当战友们踏着我的身体前进，
就让我的歌声做伴，
迎接每一天黎明。

2013年4月15日于江苏无锡

（注：本书收录的部分新闻作品系与领导、同事合著。在此，特别感谢各级领导的长期关心和培养，感谢徐滔、陈永跃、陈桂峰等同志在业务上的指导。本书收录作品除注明发表出处外，均为首次公开。）